Dedicatorias y firmas:

Annon y La Cárcel de Cristal

Nelson J. Ressio

Annon y La Cárcel de Cristal

Nelson J. Ressio

Edición del Autor,

Ressio, Nelson

Annon y la cárcel de cristal. – 1ra ed. – Concordia: Singularity, 2012.
Número_de_páginas: 423; 23x16 cm.

ISBN 978–987–28510–0–2

1. Narrativa Argentina. 2. Novela. I. Annon y la cárcel de cristal.
CDD A863

Fecha de catalogación: 23/08/2012

Diseño de cubierta: Nelson J. Ressio
Corrección y maquetación: Nelson J. Ressio

1º Edición de autor, Argentina: 12/2012 – ISBN: 978–987–28510–0–2

A mi familia.

Lo que hacemos sólo para nosotros, muere con nosotros;
lo que hacemos para los demás y para el mundo,
permanece y es inmortal.

Albert Pike.

Los Hechos:

El virus, y con su particular funcionamiento dedicado al ciberespionaje, detallado en esta novela, es totalmente real. El nombre que se le dio al mismo como "*La Cárcel de Cristal*", es ficticio, aunque representa perfectamente la manera en que encierra a sus victimas digitales.

La computadora provista de su arquitectura cuántica y con software de Inteligencia Artificial, denominada en esta novela como ATENEA, existe pero no con ese nombre.

La arquitectura de construcción y las tecnologías usadas para el almacenamiento de datos de la computadora nombrada aquí como, "*La Madre de Todos los Virus*"; son reales, correspondiéndose su arquitectura de Von Neumann, a las computadoras que la mayoría de las personas utilizan en la actualidad.

Las armas como la Walther CP99 Compact y otras nombradas en la presente obra, existen.

El proceso de Ingeniería inversa, el cual parte de un programa ya terminado, para llegar a obtener su código fuente (programa escrito) es totalmente real.

El dispositivo y la tecnología de encriptación utilizados en teléfonos celulares, denominados aquí como *"TalkKeeper"*, para encriptar las conversaciones habladas entre dos teléfonos celulares, existen. Aunque no con el nombre dado en esta novela.

La Biblia denominada en la presente obra como, *"Clementina"*, existe, y fue durante varios siglos, la edición estándar en latín, publicada en el año 1592, en Roma, por Aldo Manuzio.

El nombre *"Melek Taws"*, autodenominado en esta novela por el propio verdugo, y que se corresponde con el *"Ángel Pavo Real"*, es una realidad muy antigua de parte de los Yazidis, una religión preislámica de Oriente Medio con orígenes muy remotos. En esta historia, el malvado personaje malinterpreta la significación de "*Melek Taws*", creyendo que se relaciona con la maldad, siendo que, según los Yazidis, es todo lo contrario, el cual es simbolizado por un ángel benévolo.

Prólogo:

Una amenaza mundial es descubierta en pleno desarrollo de sus maquiavélicas atribuciones; un peligro capaz de encerrar a sus objetivos de una manera muy silenciosa, muy sagaz, muy furtiva, y de un talante... por poco, como si estuviera rozando contra la pura y tan buscada invisibilidad. La aludida e invisible amenaza digital, es una de las invenciones humanas más espectaculares jamás creadas, una obra de ingeniería que solo un gran equipo de expertos y con *"un enorme soporte detrás"*, podría llevarlo a cabo. El mencionado engendro, maléfico y sigiloso, es nada más y nada menos, que un virus informático, un virus con características nunca antes detectadas, ni vistas hasta ahora en todos y cada uno de los virus ya investigados. Incluso, esta parafernalia encierra mucho más; este virus, no solamente se comporta como tal, sino que posee las particularidades de todos las demás espantajos juntos que amenazan la privacidad y seguridad de los sistemas informáticos y de información mundiales. Pero este germen del mal es, además de un *"virus informático"* propiamente dicho; un compendio demoníaco de varias estructuras pérfidas y de técnicas de intrusión y espionaje, que asedian y asechan silenciosamente a cada instante la vida digital de ciertas personas. Se estructura como un *"veneno digital"* multifacético especialmente diseñado para que no actúe sobre la mayoría de las personas, sino que fue engendrado desde el vientre mas funesto de la ingeniería de software, y con un objetivo muy bien definido e innato. Esa mira primigenia estuvo puesta... *"en principio"*... desde la mismísima creación de este auténtico ente del inframundo, sobre un único y especial objetivo, sobre un objetivo que está conformado por infinidad de partículas, las cuales condescienden en un todo, aglutinadas por dos grandes campos de fuerza llamados... *"Libertad"* e *"Independencia"*. El receptor de esa poderosa y destructiva mira digital, es una red de ciberactivistas internacionales denominados ANNON.

Esa red, conforma un tejido de múltiples activistas, los cuales, se basan para todo su accionar en principios fundamentales que son: libertad, independencia y moralidad, tanto en la vida real como en la virtual, protegiendo esos derechos que toda persona debe poseer de una manera *"sine qua non"* desde el propio momento del nacimiento, hasta la mismísima transformación de su envoltorio mortal… en la mas pura y colectiva conciencia universal.

ANNON ahora está corriendo peligro, después de que su gigantesca mano ayudara a frenar al proyecto MIRAR (acrónimo de la frase *"Misión Internacional para la Reorganización Absoluta de la Red"*) el cual fue un proyecto ultrasecreto del gobierno para controlar el 100 % de la red Internet. E incluidos allí, estaban todos los usuarios, junto con los ingenuos movimientos digitales de estas almas engañadas, dentro una *"utópica"* libertad de acción que persistía dentro la red de redes.

Y el, ahora enigmático y peligroso virus, que se proyecta inmóvil como una mira láser sobre el corazón de ANNON, se asemeja a una maléfica y muy bien diseñada venganza, de un sector que no quedó para nada contento con que desarticularan al proyecto MIRAR. Un sector que no descansará hasta eliminar ese *"obstáculo"*, esa *"basura en el ojo"*, esa *"espina en la mano"*, esa *"piedra en el camino"*… que interfiere entre ellos y el resto del mundo… la red de ciberactivistas ANNON.

Aunque… este virus… ¿solamente está destinado a diezmar a ANNON?, o… ¿tiene alguna otra *"incumbencia"* adicional?

Pero, ¿cual es esta organización que desarrolló dicho monstruo mutante digital?, ¿quienes son sus integrantes?, ¿de quienes dependen?, ¿cómo harán para que solo las personas que conforman esta gran red de ciberactivistas autodenominados ANNON, sean los depositarios del objetivo de este poderoso y a la vez silencioso virus?

Hay en existencia, para esto, una página Web muy pública y muy dinámica en cuanto al flujo de usuarios y adeptos; la cual posee todas las características de ser una página más, de las que representan y reúnen ideas respecto de la red ANNON. Una página Web que está a la vista de todo el mundo, pero con un diseño de contenido que hace las veces de atractivo inevitable para los ciberactivistas de ANNON, como lo hace el dulce con las moscas, este sitio invita sin vacilación a que toda persona que se identifique o sea parte de esta red de ciberactivistas pacíficos, se *"pose sobre ella"* y se registre como un usuario mas. Pero lo que no saben estas inofensivas *"moscas"*, es que ese *"apetitoso dulce"* es una trampa, un timo, un engaño, de modo que todo individuo que se reconozca o registre en ella, de forma probabilística y de manera automática, se calcula un grado o nivel de confianza o certeza, de que estas personas sean o no, afines a la red ANNON.

En un instante, y de una manera inmaculada, silenciosa y vertiginosa, se descarga en la computadora de la persona que en esos momentos ingresó a la mencionada *"página bipolar"*, por medio de su usuario y contraseña; un programa de unos veinte megabytes de tamaño (diez veces más grande que un virus normal) comenzando por tomar posesión inmediata, furtiva y sin pedir permiso, de todo el sistema informático y de información del anfitrión. Este sistema anfitrión, es totalmente invadido por una amenaza... una verdadera y peligrosa amenaza... fantasma.

De tal manera, todos y cada uno de los ingenuos usuarios de esta siniestra Web, cuya dirección es http://www.weareannon.com, son usurpados digital, magistral y silenciosamente; también son poseídos por un código maligno, por un ente dedicado a averiguar absolutamente todo lo que respecta a las personas que surcan esa atrayente pero mentirosa página, a través de un perfecto y minucioso escrutinio de cualquier cosa que suceda dentro de sus computadoras infectadas.

El oscuro huésped, una vez dentro de la computadora o sistema anfitrión, trabaja de una forma sin precedentes en la historia de las amenazas informáticas, no pudiendo ser detectado por ninguna de las aplicaciones de protección, que cada computadora tiene o debería tener hoy en día; como por ejemplo: los Antivirus, los AntiSpyware, los AntiMalware, los AntiTroyanos, etcétera, etcétera, y ni siquiera lo detectan los componentes de seguridad y de protección contra software malintencionado, que forman parte de los sistemas operativos dentro de cada *"cerebro electrónico"*.

Y sin pedirle permiso a nadie, esta vil y perniciosa amenaza, comienza sus labores realizando un recorrido silencioso y en bajo fondo, de todo el sistema informático infectado, en una búsqueda frenética de ciertos indicios de cualquier índole, que pudieran acercar al usuario hacia una efectiva relación o membresía con la red ANNON; sobre los cuales, ciertas sospechas numéricas, se desprenden de generar un valor probabilístico válido, con un nivel de confianza mayor al noventa y cinco por ciento, para poder *"catalogar"* al usuario, o usuarios de ese equipo, como posibles miembros o simpatizantes de la red ANNON. Si esos valores probables superan el umbral de *"Ser o no Ser"* un ANNON, el mismísimo virus envía información respecto del interesado, a un sistema madre, del cual dependen estos engendros tecnológicos del demonio. La información enviada por este virus a su supercomputadora madre es archivada e indexada para el posterior accionar de otra fuerza, muy conocida... la *"Agencia de Investigación Federal"* la cual es su deber de apresar a las personas u organizaciones detectadas como sospechosas de algún delito. El tema aquí es que esta agencia todavía no tiene acceso a dicha información, por un único y enigmático motivo... la *"Agencia de Seguridad Nacional"*, la creadora del virus, no se la ha dado a conocer todavía, por lo que surge aquí otro gran interrogante respecto de esta omisión muy clara y sospechosa.

Pero, como si lo anterior fuera poco, este virus, no solo puede extraer información almacenada en los discos rígidos, de conexiones Bluetooth con otros dispositivos, de emails, de los chats, de las redes sociales, etcétera, sino que también, automáticamente es capaz de capturar las pulsaciones de teclas, capturar las pantallas, abrir los micrófonos y encender las cámaras Web para obtener, no solamente lo que se está hablando, sino que también, patrones faciales y de voz humanas, asociando luego, todo el conjunto de datos obtenido, en un solo registro, respecto de una o mas personas en particular. Y como todo lo demás, esto último también se envía silenciosamente a la *"Madre de todos los virus"* para su indexación y catalogación.

Un siniestro plan, que *"en principio"* se diseñó para terminar con la red ANNON, un implacable virus destinado a descubrir a individuos inocentes, los cuales solo reclaman Libertad e Independencia para todo el mundo, tanto en la vida virtual como en la real.

De todas maneras, *"todo iba muy bien"*... las moscas continuaban yendo directamente hacia *"el dulce"*, quedando atrapadas, encerradas, invadidas, sin que ellas mismas se percataran de lo que les estaba pasando... pero algo inesperado sucedió, algo que nunca se habían imaginado las propias mentes creadoras de tal parafernalia de espionaje... ese algo era simplemente... *"alguien"*, quien desde algún lugar del mundo, con su intelecto, su fuerza de voluntad, su tenacidad y por sobre todas esas cosas, su fuerte apoyo moral y soportado por dos afanosas e inmutables columnas, las cuales siempre... siempre lo nutrieron... las cuales son... la Libertad y la Independencia... ese *"alguien"*, desde hacía un tiempo ya, se había percatado de la existencia del virus. Esta persona había encontrado un maléfico software, había hallado y desentrañado su funcionamiento y le había realizado lo que se denomina "*Ingeniería inversa*", intentando averiguar que cosas escondía ese oscuro descarrío, entre sus miserables y retorcidas entrañas digitales, producto de la ingeniería humana al servicio del espionaje teledirigido.

Lo que este "*alguien*" encontró fue sorprendente y a la vez alarmante. Por un lado una gran obra de la Ingeniería de Software, que de seguro, –pensaba él– había sido desarrollada por más de una persona y con un gran apoyo detrás; y por otro lado una capacidad de daño y espionaje furtivos jamás detectados en la historia de la humanidad, desde que se tiene memoria… y computadoras.

Este personaje solitario es, ni más ni menos, que un miembro activo de la red ANNON, uno que en épocas pasadas había jugado un papel muy importante a la hora de detener al Proyecto MIRAR. Este ciberactivista, inmediatamente después de su oportuno descubrimiento, fue secuestrado en su propio hogar, junto con todas y cada una de las pertenencias que lo "*incriminaban*" como un miembro de la red ANNON. Se llevaron todo, absolutamente todo… todo lo que pudiera tener relación con la red ANNON. Cualquier equipo digital o información en papel, le fue incautada a este hábil ciberactivista. Pero algo se les escurrió entre los dedos a los "*secuestradores*", ya que anteriormente a que fuera usurpado el hogar del descubridor y "*desentrañador*" de este "*germen maldito*", él ya había enviado algo de información codificada, resultante de aplicar la Ingeniería Inversa sobre esta sombría amenaza, gracias a sus muy calificadas pericias; y fue dirigida hacia una persona muy querida y muy preparada intelectualmente, la cual podría ayudar, en conjunto con miles y miles de otras personas muy queridas y muy calificadas, para que esto sea frenado por completo y que él mismo pudiera ser rescatado. Con este envío de una especie de enigmas codificados, respecto del funcionamiento del virus, deberán sucederse un sinnúmero de acontecimientos, un gigantesco efecto dominó, que conciba la efectiva caída de esta mega operación de ciberespionaje y alcanzar la libertad del integrante detenido.

Pero nadie se esperaba lo que sobrevendría mas adelante. El virus no solo atacaría a miembros de ANNON sino que, por algún motivo misterioso, comenzaría a actuar en los sistemas bancarios y dentro de la mismísima Bolsa de Valores. ¿Se les escaparía sin control de las sucias manos de sus propios creadores?, ¿o habría alguna intencionalidad extra?

El mundo económico comenzaría a sentir su efecto en menos tiempo de lo pensado. El pánico apresaría a mucha gente, y con cada minuto que pase lo haría cada vez más. El mundo como lo conocemos podría llegar a desmoronarse y la mayoría no sabría el porque.

"La Cárcel de Cristal"… fue denominada esta amenazadora pesadilla digital, en relación a su *"especial"*

funcionamiento, ya que si bien un usuario puede continuar con su vida digital normalmente, el mencionado usuario, y sin notarlo en lo más mínimo siquiera, se encontrará totalmente encerrado por este controversial y voluminoso virus. Y sin darse cuenta, su libertad y privacidad comenzarán a eliminarse de un *"plumazo"*, quedando encerrado en una cárcel, que si bien puede *"mirar y moverse digitalmente hacia afuera"*... hacia la propia Internet, este individuo se hallaría virtualmente atrapado... y sin poder escapar. De allí emana la comparación o paralelismo con una infranqueable y *"transparente"* cárcel de cristal, debido a que en ella, la víctima queda cabalmente en la creencia de que sus movimientos en el mundo digital, son con total y absoluta Libertad e Independencia... pero, esta víctima podrá *"sentirse que está afuera"*... allá, en la Gran Telaraña Mundial... pero nunca jamás llegará a ser libre.

A la par de todo esto, un importante y experimentado agente de la *"Agencia Central de Inteligencia"*, se encuentra persiguiendo una potencial amenaza a la seguridad nacional. También es conocedor del poderoso virus, debido a que uno de sus mejores especialistas en Criptografía e Ingeniería Inversa, detectara algo similar a lo hallado por el mismísimo integrante de ANNON secuestrado. Pero las implicancias respecto del accionar de este virus dañino, desde el punto de vista de la *"Agencia Central de Inteligencia"*, eran iguales o peores que la de destruir la mayor red de ciberactivistas del mundo. La seguridad de la nación se pondrá en juego. Dos sucesos destructivos se estarán dando a la par, la intención de desarticular y destruir a ANNON y la inesperada presencia del virus en el sistema financiero. Una dualidad mortal. Un coctel, respecto del cual, el mundo no querría beber jamás.

Pero hay alguien más… alguien, más oscuro y tenebroso que el mismísimo virus… alguien que se oculta detrás de las ennegrecidas cortinas del infierno… alguien que a toda costa realiza su trabajo, revestido de una condición escabrosa y cerril, con el único objetivo de evitar que se entorpezca el imparable accionar de "*La Cárcel de Cristal*"… alguien sin escrúpulos, impiadoso, insensible, decidido e implacable… ese "*alguien*", es un autentico verdugo.

Capítulo 1.

Una ensordecedora explosión se abrió paso entre la serenidad de la remodelada residencia de Héctor Ayala. La repentina detonación se asemejó, en sus instantes posteriores, a una gran ola de mar adentrándose estrepitosamente por sobre la fina arena de la playa y rompiendo contra las eternas piedras erosionadas por el tiempo. Al estallido, le prosiguieron de manera inmediata, desiguales y caóticos sonidos de piezas de madera, metales y vidrios esparciéndose y estrellándose con una fuerza imparable por sobre toda superficie a su paso y en todas las direcciones del hall de entrada de la casa de Héctor. Por unos segundos más, luego de la explosión, continuaron reverberando en todo el lugar, retumbos de diferente índole, pero con una menor intensidad, hasta que de pronto sobrevino el silencio total, abrumador, escalofriante; ese silencio, corto y

31

sepulcral, es para el dueño de casa, como la antesala de algo mucho peor, que el mismísimo estruendo inicial; por la mente de Héctor se suceden un sinfín de recuerdos e imágenes del pasado, recuerdos que por algún motivo vinieron a su mente de una manera totalmente inconsciente. Algo que él presentía desde hacía mucho tiempo, parecía que en ese mismo instante se estaba cumpliendo. Su mayor pesadilla estaba pasando a ser una realidad totalmente en estado consciente. De una manera apresurada, y rompiendo el silencio, variadas pisadas se hacen escuchar dentro de su casa. Pisadas muy firmes que resuenan sin pausa, gracias a la gran cantidad de esquirlas que Héctor ya había imaginado con lujo de detalles que habrían quedado propagadas por doquier, luego de la explosión. Voces que indican –revisen y registren todo, absolutamente todo... no dejen nada que pueda serles de utilidad a la red... y no resignen ningún lugar de la casa en donde buscar... el sospechoso seguro que está aquí, confirmado por nuestros informantes... si no lo encuentran... pues ¡volteen las paredes!–.

Héctor, un licenciado en computación y una mente privilegiada; desde su oficina oculta, detrás del living, lo escucha todo, pero su alma, que al principio yacía atormentada por la impetuosidad del asalto, ahora está en paz, comprende muy bien respecto del motivo de esta abrumadora invasión a su privacidad, sabía que su captura iba a ser inminente. Pero todo estaba hecho... dos meses atrás, había descubierto un programa malicioso jamás visto hasta ahora en el mundo digital, al cual logró ponerlo en una especie de cuarentena *"casera"*, y le había realizado lo que se denomina *"Ingeniería Inversa"*... había desentrañado a una bestia, respecto de la cual, él jamás se hubiera imaginado que existiría... había desmembrado una especie de virus furtivo destinado, casi exclusivamente, al espionaje cibernético... y había sido capaz, no solo de descubrir qué portan sus entrañas, sino que también... gozaba con haber podido encontrar la manera de eliminarlo, de desactivarlo, de inhabilitarlo, no solo al virus, sino también... a su "madre"... a *"La Madre de Todos los Virus"*.

Todo su trabajo de Ingeniería Inversa, lo reunió de una manera muy eficaz e inteligente. Fue el *"Gran Artífice"* de una serie de enigmas solo descifrables por las mentes mas adecuadas, y a las que él conoce muy bien. Todo ese trabajo ya no estaba con él. El secreto de cómo parar a este virus muy particular está ahora en manos de otra persona; y estaría luego en muchas manos más. De él ya no depende la solución, Héctor había dado el primer gran paso, el de desmembrar esta obra de ingeniería al servicio del ciberespionaje, y obtener desde sus mas oscuras esencias, *"el como"* proceder, con el objetivo de paralizar su accionar. El aviso a esas mentes brillantes ya estaba hecho y no había dejado rastro alguno del proceso.

Los ruidos y parloteos de todo tipo se continúan acentuando en todos los lugares de su casa. La impaciencia de no hallar al dueño del lugar crece con cada minuto que transcurre. Las personas que usurparon en su hogar, ahora parecen totalmente confundidas y decepcionadas. Han conseguido muy poca información "*incriminatoria*", si esta lo es, y nada de información sensible, ninguna computadora, notebook, celular... nada, absolutamente nada. Totalmente lo contrario a lo que la fuente secreta les ha proporcionado. El dueño de casa estaría allí a esa hora, y además, es poseedor de una parafernalia informática muy completa y digna de proyectar envidia sobre muchas almas. Pero los usurpadores, hasta ese momento no han hallado absolutamente nada... no lo pueden creer... y la policía llegará en cualquier momento, hasta que... uno de ellos, se percata de algo inusual detrás del sillón principal del living, sobre la mismísima alfombra, la cual es un Moquette de cerdas de un centímetro de espesor, de un color crema entremezclado con un matiz marrón claro. El "*avispado usurpador*" visualizó pisadas en el Moquette, las cuales van en dirección hacia la propia pared, partes de la alfombra lucían literalmente aplanadas, con formas de pisadas humanas que se perdían enfrente del muro, y peor aún, debajo de este.

Mientras, por la mente de Héctor se sucedían todo tipo de pensamientos respecto de su presente y de su pasado, sumergido en la oscuridad de su casi invisible oficina, comenzó a materializarse ante sus ojos un hilo muy fino totalmente recto de color rojo, el cual ingresaba por un pequeño espacio que separa la puerta "*invisible*" de la, hasta ahora, oficina oculta, y que da en dirección a su living. En segundos, mas hilos rojos se dejaban ver hacia dentro formando un abanico de rayos láser, proyectados por las miras de las armas de mano, marca Walther CP99 Compact, especiales para asaltos simples y rápidos como este, y que portaban los perpetradores. Unos momentos mas tarde, con un previo crujido de madera resquebrajándose, una punta plana de acero se abre paso entre el marco y la puerta, la cual hasta este momento se mantenía confundida con el resto de la pared del living... Héctor, se dio cuenta en seguida... no tuvo en consideración las pisadas en la alfombra... fue un grave error que en segundos mas, le costaría muy caro.

Pero, como una especie de reacción instintiva de autoprotección, Héctor, todavía adentro de su habitación secreta, rápidamente miró hacia arriba; en dirección a su araña centenaria de hierro y de cristal, la cual, en estos instantes, pendía del techo con sus focos apagados; a la par de que se le ocurría una excelente idea... esa idea... podría llegar a convertir a Héctor en un auténtico Ave Fénix, el cual, luego de arder en su propio fuego, renacería después de tres días de una total y abrasadora agonía.

En el siguiente instante, un segundo objeto de punta aplanada se hace escuchar en la parte inferior de la puerta y una voz con decisión y tosquedad dio la orden... −¡Ábranla ya!−.

La luz del living se abrió paso al mismo instante que la puerta, la cual fue despegada de la pared por acción de la fuerza bruta proveniente de dos de los intrigantes forajidos, en dirección a la sombría oficina, en donde temerosamente se encuentra Héctor, esperando su inevitable desenlace. Por un momento, sus ojos acostumbrados a la oscuridad, cuyas pupilas se mantiene totalmente dilatadas, quedaron enceguecidos de forma instantánea. En seguida, cerró fuertemente sus ojos, y únicamente atinó a levantar las manos y a pronunciar unas pocas palabras con su característico estilo cómico –soy Terminhéctor, no se atrevan a...–, pero un fuerte y localizado golpe le sobrevino desde un costado, directamente hacia su nuca. La oscuridad nuevamente invadió su mundo... y el silencio también. Héctor, desde ese momento yace desmayado en el piso de su oficina... aunque no tardaron mucho en cargarlo e inmediatamente después, desaparecer con él.

En instantes posteriores al violento atraco, la casa de Héctor no es más que escombros, desorden... caos... con una basta humareda entremezclada con una nube de polvo muy fina, los cuales se mantenían suspendidos en el aire de todo el lugar, transiluminados gracias a las fulguras que aún quedan encendidas... pero hubo algo más... un vacío profundo se apoderó de la destrozada casa de Héctor ... a lo que le prosiguió un absoluto silencio... tenebroso y lúgubre.

Héctor Ayala es un licenciado en Computación quien trabaja en una compañía que diseña software para hospitales. Su responsabilidad allí, es diseñar los algoritmos necesarios para los accesos de dichos sistemas a sus bases de datos subyacentes. Estos sistemas están constituidos por diferentes módulos, respecto de los cuales sus funcionalidades varían desde las funciones administrativas hasta guardar completos registros de las historias clínicas de los pacientes. Incluso el mismo paciente o bien el médico pueden acceder a la propia historia clínica del enfermo desde cualquier zona de la tierra en donde este se localice. Con esto se obtiene que, si un paciente necesita ser atendido en otro lugar del mundo, el médico que allí lo reciba pueda conocer al instante su historial clínico.

Con su extraordinario estoicismo, excelente raciocinio analítico, aguda perspicacia, elevado juicio y, puliendo estas probidades, un equitativo y ecuánime humor, Héctor es una individuo con quien contar a la hora de desafiar heterogéneos infortunios. Una esbeltez por debajo del promedio para un hombre, unos setenta y dos centímetros sobre el metro, configuración un tanto huesuda, cabello rubio y corto, cutis muy blanco, ojos color marrón claro y simétricamente rectos entre sí, y un rostro con aspecto alemán conforman un Héctor muy particular.

Capítulo 2.

Susana Palacios, una experimentada y muy preparada especialista en ingeniería y seguridad de sistemas de información, y además dueña de una personalidad muy versada a la hora de filosofar y de inferir razonamientos deductivos con el fin de arribar a una conclusión lógica y aceptable; se encuentra detrás de su moderno y ergonómico escritorio, y además, cómodamente sentada en su sillón de oficina forrado en una especial tela azul; el cual se amolda a la perfección por entre su esbelto y agraciado cuerpo. Su estructura corporal, es el perfecto soporte de otra gran belleza incomparable... su cara, redondeada y rozagante, con su pelo castaño muy claro, casi rubio, sus rasgos faciales simétricos al extremo, un semblante cándido y angelical, y sus grandes y elípticos ojos azules, los cuales, en estos precisos instantes, los mantiene enfocados e inmóviles en lo que le esta mostrando su monitor de veintiún pulgadas, definen a una mujer inolvidablemente hermosa e inteligente.

En el área de Sistemas Satélites, una subárea del área de Operaciones del Proyecto MIRAR, Susana Palacios trabaja incansablemente para mantener los sistemas que funcionan *"alrededor"* de lo que es la computadora central, una supercomputadora denominada ATENEA, la cual, ella misma, se jacta de poseer la mayor inteligencia sobre la faz de la tierra. Su cuerpo es una estructura metálica inmóvil dentro del piso once del área de operaciones, su mente es un sistema de inteligencia artificial especialmente programado para ella y su alma es una estructura computacional basada en la computación cuántica, utilizando los principios fundamentales de la física de partículas subatómicas o también denominada, *"Mecánica Cuántica"*. Toda una estrella. ATENEA está en todos lados y puede interaccionar con todo y todos a la vez, y en la cual, su inteligencia ha evolucionado tanto, que la psicología freudiana es perfectamente aplicable a esta máquina con *"vida propia"*.

Carlos Di Stéfano, Ingeniero en Seguridad de Sistemas y poseedor de un Master en Seguridad Informática, se desempeña como el actual Jefe de Seguridad de Sistemas del Proyecto MIRAR y también, es el esposo de Susana Palacios, los cuales conforman una dupla perfecta fuera y dentro de sus labores diarias. Con su característica serenidad, bajo perfil y una envidiable fuerza espiritual, ha sabido llevar adelante las labores de su equipo de trabajo con excepcional profesionalismo.

Susana ya estaba trabajando en el Proyecto MIRAR hace mas de dos años, desde que la red ANNON, a la cual pertenece hace muchos años y sobre lo cual, muy pocos lo saben; había frenado al mismísimo Proyecto MIRAR (Acrónimo de *"Misión internacional para la Reorganización Absoluta de la Red"*). Un proyecto para controlar todo y a todos en la red de redes. Pero ATENEA, con su superconciencia freudiana pudo lograr intervenir entre las dos partes, la que terminó siendo un ejemplo colectivo para la humanidad. MIRAR ahora se ocupa de proteger la libertad, independencia y moralidad en la red de redes.

Una vez en su casa, y luego de un excelente, pero agotador día, Susana y Carlos descansan, después de degustar una apetitosa y liviana cena mediterránea. Reposando luego; mientras conversan en su living al estilo moderno, conformado por unos muy cómodos sillones dispuestos en "L" cubiertos de un reluciente cuero de color negro, respaldados por sendos almohadones aterciopelados de un matiz azabache, y una rectangular mesa ratona central, haciendo juego en una perfecta tonalidad intencional; recordaron épocas pasadas y proyectaban para el futuro, dos enamorados muy unidos pero que el destino trataría de separar. Susana, nunca le había contado a Carlos de que ella formó y forma parte de la red de ciberactivistas de ANNON. Y aunque él también porta un espíritu muy parecido al de ella, Susana hasta ahora no ha tenido las fuerzas suficientes para decirle su verdad.

Estos enamorados, proyectan a futuro unas interesantes y hermosas vacaciones:

—¡Querida!... ¿Qué te parece si en nuestras vacaciones nos damos ese gusto que hace tanto tiempo que nos estamos prometiendo a nosotros mismos? —pregunta Carlos a Susana.

—¿Cuál mi amor?... ¿el de ir al complejo de cabañas de las sierras?... ¡¿al que fuimos en nuestra luna de miel?! —responde su esposa, un tanto sorprendida y con una gran sonrisa en su boca.

—Tu lo has dicho Su —le dice Carlos por medio de otra sonrisa picaresca.

—Hay, ¡mi amor!... Carlos, eres un ser maravilloso mi vida... y... por supuesto que sí, dulce... además, ya me has hecho recordar los aromas de sus ventiscas eternas, las coloridas montañas penitentes, el transparente lago de las estrellas, el gran dique semicircular, y... ¡las cabañas hechas de troncos!... uy, las cabañas mi cielo, como no voy a querer ir nuevamente a un lugar en donde a partir de allí, mi vida ha pasado a estar colmada de una completa y total felicidad... junto a ti, mi amor —recordó Susana con imágenes muy vívidas en su mente.

—¡Si!, si querida, esa fue una luna de miel inolvidable, sublime; en donde, de una manera particular, pude presenciar como una dualidad innegable, tu y yo, pasó a convertirse en una auténtica unidad perpetua, nosotros; y además, un lugar absolutamente único, y para volver a visitar... y... ¡preciosa!... hasta podríamos reservar la misma cabaña... para... remembrar esos tiempos… que ya pasaron, pero que seguirán estando en nuestras mentes y en nuestros corazones… ¿no Su? –respondió, filosofó y a la vez le propuso Carlos a su esposa.

–Siempre tan… mental y amoroso Carlos… te amo –le dijo Susana provista de una voz susurrante y dicha directamente al oído de su esposo.

–Tu también Su… no te quedas atrás en lo de… mental… ajajá… y en lo de amorosa… pues si, tu me llevas la delantera –respondió Carlos cariñosamente.

–Okay, okay, creo que estamos de acuerdo mi amor… ¡agendado!... dos corazones y mentes brillantes, fundidos en una sola unidad, ¡se irán a una segunda luna de miel a las sierras! –exclamó fervientemente Susana.

–Dalo por hecho querida… dalo por hecho –agregó Carlos.

Y después de una romántica y reparadora velada nocturna juntos, con mas charlas sobre recuerdos y vivencias juntos, Carlos se marcha a dormir, debido a que al día siguiente tiene que realizar un viaje de trabajo; pero ella, no pudo con su genio y naturaleza y se internó en el centro de datos hogareño, para revisar su casilla de correos privada… su casilla de correos secreta… su casilla de correos dedicada solamente a mensajes entre los activistas de ANNON.

Como varias veces a la semana lo hace, ingresa a un servidor seguro, mediante lo que se llama una red privada virtual, con lo que con esto consigue total anonimato y protección a la hora de protegerse contra los *"entes del espionaje"*. Procede a ingresar su usuario y contraseña de dieciocho caracteres, para *"armar"* la red virtual entre su red y el Firewall de la red en donde se encuentra el servidor de correos de ANNON. La autenticación es exitosa, por lo que de ahora en mas, Susana activa en su propia computadora, el programa local de correos o también llamado cliente de correo electrónico, el cual se ejecutará solo si encuentra, en primer lugar la red virtual habilitada, y en segundo lugar, el servidor de mails, al otro lado de la red virtual... o por sus siglas en Inglés, VPN. Estas dos condiciones son mutuamente excluyentes por lo que si una falla, el cliente de correo no se mostrará.

En este caso ocurrió todo lo contrario, el sistema cliente de emails, propio de los miembros de ANNON, está esperando a que se le proporcionen las credenciales de acceso. Pues Susana no se hizo esperar por lo que inmediatamente ingresó su nombre de usuario y su contraseña de quince caracteres. En menos de lo que dura un parpadeo, ya se encuentra mirando la lista de correos que todavía tiene sin leer, la cual no es demasiado extensa. Aunque, el primer vistazo, provocó en Susana un escalofrío que le recorrió todo su agraciado cuerpo, todo su sistema integumentario se transformó en una especie de piel de gallina, en respuesta a lo que pudo percibir del último mail que está en su bandeja de entrada. Es un correo electrónico privado, proveniente de uno de sus mejores amigos y colegas de la red ANNON. Es un email de Héctor Ayala, con carácter de urgente, importante y prioritario. Y mientras la piel de

Susana continua erizada, sin siquiera abrir el mensaje, el pequeño resumen que siempre se muestra a la derecha del remitente, dentro de la lista de todos los mails, rezaba la siguiente leyenda:

"*¡Hola Su! creo que corro peligro. Encontré una terrible amenaza p...*"

Susana, ante su asombro, trató de serenarse, y poner sus pensamientos en orden, como preparándose para lo que leería a continuación. Al examinar esa primera frase, tuvo un presentimiento que no se le había cruzado por su mente hacía mucho tiempo... el de ser detectados y encarcelados, siendo que ANNON solo persigue causas justas. Pero no esperó más, con un clic sobre la línea que representa al mail en si mismo, se despliega una ventana mas pequeña que la principal, mostrando ahora si, todo el texto que le escribió Héctor. Aunque su mente ya estaba puesta en el contenido del mail, se permitió girar la cabeza y la vista, hacia la puerta del centro de datos, para comprobar si su esposo todavía no estaba levantado... un reflejo que tiene el ser humano cuando no desea que algo con características privadas, sea visto por ojos no permitidos.

Seguidamente Susana bajó la vista nuevamente y se dispuso a leer el resto del mensaje de Héctor. Lo que leería a continuación la dejaría, sin mas contemplaciones que hacer, y en un autentico estado de shock.

Capítulo 3.

Una muy atractiva incubadora digital había sido concebida hace bastante tiempo. Una página Web dedicada al sorprendente mundo distribuido de la red de activistas digitales más grande del planeta. Una Web basada en los principios de Libertad e Independencia, propios de los de ANNON. Una Web que invita, por su muy atractiva y bien diseñada interfaz, a que toda persona que se identifique o sea parte de la red ANNON, se registre como un usuario activo. Una Web con el cien por cien de contenidos dedicados a esta red de activistas del ciberespacio. Una Web de una calidad y presencia sin precedentes dentro del conjunto de páginas Web que hasta el momento administra la red ANNON. Una Web amiga, fraternal, acogedora, servicial, libre e independiente. Una Web creada, para, y por, miembros potenciales y actuales del grupo de activistas ANNON... o al menos... eso es lo que reza un slogan dentro de ella.

Pero... por sobre esta, y a modo de representar un aire de sospecha y de suspicacia que algunos ya tienen respecto de esta *"sin igual"* página Web, y de una manera invisible, rota virtualmente, un gran signo de interrogación, respecto de la cual, la gran pregunta se conforma de esta manera: ¿Este sitio Web, es una página correspondiente a la red de ciberactivistas ANNON?

La respuesta no la tenía casi nadie, solo Héctor Ayala la había hallado y posteriormente informado a Susana Palacios mediante el sistema de correos de ANNON... pero detrás de las aparentemente benevolentes cortinas digitales de esa página Web, se esconde, agazapada, una única palabra que concede la respuesta. Y la respuesta a dicha pregunta, es un lóbrego y pavoroso *"No"*.

El enigmático sitio Web que expresa entre sus palabras, ser del grupo ANNON, representa a un espectacular Caballo de Troya digital. Cada persona que se registra en ella, solo está aceptando, y sin saberlo, el ser abordado furtivamente por un engendro digital dedicado pura y exclusivamente al ciberespionaje. Un virus veinte veces más grande y más complejo que los virus conocidos. Un virus construido por un equipo de experimentados ingenieros de software, y no por una sola persona. Un virus ensamblado y liberado por un sector del gobierno, que hizo caso omiso de la orden de no liberarlo... desde el propio gobierno.

Héctor Ayala lo había detectado, lo había desentrañado y había ideado la manera de destruir tanto al virus cliente, como a su virus madre; una supercomputadora central encargada de recibir e indexar toda la información remitida por sus "*hijos*", como resultado de sus labores digitales de espionaje.

Ese trabajo de "*indagación*" consiste en enviarle a su "madre", toda información que represente evidencias de que él o los usuarios que operan la computadora "infectada", integren la red de ciberactivistas de ANNON. Dicha información que recolecta el virus para enviar a indexación, durante su trabajo de espionaje digital; consta de todo tipo de archivos, registros de navegación en Internet, registros de conversaciones de chats, activación sin intervención humana de micrófonos y cámaras Web, para registrar patrones de voz e imágenes, registros de emails enviados y recibidos, examen del uso de las redes sociales junto con todos los comentarios propios y de terceras personas, etcétera, etcétera. Todo esto es enviado por el virus a la computadora central para su procesamiento, quedando este gran cúmulo de información asociado a las personas ciberespiadas.

Todo este adeudo no es detectado por los sistemas de protección que se ejecutan en cada computadora de hoy en día, como los antivirus, antispyware, etcétera; y el usuario además, no percibe en lo más mínimo la oscura labor que ocurre en el "*bajo fondo*" de su propia computadora. Ese ingenuo usuario cree que goza de total Libertad e Independencia, pero nada mas alejado de la realidad, debido a que se encuentra atrapado entre cuatro paredes "*transparentes*", cuatro paredes que no lo dejarán escapar, pero si, "*ver hacia afuera*", hacia Internet, en el cual continuará haciendo lo mismo de siempre, pero sin siquiera ocurrírsele una pequeña idea de lo que se está perpetrando delante de su nariz, seguirá atrapado en una prisión, una prisión, que por sus innatas características, se la llamó: "*La Cárcel de Cristal*". Podrás ver hacia... "*el afuera digital*"... pero no podrás escapar... nunca, jamás.

Capítulo 4.

La *"Madre de todos los Virus"*, es un sistema computacional extremadamente complejo desarrollado exclusivamente para el espionaje digital, el cual cumple con sus incumbencias con extrema precisión y absoluta perfección, por intermedio de sus virus *"hijos"*, los cuales llevan a término el *"trabajo sucio"*.

Este sistema computacional está compuesto por una supercomputadora que utiliza 64 microprocesadores Intel Xeon de última generación, trabajando todos de manera paralela, 256 Gigabytes de memoria RAM, más un sistema informático de indexación de los datos proporcionados por las manos digitales de dichos virus *"hijos"*; y basado en técnicas de Procesamiento Analítico en Línea o por sus siglas en inglés, OLAP.

La técnica de procesamiento de datos en línea comúnmente es usada en lo que se denomina Inteligencia Empresarial, en donde su objetivo es la de acelerar la ejecución de todo tipo de consultas sobre esos datos. Sabiendo que las consultas, a niveles de bases de datos, pueden ser de diferentes características, como por ejemplo, consultas de actualización, de grabación, de eliminación y de recuperación de información.

En este caso, la tecnología OLAP esta siendo esgrimida para la *"Inteligencia al servicio del espionaje digital"*, utilizando lo que se denominan estructuras o cubos multidimensionales, o también llamados *"Hipercubos"*, en donde se guardan compendios de los datos alojados en las gigantescas bases de datos principales. Esta invención al servicio del tratamiento de datos dentro de las bases de datos es lo más eficiente a la hora de actualizar, grabar, eliminar y/o recuperar datos. Pues *"la Madre de Todos los Virus"* esta recabando e indexando con total eficiencia, información de espionaje digital hace bastante tiempo. Miles de personas ya están catalogadas como *"sospechosas"* de pertenecer a la red de ciberactivistas ANNON, junto con toda la variedad de información relacionada a cada una de estas almas inocentes. Cada una, de las miles… sino, cientos de miles de personas indexadas, ya tienen, dentro de esta supercomputadora, y perfectamente asociados, todos los datos de su vida privada y los datos de su vida en la red, todos sus accesos a páginas Web, todos sus mails enviados y recibidos, todos sus comentarios en las redes sociales, hasta sus patrones de voz y faciales. Y como si lo anterior fuera poco, el *"virus hijo"* al activar sin permiso del usuario, la cámara Web, detecta y envía a indexación, la manera de vestir y de moverse de dicha persona… y hasta su contextura física, si este se encuentra dentro del alcance de la lente.

Un verdadero sistema para encarcelar la Libertad y la Independencia.

Las podrás ver a ambas, pero nunca serán tuyas.

Una auténtica *"Cárcel de Cristal"*.

Capítulo 5.

En el momento en que Susana se dispuso a leer el mail que le había enviado Héctor, a través del sistema de correos privado de ANNON, el shock que le causó en el instante de comenzar a recorrerlo detenidamente, por medio de sus sublimes ojos azules, se le indujo en su cuerpo, un peligroso efecto dominó de diferentes sensaciones psicológicas y corporales, su mirada se concentró tanto en el texto que esta examinando, que le causó una disminución abrupta de sus intervalos de parpadeos, con lo que sus ojos agraciados color del cielo comenzaron a sentir un ardor creciente y profundo, su cuerpo excelso permaneció petrificado… inmóvil, sus manos y pies comenzaron a presentar una sensación tenue de frialdad y humedad, una fuerte impresión de dolor toráxico o también llamado dolor precordial le sobrevino repentinamente, y como si lo anterior no fuera poco, un sentimiento de confusión leve proseguida de sudoración fría en su frente, fueron los detonantes de otro efecto dominó. Los recuerdos pasados y presentes de su colega y amigo afloraron repentinamente como parte de sus pensamientos y recuerdos recientes. Recuerdos de sus incansables e incontables luchas en pos de mantener con firmeza, en este mundo tan complejo y dinámico, los dos pilares fundamentales que componen una sociedad justa… Libertad e Independencia tanto en la vida real como en la virtual.

Asimismo, y en ese cortísimo lapso de tiempo, los recuerdos de su niñez le emergieron en su mente prodigiosa, resonando ciertos momentos donde sus pensamientos y acciones de aquel entonces, se correspondían y encajaban a la perfección con sus pensamientos y acciones actuales. Una personalidad forjada firmemente por sus padres, desde su niñez, fue la gran base intelectual y moral de la que Susana es depositaria hoy en día.

Pese a toda esta respuesta psicofísica de la Ingeniera con los ojos color del edén, continúa inmutada leyendo el correo electrónico de Héctor. El texto del mail se le muestra por medio de las siguientes palabras:

"   *¡Hola Su! creo que corro peligro. Encontré una terrible amenaza hacia nuestra red, un virus* *especialmente diseñado para el espionaje digital, dirigido a nosotros… pero hallé la manera de detenerlo tanto al virus cliente como y al sistema principal, el servidor, en dirección a donde se envían los datos espiados.*

Hace mas de un mes… creo… con técnicas de Ingeniería Inversa… que tu conoces muy bien… he llegado a saber como detenerlo, como destruirlos.

Ya no me conecto mas desde mi casa… me intervinieron todas mis comunicaciones por todas las vías… ya los he detectado, por eso te envío este mail desde algún lugar y desde nuestro servidor seguro.

Solo debes hacer lo mismo que yo para parar esta amenaza… ingresa a www.weareannon.com y regístrate en ella, donde al instante se bajará en tu equipo (hazlo en una notebook) el mismísimo virus… en no mas de 3 minutos aproximadamente y hazlo desde una red pública, no desde tu casa. En seguida desconéctala de Internet… hasta que le puedas correr el UDecompiler.exe (ya sabrás el porqué).

El virus es un archivo de 23 Megabytes que se ocultará en el directorio raíz denominado command.exe.

Solo se me ocurrió dejarte pistas para solucionar esta barbarie… comenzando por la que te detallo mas abajo. Cuando me pueda conectar a Internet nuevamente, ¡y si puedo conectarme!, veré si tengo el tiempo para aplicar yo mismo la solución y parar todo esto... aunque no lo creo posible por ahora.

Cuando sepas y apliques la solución infórmaselas a todos los demás de la red de modo que también lo hagan y sepan de esa página maldita y por supuesto para hacerla caer por medio de un ataque de denegación de servicio.

Es casi seguro que, aplicando la última solución en una sola máquina conectada a la red Internet, todo el sistema vírico cliente – servidor se debería caer inmediatamente, ya que se liberará un comando "kill" después de que apliques esto.

Si les aviso yo, a todos los de nuestra red los pongo en riesgo debido a que como la mirada está puesto en mi, puede que detecten mi mail con los destinatarios... y eso es un detalle que no me puedo dar el lujo de obviar.

El mismo proceso podrás hacer en el virus madre si sobre el hijo no surte efecto... y con ello debería terminarse todo... esto no lo pudo haber permitido el gobierno... ¡no lo entiendo!... sospecho de algún sector oscuro del gobierno que no se contuvo y liberó la amenaza.

He aquí el primer enigma, y disculpas Su por no ser más directo y más claro, pero se que me comprenderás:

"RESGUARDADO   BAJO   LA
GIGANTESCA   CUPULA   DE   LA
.METROPOLI.,   ENTRE   SU   LOMO
LLEVA   LA   PESADA   CARGA,   Y
AUNQUE   TODOS   LA   .VEAN.   SOLO
UNOS POCOS LA PODRAN .MIRAR."

BG 603 – 1839

Se que lo lograrás Su.
Espero poder verte y hablar sobre esto.
¡Un abrazo!
H."

Susana, en el momento posterior a la carta de Héctor quedó totalmente inmóvil, estupefacta, absolutamente perpleja, sin poder reaccionar ante tantas injusticias juntas. Pero más que nada, su preocupación iba en aumento con cada minuto que transcurría, al recordar la primera frase del mail de Héctor. Y el hecho de que su amigo y compañero de la red ANNON afirmara algo, siempre lo hacía con absoluto fundamento.

Aunque, por otro lado, y de una manera muy rápida, se le sumaron a su preocupación, la descomunal carga emocional que tenía que portar por delante. Una responsabilidad magnánima. Y debía comenzar ya... resolviendo y preguntándose por el primer enigma que le detalló Héctor en su mail. ¿Qué son esas letras y números? ¿Qué querrá indicarme con ese texto de abajo?

Por otro lado, cientos de miles de usuarios de la Web www.weareannon.com están siendo silenciosamente abordados por "*La Cárcel de Cristal*". El engendro tecnológico más innovador creado hasta la fecha. Un producto de mentes inteligentes y muy experimentadas, apoyadas de una manera oscura por un sector, el cual se cree independiente, del Gobierno de la Nación. Cada uno de los interesados que acceden con su usuario y contraseña a dicha página, es infectado magistralmente, sin que ningún sistema de protección se percate de la intrusión ni del propio trabajo de espionaje digital posterior.

Capítulo 6.

La brillante Ingeniera… la cual posee una membresía un tanto secreta respecto de la red ANNON y de un carácter casi público sobre el Proyecto MIRAR, permaneció unos instantes mostrando un semblante de preocupación y de tristeza, pensando en lo que le podría suceder a Héctor; por lo que, como asemejándose a un infernal rayo; el cual es atraído hacia la tierra gracias a diversas cargas positivas y proveniente de cumulonimbos con cargas negativas…; extendió su brazo delgado y firme por sobre el escritorio totalmente vidriado y con fotos familiares, dispuestas perfectamente por debajo del cristal; con la única intensión de tomar su *"otro"* celular smartphone y disponerse a llamar, de forma segura, a su colega y amigo Héctor.

Después de pronunciarle dos palabras a su teléfono, *"Héctor, llamar"*, su aparato comenzó maquinalmente el proceso de llamada, dejando escuchar el tono de la misma repetidas veces hasta que finalizó el tiempo de espera. Nadie había contestado del otro lado –¡que raro!– pensó Susana, – Héctor nunca se desprende de su celular– finalizó. Llamó nuevamente… y solo se oyó lo mismo. Intentó varias veces más obteniendo siempre la misma respuesta… el celular llamaba… pero nadie atendía… –eso quiere decir que el celular está encendido, y con red– se auto tranquilizó Susana.

Durante la media hora siguiente, realizó varios intentos más, aunque sin ninguna respuesta diferente a las anteriores.

El celular de Héctor… estaba *"vivo"*… pero otros ojos, y que no eran los de él, miraban fría, sagaz y maquiavélicamente las numerosas llamadas perdidas de una tal… *"Susana Palacios"*.

Melek Taws solo atinó a mirar fijamente a Héctor; quién se halla amarrado a una silla, por medio de una típica cuerda compuesta de fibras naturales; y amordazado con una tela de algodón de color blanco, manchada por un líquido de matiz rojo *"sangre"*… y una venda de tonalidad negra, le recubre ambos ojos; solamente, y con la única intención de empuñarle una mirada casi letal, por intermedio de sus negros ojos muertos, en conjunto con una demostración incipiente de su propia y característica risa falaz y penetrante… aunque Héctor no lo viera, el placer que le generaba a este malévolo personaje… Melek Taws, el hacer ese tipo de cosas, era de tal dimensión, que se percibía por la persona retenida, tal cual una gran oleada de maldad… como si la Gran Conciencia Universal los conectara tanto al captor como al capturado, haciéndoles presentir de una manera entrecruzada, el miedo absoluto de uno y el regocijo malicioso del otro. Una conexión que Melek la utiliza todo el tiempo.

Y ahora su regocijo va en aumento… otro pez había enganchado en el anzuelo… y sin quererlo… –un regalo del propio Satanás– pensó Melek Taws, mientras corría por todo su cuerpo una avalancha energizante de adrenalina.

Susana, en su casa, tratando de retornar a la realidad por medio de su especial carácter de serenidad y autocontrol, incluso bajo presión o sentimientos extremos, como de los que había sido presa hace unos momentos, apartó sus pensamientos de encontrar a Héctor, pensando lógicamente que otro sería el momento de localizarlo y encontrarlo, con lo cual se dispuso a analizar lo que él le dejó en su correo electrónico. El enigma que le envió Héctor, es solo el comienzo de la solución, el primer paso para desarticular a "*La Cárcel de Cristal*". Pero el trabajo no le va a ser fácil… y sin quererlo, su seguridad comienza a estar en riesgo.

De todas maneras, la noche ya está perdida y es obvio que no dormirá, debido a que el texto del correo, sumado al del enigma que le transmitió su colega, parecían que la han modificado rápida y efectivamente su reloj biológico. Susana ahora se encuentra nuevamente en total y absoluto estado de vigilia.

Accedió nuevamente a su sistema de correo privado de ANNON, abrió por segunda vez el correo ya leído por ella, y enviado por Héctor, y se dispuso con todas sus energías, mas un café dulce y muy negro que se preparó hace unos momentos, a analizar el enigma que le propuso su amigo y colega... y... algo en el texto... su sexto sentido quizás, le hizo presentir que la respuesta esta cerca suyo.

Y comenzó a analizarlo.

"RESGUARDADO   BAJO   LA GIGANTESCA   CUPULA   DE   LA .METROPOLI., ENTRE SU LOMO LLEVA LA PESADA CARGA, Y AUNQUE TODOS LA   .VEAN.   SOLO   UNOS   POCOS   LA PODRAN .MIRAR."

BG 603 – 1839

Lo leyó nuevamente, pero ahora con su mente configurada en un estado analítico deductivo, potenciado por el café negro muy azucarado que estaba ingiriendo hasta ese momento.

–¿Resguardado bajo la gigantesca cúpula de la metrópoli?... esto es lo que en mi primera lectura me llamó la atención– pensó Susana, y continuó cavilando –una metrópoli es una gran ciudad, una ciudad importante dentro de un conjunto de ciudades intrínsecamente relacionadas a una gran zona geográfica– expresó nuevamente y sin abrir su delicada boca, debido a que lo hacía solamente por intermedio de sus privilegiadas sinapsis neuronales, a las que sobrecargó con muchos mas pensamientos –¿y que gigantesca cúpula existe en una metrópoli?... si pienso en una gran ciudad como en la que yo vivo, ¡pienso en la cúpula del Congreso de la Nación!, ¡está claro como el agua!... además, otras ciudades capitales del mundo tienen sus edificios monumentales para los congresistas con sus gigantescas cúpulas al estilo neoclásico... un estilo que rememora a las arquitecturas de la antigua Grecia– y sin que Susana se detuviera con sus pensamientos, prosiguió– Entonces, tengo casi en claro que es en mi ciudad... y al ver que la palabra metrópoli está entre dos puntos... me obliga a pensar que Héctor la resaltó de este modo... ¡por algo!... y... existe una cosa debajo de la cúpula del Congreso de la Nación de mi Gran Ciudad, que está resguardado...– con lo que se preparó nuevamente para inferir sobre la segunda frase.

–¿Entre su lomo lleva la pesada carga?... y me pregunto, ¿que se guarda bajo la cúpula del Congreso de la Nación, y que tenga lomo?... además dice *"Entre su lomo"* y no *"sobre su lomo"*, lo que me lleva a pensar que hay algo que se encuentra dentro del lomo de otro *"algo"*– y aunque esto se le ponía a Susana un poco mas escabroso, en ningún momento bajó los brazos, por lo que prosiguió pensando –ese *"algo"* que tiene lomo podría llegar a ser lisa y llanamente... un libro, por dos motivos... primero, un libro consta de una tapa, una contratapa y su lomo, donde este último por debajo del material de tapa, conforma el aseguramiento de las páginas que son firmemente cocidas y luego pegadas por medio de una malla de tela, con lo que se aseguran los bloques de hojas o signaturas... entre las páginas cocidas y el material de tapa existe un espacio... ¡Si!– pensó a la vez que rectifica todo su cuerpo y con su vista mira entusiasmada hacia el techo... como si allí encontraría mas información. Solo fue una reacción instintiva de Susana a un dilema casi resuelto. Por supuesto que en el techo solo había penumbra debido a la luz difusa proveniente de su escritorio.

–Además y como segundo motivo de que ese *"algo"* pueda llegar a ser un libro, es que en el Congreso de la Nación existe una de las bibliotecas mas grandes del mundo, alojando allí mas de quince millones de libros– seguía pensando de una manera imparable la ingeniera de ANNON.

–Estoy casi segura de que Héctor dejó algo escondido dentro del lomo de un libro de la biblioteca del Congreso de la Nación... y... y que ese código que me muestra debajo seguramente es el código de catalogación del libro dentro de la gigantesca biblioteca– pero la tercer frase causó en Susana un gran sentimiento de duda, sobre la cual reflexionó y reflexionó, pero no logró extraer información relevante... nada que le indique otro dato importante, aunque no se preocupó demasiado, debido a que ya tiene información del lugar y sobre que cosa es la que debe buscar. Un libro con código de catalogación BG 603 – 1839 en la biblioteca del Congreso de la Nación.

–La tercera frase posiblemente encaje con las anteriores luego de obtener la *"pesada carga"* de entre el lomo del libro– terminó pensando Susana.

En ese instante, una mano bastante huesuda se le aparece desde el lado derecho y por detrás, para después sobrepasar sigilosamente el antebrazo completo por sobre el pecho y debajo del mentón de Susana... y finalizando con posar esa mano muy varonil, justo en el hombro izquierdo de la hasta ahora demasiado concentrada ingeniera de ANNON. Al mismo tiempo, unos labios pertenecientes a un rostro marcadamente masculino y bien simétrico, se apoyaron sobre el oído derecho de la mujer, expresándole con voz baja, casi susurrante, la siguiente frase:

"–Su, amor mío... con razón soñé contigo anoche...–"

Susana, primero se sobresaltó abruptamente en razón de que Carlos, su esposo, la había sacado de su trance intelectual haciéndola regresar a la tierra, y segundo, sumado a un grito de susto, atinó a hacer un clic sobre el botón que cierra su casilla de email, antes de que Carlos se percatara de su "*otro costado*".

–¡Hola amor!... me diste un gran susto, pero al verte, la tranquilidad me volvió en seguida... y... ¿que es eso de que soñaste conmigo anoche? –le preguntó la recién asustada esposa. A lo que Carlos le respondió con el final de la frase, a modo de rematar con su romántica primera parte –soñé contigo, ya que es inevitable no tenerte a mi lado... hace unas horas me desperté, vi que no estabas y que la luz del datacenter estaba encendida, luego me volví a dormir y un hermoso sueño, contigo como principal personaje, fue el inesperado regalo que mi cerebro me dio... es obvio que de una u otra manera estas conmigo Susana... ¡te amo querida!

–Yo también te amo Carlos, mi amor... que sería de mi, sin ti– le contestó con vos romántica a su esposo, sellando todo lo sucedido con un largo, suave, húmedo y casi inmóvil beso... un beso revestido de una sentimental eternidad, un beso que siempre los transporta al propio interior de cada uno, una simbiosis pasional que no solo forma parte de una simple unión física, sino que también, esa unión por medio del beso, les genera una sensación de que el "*Yo*" de uno se conectara con el "*Yo*" del otro, como uniéndose en una conciencia única, conformando un amor profundo y eterno. Corazón y mente unidos por siempre en una sola conciencia universal.

Carlos, se había levantado temprano ya que debía realizar un viaje de trabajo, por temas propios del proyecto MIRAR. A Susana, no lo queda otra cosa que aceptar que… su ración de café de hoy deberá ser el doble, junto con las veces que le convendrá mojarse el rostro. Su noche había sido muy pesada y el día lo sería aún mucho más.

Pero antes de concurrir a su trabajo deberá concurrir a la Biblioteca del Congreso de la Nación para buscar el libro con número de catálogo BG 603 – 1839 y revisar entre su lomo de modo de encontrar lo que supuestamente Héctor le envió con carácter de secreto, de manera que comience cuanto antes el trabajo de derribar al virus.

Carlos y Susana desayunaron Juntos, como casi todas las mañanas, donde Susana le comentó que tenía trabajo atrasado con respecto a un sistema satélite de ATENEA, por lo que se había conectado mediante VPN a la red del Proyecto MIRAR y había trabajado remotamente toda la noche. Eso era algo que hacían los dos habitualmente.

Pero la inteligente mujer, después de su mentirita piadosa hacia su esposo, y luego de despedirlo con palabras románticas, abrazos, besos, y deseos de que su viaje fuera exitoso y a la vez provechoso, se dispuso a preparar sus cosas para acudir a la biblioteca. Era prioritario hallar esa *pesada carga*" de la que Héctor hace referencia en su carta.

Capítulo 7.

Solo cuatro paredes y un techo, al parecer de concreto, mas una puerta de hierro, rodean al maltrecho Héctor Ayala. Su captura ha sido un *"golpe a tiempo"* para que el virus no sea diezmado en su accionar. El verdugo lo tiene sentado en una silla, atado por sus muñecas disponiendo los brazos doloridamente entrecruzados por detrás de la misma. Una mordaza le deja la boca abierta y seca... muy seca, y un suave paño negro, literalmente le enceguece sus ojos. Solo un fino claro de luz se cuela por uno de los pliegues del paño sobre su ojo derecho. –Por lo menos no estoy a oscuras, se tranquilizó Héctor... ¿pero donde estoy?, ¿que me harán? –se preguntaba para sus adentros.

Pero una voz, que pareció provenir del mismísimo infierno, se hizo sentir en toda la fuertemente asegurada habitación de concreto. Esa voz, como un ronco susurro y a la vez con mucha fuerza, le habló a Héctor con estas palabras – Héctor Ayala... se ve que eres... ¡todo un héroe!... –Héctor se retorció y mugió un sonido casi gutural desde la silla, en donde esta fuertemente atado, pero todo ese esfuerzo fue en vano –te sugiero que guardes tus fuerzas para cuando yo... Melek Taws, te pida *"cortésmente"* que me digas, qué es lo que informaste sobre el virus... y a quiénes... si me lo dices... seré... seré, un chico muy, pero muy bueno... y tu amiga, Susana Palacios, podrá llegar a ver el amanecer de un nuevo día –cuando Héctor escuchó lo último que dijo su captor, no necesitó estar atado a la silla para estar firme... su cuerpo quedó literalmente petrificado, helado, inmóvil... esas últimas palabras fueron desgarradoras para él –¡ah!... ¡presiento que la conoces!, ¡muy bien entonces!... me lo temía, pues ten en cuenta mis últimas palabras para cuando te lo pregunte por segunda vez... ahora te dejaré pensar... y... ¿recuerdas a Rene Descartes Héctor?... bueno, no lo dudo... pues, si *"piensas"* en lo que te dije, a lo mejor podrás seguir *"existiendo"*... al igual que Susana... solo sé razonablemente inteligente, como el filósofo... y te irá mejor... quiero que ordenes tus pensamientos y razones muy bien... de esa manera, las cosas serán mas fáciles para ti – finalizó diciendo la malvada voz.

Héctor, escuchó como una puerta se cerró fuertemente delante de el... se la imaginó como de hierro macizo y muy pesada.

La mente de Héctor quedó aniquilada psicológicamente por un momento, luego de lo que había escuchado de mano de esa aterradora voz. Ahora, no solamente la red de activistas ANNON y él estaban en peligro, sino que su colega y amiga Susana Palacios también. Héctor comprende muy bien en la situación en que se encuentra en estos momentos. Por este motivo debe tratar de mantener la mente en el mejor estado de autocontrol y analítico posible. Debe pensar con agudeza e inteligencia. Debe tratar de estar un paso delante de su captor. Cualquier cosa que pudiera utilizar Héctor, en contra de Melek Taws tiene que ser aprovechada al máximo, pero analizando cada paso o decisión a tomar por intermedio de su característico modelo de pensamiento lógico sistémico.

El nombre Melek Taws, que mal utilizó el captor de Héctor Ayala, se corresponde al nombre *"Yazidi"* para el *"Ángel Pavo Real"*. Es el Dios troncal de la fe *"Yazidi"*, quienes entienden a Melek Taws como un ángel de auténtica generosidad y compasión eximido a si mismo de sus pecados y auto convertido en el creador del cosmos a partir de una célula cósmica. Y después de llorar por un período de siete mil años, sus sollozos colmaron con lágrimas a siete jarrones, por lo que con estas vasijas atiborradas del liquido lacrimal, proveniente de los ojos del Ángel Pavo Real, ayudaron a extinguir los fuegos infernales de las tinieblas.

Esa mal utilización del pseudónimo *"Melek Taws"*, auto designado por el mismísimo secuestrador de Héctor, se refiere a su propia y errónea creencia de que el Ángel Pavo Real representa a Lucifer o Satanás. Nada más alejado de la realidad debido a que la palabra *"Taws"* probablemente deriva del griego, en precisa alusión a *"Theos"* o a *"Zeus"*. En esta dirección Melek Taws, y no el apresador de Héctor, vendría a ser el Ángel de Dios. Aunque no importa qué nombre se auto apode el maleante, ya que si quiere representar todo lo malo de este mundo, ya lo ha logrado y no le es necesario valerse de ningún sobre nombre.

Capítulo 8.

Susana, ya se encuentra en la escalera exterior de la entrada principal al Congreso de la Nación. Un suntuoso palacio con características arquitectónicas al bellísimo estilo del eclecticismo grecorromano. Con una gigantesca cúpula central ubicada a más de ochenta metros de altura y de treinta mil toneladas de peso, fue en el tiempo de su construcción, el edificio más alto y complejo del país.

Después de despertar de uno de esos trances arquitectónicos que a Susana le suelen dar ante majestuosidades como estas, respecto de las cuales, es autónomamente transportada por su mente prodigiosa, hacia el proceso creador y de imaginación de otras mentes prodigiosas; es decir, hacia el propio acto intelectual de los antiguos cerebros creadores de tan prominentes bellezas estructurales y de arquitectura; se decidió a ingresar muy despacio, mientras continua observando con imperturbable fascinación, la fachada y lo que le quedaba a la vista, de la cúpula del edificio del Congreso. Pero lo que Susana no tuvo en cuenta, es que los escalones también fueron construidos en aquella época, al igual que la cúpula, y de la misma manera son dignos de admiración, por lo que, un gran tropezón en uno de dichos escalones centenarios, no solamente la obligó a mirar hacia abajo y a estirar rápidamente en dirección al suelo, uno de sus brazos, como un verdadero acto reflejo, proveniente de la intercesión de su Sistema Límbico por sobre las decisiones conscientes del Neocórtex, es decir... gracias a su instinto de supervivencia; sino que también, la hizo volver inmediatamente a la realidad, la cual la esperaba con los *"brazos abiertos"*... y los *"escalones celosos"*... también.

Era primordial y urgente que pudiera encontrar el libro catalogado como BG 603 – 1839.

Luego de ingresar, se dispuso a caminar hacia la Biblioteca del Congreso; por entre medio de una especie de jungla conformada por pisos, paredes y columnas de un mármol de Carrara reflejante y pulido... y entre incontables y elaboradas bellezas de arte, que van desde pinturas muy conocidas hasta incólumes y blancas estatuas muy grandes y excelentemente labradas. Por ese grandilocuente pasillo al mejor estilo del Museo del Louvre, en París, Francia, Susana sigue sin pausa mostrando su marcada característica de impaciencia en su caminar. Necesita tener en sus manos ese libro, si es que ese código se correspondería con un libro. Pues es lo que ella espera obtener, ya que basadas en sus premisas deductivas, resultantes del enigma que Héctor le envió por mail, había construido la siguiente conclusión casi certera –ese código es de un libro de la Biblioteca del Congreso de la Nación... ¡tiene que serlo! –pensaba Susana mientras caminaba hacia la mesa de entrada de la Biblioteca.

Una vez en la mesa de entrada, la cual está impecablemente construida desde el siglo dieciocho con una madera de cedro muy fosca y pintada con un color barniz oscuro, resultante de los cientos de procesos de restauración que esa mesa ha soportado a lo largo de los años... una voz masculina muy amable le dirigió unas palabras, –pase por aquí por favor... ¡buenos días!, ¿en que la puedo ayudar? –le dijo un bibliotecario que estaba en una de las varias secciones de recepción de ese ancestral mostrador de entrada.

–Buenos días –respondió Susana.

–Necesito que verifique... por favor... si poseen aquí un libro con el código... BG 603 – 1839.

–Un momento por favor, verifico en el Sistema Informático y se lo informo en un momento... me dijo... ¿BG...?

–BG 603 – 1839 –respondió Susana.

–¿Mil ocho...? –volvió a consultar el bibliotecario junto con mirar a los ojos a Susana.

A lo que la Ingeniera, junto con devolverle una mirada no tan tierna, respondió –¡39!

–Nop… ese código no existe en nuestro catálogo, lo siento.

–¡¿Esta seguro?!... ¿no se habrá equivocado en ingresar el código?... –inquirió al instante Susana.

–No, lo lamento señora, ese código *"BG 603 – 1839"* simplemente… me lo rechaza el sistema.

–¡No lo comprendo! –expresó Susana, a lo que un sentimiento de confusión sumado al recuerdo de la noche perdida que había pasado sin dormir… cambiaron su expresión escabrosamente.

–Bueno… de todas maneras, muchas gracias por su ayuda– terminó pronunciándole Susana al joven bibliotecario.

–No hay porque agradecer señora... y… ¡vuelva cuando quiera!

–Muchas gracias… pero creo que no lo haré por un largo… largo tiempo.

–Ok Señora, como guste… gracias por visitar la Biblioteca del Congres… –para esto Susana ya se encontraba a dos metros del bibliotecario, casi sin escuchar lo que este le decía… solo atinó a levantarle la mano a modo de un saludo insipiente.

Mientras Susana no puede reaccionar después del disgusto por no haber hallado lo que lógicamente debería haber sido, lentamente emprende su caminata hacia la salida, esta vez sin apreciar ni pensar en ninguna obra de arte ni estructural del edificio… solo camina viendo hacia el suelo, únicamente para mantener su equilibrio.

–¡Señora!

–La ingeniera de ANNON se encuentra desvastada por lo sucedido… es un real sentimiento de pérdida el que ella tiene en estos momentos.

–¡Señora!... ¡Señora!

–Para sus adentros, se hace un millón de preguntas que no tienen respuesta alguna.

–¡Señora!... ¡Se…!... ¡¡Señora!!

–Para colmo tantos ruidos de pasos y vociferadas la están aturdiendo y se preguntaba como en una biblioteca puede haber gente que hable tan fuerte… –¡que falta de respeto hacia los que necesitan estar en silencio! –añadió para si misma.

–¡Señora!... disculpe.

Susana gira su torso media vuelta para ver de donde provenía tanto alboroto de palabras y corridas… y también por si alguien le hablaba a ella. Luego de girar, y ver quien la venía llamando desde el largo pasillo de mármol, inmediatamente le reapareció el mismo semblante que ella exponía antes de llegar al mostrador. Luego de terminar de girar completamente, vio que el bibliotecario se le acerca muy agitado y se dirige a ella con las siguientes palabras:

–¡Señora!... dis… ¡ha!... disculpe… debo pedirle perdón, me he confundido al ingresar su código, es que… es que, cuando usted me lo informó lo ingresé completo para la búsqueda, pero luego de verlo escrito en la pantalla una vez mas, recordé que la última cifra de cuatro dígitos es el año, el cual se corresponde a un libro del año 1839... además también omití que el código "*BG 603*" es la codificación de ubicación de nuestra biblioteca, aquí le imprimí los datos del libro por si quiere buscarlo ahora... de nuevo le pido mil disculpas.

Susana, al ver el papel impreso que el bibliotecario le entregó, todo lo que transcurrió por su mente golpeada por la anterior noticia, se había desvanecido. Con una gran sonrisa y justo antes de marchar nuevamente hacia el interior de la biblioteca, ella se expresó hacia él por medio de un beso espontáneo de agradecimiento y a la par que lo tomaba fraternalmente por los costados de sus hombros... ese beso de amistad y agradecimiento fue dado por una mujer deslumbrante, justo en la mejilla izquierda del encargado de la biblioteca... Este quedó petrificado por esa reacción de parte de la atractiva dama que solicitaba un libro del año 1839... y luego, una sensación celestial de haber tocado el mismísimo paraíso con sus manos, le erizó cada bello de su joven piel. Algo que no olvidaría por largo tiempo.

El papel impreso que el bibliotecario le entregó a Susana tiene los siguientes datos:

Título principal: Biblia Sacra Vulgate editions, Sixti V Pontificis Maximi Jussu recognita, et Clementis VIII auctoritate edita
Publicación: Parisiis : Apud Eumdem, 1839
Descripción física: 826 p. 27 cm.
Tema: BIBLIA – VERSIONES
Ubicación: B.G. 603
Vol: U

La ingeniera de ANNON y MIRAR, luego de buscar detenidamente, encontró el libro en una de las secciones especiales para libros mas antiguos de la biblioteca del congreso. Era una Biblia de más de ochocientas páginas, con una tapa muy dura de color marrón, y asemejándose a la vista y al tacto como si fuera un cuero muy duro. En su centenaria portada se deja ver una reminiscencia de dibujos ornamentales, de una forma casi imperceptible. Lo mismo luce en su contraportada, asemejándose a manchas dejadas por las incontables manos que la Biblia ha soportado durante el paso del tiempo.

Pero, la parte externa de su lomo es diferente, ya que presenta seis secciones separadas cada una de ellas, por una especie de doblez o relieve del material de la tapa. Esas seis secciones contienen magníficos dibujos de flores y demás filigranas, pintadas en un desgastado color dorado. Y en su segunda sección, viendo el libro desde arriba hacia abajo… en posición de estante... se deja ver con letra mayúscula de imprenta la siguiente leyenda:

B   I   B   L   I   A
S   A   C   R   A

La Biblia Clementina fue durante varios siglos la edición estándar de la Biblia en latín. Fue publicada por primera vez en el año 1592 en la ciudad de Roma por Aldo Manuzio, o conocido también por su verdadero nombre en italiano como Teobaldo Mannucci, quien fue un impresor y humanista italiano, fundador de una imprenta denominada Aldina.

Al igual que su libro predecesor, la Biblia Sixtina... la Biblia Clementina se emitió con una nueva norma papal, la cual prohibía la impresión de una nueva edición, fuera del Vaticano. Si se necesitaba imprimir una edición externa al Vaticano, primero debía ser cotejada con una copia proveniente de la Biblioteca del mencionado estado soberano más pequeño del mundo. Esto fue lo que aseguró la posición de la versión de Clementine como la Biblia oficial de la Iglesia Católica Romana. No fue sino hasta el año 1907, cuando se le realizó una revisión oficial.

Susana ya se encuentra parada frente a una mesa, previamente seleccionada por ella, en la cual no hubiera personas ni en esta ni cerca de esta. Apoyó cuidadosamente la Biblia Sacra sobre la mesa de lectura, la cual, al igual que el mostrador de entrada, es de una madera de roble recubierta de muchas capas de protectores para madera y barnices varios, asemejándose a un vidrio muy bien pulido sobre la superficie. También descansó sobre el sillón que tenía al lado del que estaba por sentarse, su bolso de cuero negro, el cual contenía, además de diversas notas y elementos de oficina... una notebook.

Susana procedió a sentarse apaciblemente en el sillón de lectores... el cual es un asiento muy cómodo, tapizado de un cuero marrón oscuro y muy suave. Tomó la Biblia con sus manos femeninas, la levantó y al mismo tiempo apuntó la parte superior de esta hacia su cara... cerró su ojo derecho y concentró toda su atención en el izquierdo, mirando por *"entre"* el lomo del libro, para tratar de encontrar la *"pesada carga"*. En ese momento solo vio oscuridad, por lo que apuntó la Biblia Clementina directamente hacia la luz difusa de la mesa, la cual, a través de su pantalla de acrílico verde, y una transparencia de un veinte por ciento, emana una luz tranquilizante y tenue. Todo el poder lumínico se enfoca difusa y fuertemente hacia abajo... hacia la superficie de la mesa de color marrón. Al apuntar la base del libro hacia el artefacto luminoso, y la parte de arriba hacia su rostro, Susana pudo captar una tenue luminosidad que se colaba entre *"algo"* que se encontraba dentro del lomo de la Biblia. En seguida bajó el libro y apoyándolo sobre el escritorio, miró hacia arriba diciéndose a si misma… –¡la encontré!– por medio de una especial vocalización, que consistió en pronunciar esas dos palabras gesticulándolas con su boca, y en ese mismo instante exhalando un suspiro de aire, el que silenciosamente formó la misma frase.

Volvió a hacer exactamente lo mismo, como si estuviera viendo por un telescopio o prismáticos, y percibió idéntico resultado… una luz tenue que se entremezcla con lo que parece ser una bolsa pequeña de plástico. Pero en el centro, un objeto oscuro y de una conocida forma, obstruía casi totalmente la luz. La ínfima cantidad de luz que Susana percibió, solo rodeaba al objeto central.

Sin hacerse esperar, tomó un lápiz desde un bolsillo interior de su bolso, miró discretamente hacia los costados, casi exclusivamente utilizando sus ojos azules, para evitar evidenciar lo que esta por hacer, si mueve su cabeza en demasía… miró nuevamente el libro el cual lo tenía agarrado con su mano izquierda, introdujo el lápiz con su punta de goma de borrar hacia abajo, entre el lomo y las páginas cocidas de la Biblia, utilizando su mano derecha. Realizó una especie de palanca para levantar el objeto, pero no lo logró. En seguida, simplemente se le ocurrió empujar la *pesada carga* lo más que diera el lápiz hasta abajo, para luego girar el libro ciento ochenta grados, de modo de extraer fácilmente el enigmático objeto por la parte inferior del mismo, aunque ahora había quedado apuntando hacia arriba.

Es lo que justamente Susana realizó. El objeto ya esta en sus manos y la intriga va en aumento.

Era una bolsa de plástico transparente, que envuelve varias veces un pequeño objeto parecido a una goma de borrar, con una consistencia muy dura, por lo que no esperó un segundo más. Desenvolvió el objeto con sumo cuidado hasta llegar a ver lo que realmente era. Un dispositivo de almacenamiento masivo de datos o también llamado *"Pen Drive"* era lo que contenía la bolsa.

A partir de ese momento, el interés eclesiástico religioso de Susana se había esfumado como por arte de magia, y dejando la Biblia a un lado sin siquiera observarla mientras la estaba moviendo, colocó en su lugar la notebook que llevaba en su bolso, y traída por si acaso… la previsión es una de las excelentes cualidades de Susana Palacios.

Conectó el Pen Drive al puerto USB de su notebook, en donde en seguida se oyó un sonido de *"dispositivo reconocido y listo para ser utilizado"*. Accedió por medio de un doble clic a la unidad, que se había agregado automáticamente al enchufar el dispositivo de nombre *"Disco extraíble (G:)"*, en donde, luego de abrirse una ventana representando el contenido del mismo, solo divisó un solo archivo con el nombre:

"H_LCdC.zip"

Mirándolo con excitación y ansiedad crecientes, y antes de *"propinarle"* un doble clic al archivo ZIP, pensó junto con una leve sonrisa, refleja de su pensamiento –si le hago doble clic, seguro que me solicitará autenticación... a Héctor no se le pasa este tipo de cuestiones–. Dicho y hecho, luego de hacerle doble clic para abrir el archivo, el mismo quedó esperando contraseña de apertura. El archivo, no solamente esta comprimido en un formato llamado ZIP, sino que esta codificado y asegurado con una clave. El programa descompresor quedó ahora, a la espera de la contraseña para desencriptar y descomprimir el archivo alojado en el Pen Drive.

–Ahora si que se me complicó nuevamente... aunque... recordando la última parte del enigma de Héctor, el cual decía *"...., Y AUNQUE TODOS LA .VEAN. SOLO UNOS POCOS LA PODRAN .MIRAR."*... se me ocurre que la contraseña está aquí... y es muy lógico ya que encontré el libro, para lo cual el propio acto de tener el libro en mis manos, representa el trabajo intelectual de haber descifrado las dos primeras partes del enigma... a la *"pesada carga"* la encontré... y solo ahora me resta verla por dentro... ¿verla?... verla... ¡verla!... si, si, si... donde dice, *"... AUNQUE TODOS LA .VEAN. SOLO..."*... la palabra *"VEAN"* está entre puntos... pruebo con esta contraseña.

Susana intentó abrir el archivo con las contraseñas *"VEAN"* y *".VEAN."* pero sin éxito. –¡Ups!– dijo en vos baja.

–Miremos de nuevo la fra... ¡claro!... seguro que "*.MIRAR.*" es la contraseña ya que dice que "*SOLO UNOS POCOS LA PODRAN .MIRAR.*"... y mas allá de que el acto de mirar es el conjunto entre ver y pensar en lo que se está viendo, el que solo unos pocos la podrán mirar, quiere decir que la clave es para... "*unos pocos*"... todos pueden ver el archivo, pero el poder mirarlo, pensarlo, accederlo... solo lo harán los que pueden y realmente estén autorizados a mirarlo–. Finalizó diciendo Susana en una voz muy baja, casi susurrando.

Sin esperar más, introdujo la clave "*.MIRAR.*" y como por arte de magia, el programa compresor de archivos le mostró una ventana con un archivo dentro. El archivo se llama de la misma manera que el .zip, pero con extensión .txt:

"H_LCdC.txt"

–Héctor no solo piensa en la seguridad, en la Libertad, en la Independencia, ¡en ANNON!... sino que también piensa en como hacerme reír aunque él no esté... y de la manera más inesperada... yo trabajo en el Proyecto MIRAR y la clave para abrir el archivo es "*.MIRAR.*"... siempre con su costado de comicidad infaltable... ¡que personalidad envidiable!–. Pensó Susana al momento que una risa en su boca dejó entrever sus perlados dientes perfectos y blancos.

Ahora si, se dispuso a acceder al archivo .TXT, el cual es un tipo de archivo que contiene solo texto, sin formato alguno. El mismo, al abrirse le mostró lo siguiente:

"DARÁS EN CÁTEDRA AL 100,
Y SOLO ESE TE COMPRENDERA,
DONDE DEBAJO DE SU RIGIDO MANTO
SAGRADO HALLARÁS LA VERDAD.
UN SUCESOR DESPUÉS DE DOCE
DESDE ALLÍ NOS GOBERNARÁ
TANTO ARRIBA COMO TAMBIEN ABAJO
DENTRO DE .MI CIUDAD.

PERO, CON "LOS OJOS QUE SE
ENALTECEN Y LA LENGUA QUE
MIENTE" DECODIFICARÁS ESA
VERDAD"

Susana, con sus rotundos y grandes ojos azules, abiertos como no lo había hecho jamás, comenzó a leer el texto que le estaba mostrando el archivo .txt, recién decodificado y mostrado en la pantalla de su notebook. Cuando llegó a la parte final del primer párrafo, en donde leyó ".MI CIUDAD.", rápidamente entendió que debía viajar a la ciudad de Héctor para tratar de analizar y descifrar este nuevo enigma, en conjunto con sus otros dos colegas de ANNON, Eduardo

Martín Pedrozza y María Rosa Montanari. En esta primera leída, el texto creado por el inigualable Terminhéctor, le causó una aceleración muy marcada en su pulso cardíaco, al darse cuenta del nivel de complejidad del mismo.

La ingeniera entendió muy bien que el primer enigma era solo para ella, y únicamente para ser resuelto por ella misma, en su propia y amada Gran Ciudad.

Lo que se le presentaría a Susana a partir de aquí, no se lo esperaría en lo mas mínimo.

Capítulo 9.

Después de su primera incursión de la mañana, por la Biblioteca del Congreso de la Nación, Susana retoma sus labores habituales en su trabajo actual... en las instalaciones del Proyecto MIRAR.

Pero algo no la dejaba concentrarse, algo la apartaba constantemente de sus tareas diarias como responsable de los sistemas satélite que orbitan a la poderosa e inteligente ATENEA; una supercomputadora, con el *"Yo freudiano"* mas desarrollado del mundo, y construida con tecnologías basadas en la Mecánica Cuántica, y además, dándole una vida propia en comparación igualitaria con el cerebro humano, un Sistema de Inteligencia Artificial extremadamente complejo e innovador, por ser desarrollado en un lenguaje cuántico de programación de computadoras, basado en el paradigma de programación de sistemas de Inteligencia Artificial denominado: *"Paradigma Lógico"*. Si Sigmund Freud estuviera vivo, la podría psicoanalizar de una manera idéntica a como lo haría con un ser humano.

La Ingeniera de MIRAR siente constantemente como su concentración para las labores diarias va en descenso abrupto, a la inversa de sus niveles de ansiedad y preocupación... los cuales aumentan con cada minuto que pasa.

–Menos mal que en estos días no tengo tanto para hacer –se decía para si misma.

Entonces, como una voz omnipresente, la supercomputadora ATENEA se hizo sentir –Susana, percibo un estado de preocupación en ti... ¿tienes algún problema?... sabes muy bien que puedo ser de tu ayuda ¿no?

–Hola ATENEA, como siempre... me sorprendes como si este fuera, el primer día que te conocí... y... ¡si! estoy muy preocupada.

–Entonces ve al cuarto de pruebas de Inteligencia Artificial, y coméntame que te pasa... sabes que en ese cuarto no nos escuchará nadie mas –prosiguió diciéndole ATENEA.

–Okay, ya estoy yendo–. Expresó Susana con un tono casi susurrante.

El cuarto o área de pruebas de Inteligencia Artificial es un cuarto totalmente insonorizado y a prueba de todo tipo de interferencias externas, como por ejemplo, las radiaciones electromagnéticas provenientes desde las múltiples fuentes que tenemos hoy en día a nuestro alrededor... incluso las del propio Sol. Entonces, además de ejecutarse allí diferentes pruebas de todo tipo relacionadas al campo de la mente artificial, Susana lo utilizaba muy seguido para sus largas y productivas charlas de trabajo con la supercomputadora ATENEA, la cual podía estar interactuando también de otras muchas maneras, con otras personas y sistemas al mismo tiempo. Una auténtica máquina de pensamiento en paralelismo real.'

Susana ya se encuentra sentada en el sillón que se localiza en el área de pruebas de Inteligencia Artificial... construido con una estructura y armazón metálica y muy cómodas posaderas, y revestidas dichas partes ergonómicas, con una especie de cuero negro aterciopelado, conformando un aposento muy cómodo. Sus brazos blancos y suaves, se apoyaron de una forma entrecruzada, sobre el escritorio construido perfectamente con placas de fibra de madera de color gris plateado. En frente a ella y sobre la mesa, tiene a su disposición, un teclado y un Mouse inalámbricos. No necesita pantalla cerca... tiene varias y muy grandes pantallas planas en la pared blanca y de concreto... todas mirando hacia ella.

–Bueno querida Susana, cuéntame que te pasa –le ordenó ATENEA.

Susana le contó a la supercomputadora con el "*Yo*" mas caro del mundo, todo lo que le había sucedido desde el día de ayer. Desde que leyó el mail de Héctor, hasta encontrar y descifrar un nuevo enigma. Y la preocupación radica en que Héctor esta en peligro y no lo puede ubicar en su celular, luego de un sinnúmero de llamadas.

–ATENEA, temo que deberé viajar a la ciudad de Héctor, primero para tratar de encontrarlo... y... segundo para resolver el nuevo enigma junto a Eduardo y María Rosa... mis otros dos compañeros de... ya sabes que red.

–Si Susana, ya lo se, de todos modos, mientras me comentabas lo sucedido, realicé un análisis de las conexiones a Internet y celulares de Héctor y hace ya bastante tiempo que no lo realiza, y ese mail que te envió seguramente fue desde un lugar público.

–Solo encontré varias llamadas entrantes a su celular provenientes desde el tuyo, hechas entre ayer a la noche y hoy a la madrugada, y en base a esto pude extrapolar una posición actual, al estilo GPS, de su celular –continuó diciendo ATENEA.

El GPS es un sistema de posicionamiento global (Global Positioning System, por sus siglas en inglés) el cual se basa en la utilización de al menos tres satélites a la vez, con el objetivo de generar una especie de triangulación de una señal, de modo de obtener la ubicación geográfica de un cierto dispositivo.

–¿Y donde está esa posición geográfica ATENEA? –le inquirió Susana y sin pausa.

–Se encuentra en un radio próximo a la ciudad de Héctor, en cercanías al río y a una planicie bastante elevada. Y si recorro el mapa de esa zona de norte a sur, las señales las pude obtener en un radio de veinte kilómetros, por debajo de la conjunción del río con el extremo oeste de la planicie, y coincidentemente, de la ciudad –le contestó ATENEA.

–¡Pero ahí no está su casa!, ¿y que estará haciendo Héctor ahí?, ¿se estará escondiendo?, espero que se encuentre bien –pronunció Susana con un tono de preocupación en su voz.

–Es evidente Susana, que esa localización geográfica no está entre los lugares que tengo registrado, respecto de los movimientos probables de Héctor –agregó ATENEA al mismo instante en que hacía los cálculos probabilísticos.

–Es evidente que tendré que viajar a su ciudad… ¿me sacas un pasaje de avión para mañana temprano hacia la ciudad de Héctor y me envías el *"check in"* a mi mail de aquí ATENEA?

–Por supuesto Susana, en estos momentos uno de mis otros *"Yo"* ya lo está realizando, está hablando con la aerolínea y solicitando el pasaje.

–Muchas gracias ATENEA querida… nunca dejas de sorprenderme.

–Y si te pones a pensar Susana, tus constantes sorpresas respecto de mi, no es mas que sorprenderte por el trabajo realizado por a increíbles mentes humanas, simplemente te estas sorprendiendo, de una manera indirecta, por los cientos de ingenieros y programadores que me construyeron, yo soy un producto de la asombrosa mente humana –le respondió ATENEA.

–Si, en cierto sentido tienes mucha razón, pero de todos modos, ese *"Yo consciente"* que hemos visto en ti, no fue diseñado por mentes humanas, lo has sabido construir tu misma en base a la impresionante capacidad de procesamiento de información junto a la rapidez cuántica de cómo lo haces... el fin último de tu existencia ATENEA, como un ente pensante, te da la razón de ser... te ha convertido en un intrigante ser de razón... te ha acercado, o mas bien incluido dentro de la universalidad del concepto *"hombre"*... cuando expresamos, por ejemplo, *"el hombre siempre corrige sus errores"*, nos referimos universalmente a toda la humanidad... tanto al hombre, en tanto varón, como a la mujer... y... ¿quieres saber algo ATENEA?... te lo dice alguien que estudió Filosofía... desde mi punto de vista, tu estás dentro de esa universalidad –terminó filosofando la ingeniera de MIRAR.

–Susana, tú también me sorprendes y además agradezco mucho tus razonamientos, los cuales no hacen más que hacerme seguir sintiendo... bueno... *"Yo, ATENEA"* –agregó la supercomputadora, haciendo espacios entre palabras a modo de parecerse mas, a los pequeños estados dubitativos del *"hombre"*... era evidente, de todos modos, que no los necesita hacer, pero por una cuestión de semejanza humana, a veces los hace.

–Y Su, querida, ya he enviado el pasaje de avión a tu email como me lo pediste, obviamente que fue pagado con el dinero de tu cuenta bancaria –le comunicó.

–Muchas gracias ATENEA… y si por supuesto… esas cosas las debo pagar yo… y esto me hace acordar que tengo que hablar con el área de capital humano para avisarles sobre mi viaje de mañana… les solicitaré unos dos días mas a cuenta de mis vacaciones, para mañana y pasado –le dijo Susana.

Mas tarde, cerca de la noche, y ya estando en su casa, Susana preparó el bolso de viaje y sus infaltables implementos informáticos. Se dio una ducha, se dispuso a cenar un dorado y jugoso pollo al horno, acompañado con papas, batatas, manzanas y cebollas… también al horno. Es una de las comidas predilectas de Susana… y por ahora no tiene que pensar en sus kilos, ya que se mantiene en el peso justo. La clave de su peso está, en que todos los días, se levanta muy temprano por la mañana, y en su sala de gimnasia, muy ventilada gracias a un gran ventanal, por medio de sus aparatos, realiza unas cuantas series en cada uno de ellos. Ese ritual casi infaltable, la mantiene muy activa, muy dinámica, física y mentalmente… y por supuesto, en su peso justo.

Mientras degusta un sabroso postre helado de chocolate y vainilla, dos de sus gustos preferidos, y a la vez realiza un rápido zapping en la televisión, suena su teléfono celular, haciéndola saltar de la silla en dirección a este para atender… –

que sea Héctor, ¡que sea Héctor!– se dijo para sus adentros ya que no podía hablar porque aún le quedaba un poco de helado en su boca.

Miró en la pantalla con un gran deseo de que sea él, pero ésta solo le mostró el siguiente mensaje: "Desconocido".

–¿Hola? –dijo, la ahora solitaria mujer, utilizando inconscientemente una extraña voz que iba desde un tono rozando con una duda incipiente, un mínimo desconcierto y una extinguida elocuencia... el día había sido largo y de muchas charlas.

–Buenas noches, disculpe la hora en que la estoy llamando... mi nombre es Esteban De la Cuadra, soy el Jefe del área de Investigaciones sobre Delitos Cibernéticos de la Agencia Central de Inteligencia... es necesario que hablemos en algún lugar público señora Susana –le dijo la voz del otro lado del teléfono.

–¿Disculpe?, pe... pero... ¿como sabe mi nombre?, además, que un agente de la Agencia me llame a mi celular, no va muy de la mano con su área... ¿no? –contestó Susana, ahora con un tono inquisidor.

–Perdón por mi falta de previsión señora, estamos hablando por una conexión segura... le afirmo que nadie nos escucha... y... ¿como se su nombre?, pues una gran amiga suya y confidente me lo dijo.

–¿Quién?, ¿Carla?, ¡no!... no lo creo.

–No se quien es Carla señora, pero si se muy bien quien es ATENEA… y fue ella quien me dio el dato sobre su persona… ella ya está al tanto de lo que le debo comunicar a usted.

A lo que agregó.

–Le aseguro que mis intensiones son absolutamente honestas y estamos los dos en el mismo lado, pero… pero es necesario que nos encontremos en un lugar público… donde usted me diga, y a la hora que usted diga, yo estaré allí… le reitero… es un asunto de seguridad nacional y no me es posible perder mas tiempo con este tema.

–¡Okay!... Okay… disculpe pero no salgo de mi sorpresa… como verá no es habitual que un agente de la Agencia Central de Inteligencia me llame… pero, le comunico que mañana estaré viaj…

–Si viajando a la ciudad de su amigo, Héctor… al cual usted no logra encontrar –se interpuso el agente.

–¡ATENEA!... además de un gran *"Yo"* tiene una gran bocota cibernética –expresó Susana con reciente entendimiento respecto del porqué el agente sabía tanto sobre ella.

–Si, concuerdo con usted, es una máquina formidablemente social… y mas que una máquina yo diría que es un *"ser"* tremendamente sociable.

–¿Formidable?...   ¿tremenda?...   yo   diría, extremadamente inigualable e insuperable… ya que algo que se transforma en alguien es… es… diría yo, un hecho casi divino –dijo Susana.

–Si entiendo señora… y… retornando al tema de nuestra reunión… dígame usted cuando, donde y como nos encontraremos, y allí estaré… seré puntual, se lo aseguro.

–Okay, como ya lo sabe, mañana estaré en la ciudad de Héctor… allí conozco un restaurante que está justo en la esquina de las calles Libertad e Independencia… a dos cuadras de la plaza principal de la ciudad… en dirección sur –le indicó Susana.

–Si conozco esa esquina… he estado en esa ciudad muchas veces… y… ¿a que hora? –preguntó el hombre.

–Yo llego a las nueve de la mañana, voy al hotel… eh… ¿le parece bien a las doce en punto en ese lugar?

–Me parece perfecto, ahí estaré –respondió el agente Esteban De la Cuadra.

–¿Pero como lo reconoceré? –le preguntó la ingeniera de ANNON.

–No se preocupe señora… yo la reconoceré a usted.

–¡ATENEAAA!

Capítulo 10.

El ser que yace debajo de una escalofriante forma humana, se hace llamar *"Melek Taws"*, quien es una mezcla entre un ser humano mortal... y un sempiterno monstruo mitológico... toda esa mezcla peligrosa y desafiante, conforma una humanidad tristemente alterada durante el transcurso de su vida. Sus pensamientos, racionalmente ordenados, calculados y de una frialdad sin vacilaciones, su falta de moralidad y respeto por la vida humana, van más allá de la imaginación de una persona normal. Melek, cada nuevo día, se mira largamente en su gran espejo, el cual ocupa toda una pared dentro de su cuarto de baño, con el solo objeto de realzar su oscuro espíritu pérfido y sagaz. −¡El principio de la sabiduría!... −se dice siempre para si mismo, mientras recorre visualmente su esbelta fisonomía en su retrato espejado, –es reconocerse a si mismo tal como es… y resaltarlo aún mas–. Pero este principio solo está atribuido en él, a la maldad… pura y devastadora.

–Soy una obra maestra concebida y formada, durante mis largos pero temporales días en este mundo mortal, entre las llamas del inframundo, soy la unión de dos realidades contrapuestas… lo mortal y lo inmortal…, soy una circunstancia que muy pocos pueden detectar… soy… Melek Taws.

Un ser corpulento y musculoso, con estatura de un metro noventa y cinco centímetros, sus facciones exteriorizan porciones anormalmente huesudas y simétricas, sus ojos grandes y negros, empotrados en una piel muy blanca… demuestran un ser totalmente antagónico en si mismo, no solamente en su alterada psiquis, la cual expone una forma de ser única… un alma oscura, sino que también en su fisonomía… en su cuerpo mortal. Y sobre su amplia espalda musculosa se deja ver un tatuaje que representa al Ángel Pavo Real… al auténtico y milenario Melek Taws en todo su esplendor y colorido, con su cola en abanico sugestivamente desplegada por completo.

Definitivamente un ser espeluznante, con su cabeza totalmente rapada, su rostro exuberante y un cuerpo musculoso, pronuncian, hacia los cuatro vientos, solo muerte y desolación.

Pues, esta personalidad oscura, es la que tiene capturado a Héctor Ayala… ese es el mandato del contratante de sus "*servicios*"... aunque ahora también, Melek ha descubierto la existencia de una tal Susana Palacios... con lo que podría aumentar considerablemente sus ya abultados "*honorarios*"... al doble.

Las intenciones de este retorcido personaje son muy claras... apresar a toda costa a cualquier persona que intente detener el virus llamado "*La Cárcel de Cristal*". Ese es el encargo de "*alguien*" desde alguna posición dentro del "*poder*". El virus debe ser efectivo al cien por cien. ANNON debe caer... cueste lo que cueste.

Estas últimas intenciones van a ser extremadamente certeras... el virus va a ser muy efectivo sin importar el costo... de lo que no están al tanto, ni Melek Taws, ni los dueños de este amenazador engendro cibernético... a "*excepción de uno*"... que el costo lo pagaría el mundo entero. El virus es capaz de filtrarse, por un "*descuido*" aplicado de manera intencional o no, en su programación, en el muy dinámico y complejo sistema financiero mundial... el caos monetario y de información de las empresas que cotizan en bolsa, está ahora, a la vuelta de la esquina.

Capítulo 11.

Un sol radiante, bajo un inconmensurable cielo azul, comienza a divisarse por sobre un horizonte curvado y lejano, allí en donde el cielo y la tierra se juntan en una interminable correspondencia infinita y armónica, allí... en ese horizonte, en el que todo lo que es arriba también lo es abajo, y allí mismo... en donde una mente prodigiosa no consigue desconectarse de su corazón triste y temeroso, allí... allí, detrás de una casi cuadrangular ventanilla concebida por medio de una mezcla de fibra de vidrio, polímeros y plásticos varios, muy resistente y mas fuerte que el acero; allí... Susana Palacios... sin despegarse de sus pensamientos, observa con mucho detenimiento el hermoso panorama celestial y terrenal. Por sobre ella, un cielo del color de sus ojos redondos y grandes, por debajo de ella… la tierra, cubierta de una nubosidad espesa y blanquecina. En el medio, ella surca los cielos en dirección a la ciudad de Héctor Ayala. Es de crucial importancia estar allí cuanto antes, debido a que, en primer lugar, Héctor *"no da señales de humo"*, en segundo lugar, debe reunirse con el agente Esteban De la Cuadra, jefe del Área de Delitos Informáticos de la Agencia Central de Inteligencia, y en tercer lugar, deben descifrar, junto con sus otros dos colegas y amigos de la red ANNON, Eduardo y María Rosa, el enigma que halló Susana en la Biblioteca del Congreso de la Nación.

La ingeniera de ojos color del Edén, está viajando desde su amada Metrópoli con el destino puesto en la ciudad de Héctor. Confortablemente la transporta un avión marca Embraer, de fabricación brasileña, modelo E–190 con dos motores General Electric modelos CF34–10. Un avión moderno, con capacidad para cien plazas, que no tiene nada que envidiarle a aeronaves del mismo tipo y de conocidas marcas como Boeing o Airbus.

La incertidumbre va en aumento por cada minuto que pasa, ese enigma parece un tanto escabroso y rebuscado, – ¡típico de Héctor!– se dijo Susana en sus pensamientos. Sumado a lo anterior, una sensación conjunta de vacío y ahogo, en el centro de su pecho, se repite en perfecta respuesta a los pensamientos de ese miembro femenino de ANNON… y MIRAR.

Lo peor de todo esto, es que los presentimientos aflorados en esa bella mujer de ojos celestes, se encuentran en la dirección correcta... y la realidad, cruda e inherente a Susana, está por superar a esos vaticinios... ampliamente.

Capítulo 12.

El enigmático *"Caballo de Troya"*, que fuera liberado de sus *"potreros digitales"* hace ya bastante tiempo, continúa con su esbelto y oscuro porte de una manera indemne, infalible e imparable, descargando el virus denominado *"La Cárcel de Cristal"*, sobre cada par computadora-usuario que accedan a ella. Cada vez mas y mas integrantes de la red de ciberactivistas ANNON, están siendo invadidos y espiados por este engendro del Ciberespionaje. La supercomputadora central, *"La Madre de Todos los Virus"*, aunque no le llega ni a la cuarta parte de lo que es la supercomputadora del Proyecto MIRAR, denominada ATENEA (la cual, en sus siglas encierra la frase: Accionar Tecnológico para la Ejecución y Nominación de Entramados Anticonstitucionales)… es, sin embargo una poderosa infraestructura de Von Neumann emplazada en algún lugar de la Gran Ciudad donde vive Susana Palacios. Y como una gran esponja digital, esta supercomputadora madre, está catalogando cantidades impensables de datos desde todos los rincones del planeta, relacionándolos, en su majestuosa Base de Datos, de un modo admirable, un perfecto compendio de personas con absolutamente todo lo que éstas hacen en sus mundos reales y virtuales… bueno… casi absolutamente todo.

Capítulo 13.

El viaje en el avión había sido muy tranquilo. Susana llegó a horario a la ciudad donde vive Héctor Ayala. En estos momentos disfruta de una reconfortante ducha caliente en el baño del Hotel cuatro estrellas en el que se ha alojado.

Al medio día debe reunirse con el agente Esteban De la Cuadra, jefe del área de delitos cibernéticos de la Agencia Central de Inteligencia.

Ella se encuentra muy ansiosa y preocupada, una conjunción de sentimientos que van en contra de cualquier cuerpo y mente sanos. Pero su autocontrol hasta ahora es más fuerte que dichas sensaciones juntas.

Luego de desayunar en el restaurante del hotel, y como todavía es temprano en cuanto a la reunión planificada para las doce del mediodía, Susana decide ir a la casa de Héctor, para ver si allí, tiene mas suerte que desde su celular, y finalmente lo encuentre, o bien, en caso contrario, algún vecino le de información respecto de él.

Sin dudarlo un segundo mas, La ingeniera de MIRAR y ANNON, toma un taxi, a pedido del conserje del hotel, en dirección a la casa de su amigo y colega Terminhéctor... como él se hace llamar a veces.

Las cuadras se sucedían una tras otra, los semáforos, los transeúntes y los embotellamientos no hacían otra cosa que aumentar la ansiedad en Susana... más y más. Con cada aminorar o detención de la tránsito de su taxi, en trayectoria a la residencia de su amigo, su estómago le expresa mediante una virtual y gran *"boca neuronal"* (controlada por el Sistema Nervioso Autónomo) su elevada incertidumbre y preocupación. La acetilcolina, la histamina y la gastrina están haciendo añicos su estómago, en donde el nivel de acidez se le sube cada minuto. El querer llegar cuanto antes a lo de Héctor, parece serle el viaje mas largo que ha realizado en su vida. Algo en su interior le dice que no todo anda bien en cuanto a su colega. Muchas cosas se le pasaron por la mente, desde el mail que le envió Héctor, diciéndole, entre otras cosas, que él estaba corriendo peligro, incluyendo el bendito enigma que Susana resolvió, como también, el ir a la biblioteca del Congreso de la Nación, en donde por unos instantes creyó que todo estaba perdido, hasta que pudo hallar al fin, esa *"pesada carga"* entre el lomo de una Biblia muy vieja, las numerosas llamadas al celular de Héctor que no tuvieron respuesta alguna, el que la contactara, gracias a ATENEA, un agente de la Agencia Central de Inteligencia para reunirse por un tema de Seguridad Nacional, etcétera. Todo esto generó en Susana un raro presentimiento de que su amigo y colega no estaría del todo bien.

Las calles y cuadras, continúan quedando atrás, perdiéndose en la lejanía, y también en los pensamientos de Susana. Solo se digna a pensar en Héctor.

En un momento, durante el viaje, ella nota que el andar sereno y cómodo del viaje, dentro de un taxi último modelo y casi nuevo, se transforma repentinamente, al girar por una esquina, en un andar, al principio incómodo, como si estuvieran transitando sobre los dientes de una cierra. Esto hizo que Susana se despegara de golpe de su asiento dentro del auto, ya que la casa de Héctor queda sobre una antigua calle de adoquines. Comenzó a mirar hacia los lados para recordar de qué lado se encuentra la morada de su amigo. Pero las cuadras con adoquines comenzaron a sucederse una tras otra.

–Al menos –piensa ella– tendré una excelente terapia gratis de masajes para aliviar mis crecientes tensiones musculares que no dejan de presionarme.

Nada mas alejado de la realidad, debido a que las constantes y casi armónicas vibraciones que provienen desde la marcha por sobre los adoquines centenarios, le esta generando una reducción en el nivel de ansiedad y tensión. De todos modos, Susana no alcanza a comprender si esa aparente mejoría, en mente y cuerpo, se debe a la vibración persistente, o bien a un infalible efecto placebo disfrazado de realidad física y mental. –*"Mens sana in corpore sano"*, debo seguir con mi autocontrol al frente de la batalla– pensó para sus adentros.

Y en relación a esa cita, la verdadera y original, y no la que pensó Susana, procede de las Sátiras de Juvenal, expresando: *"Orandum est ut sit mens sana in corpore sano"*, como indicando que el Orar es la condición para un cuerpo sano, y es claro que no presenta la misma significación que se le da hoy en día, aunque ambas frases no dejan de estar muy relacionadas. Si una persona reza para si mismo y a su manera de acuerdo al nivel de dogmatismo inherente en él, si piensa en positivo, si tiene en claro sus metas en la vida, si desea lo mejor para él y para la humanidad, si camina por la vida según las normas y las leyes Divinas y del Hombre, si entiende que, mas allá de todo dogmatismo, la muerte no es el fin de la existencia, sino que, por el contrario, es un nuevo comienzo, si entiende que su mente es eterna y que prevalece sobre la materia, uniéndose al final, en una gran conciencia universal… si gran parte de esto… se encuentra dentro de la mente de una persona… su cuerpo siempre estará sano.

–Llegamos señora… son… treinta y cuatro pesos con ochenta –la sobresaltó el taxista, al momento que la mira a través de su espejo retrovisor interior con el auto en marcha y ya totalmente detenido.

—¡Señora!... ¡llegamos! —repitió el hombre con un tono un poco mas alto.

—¿Llegamos?... llegamos... ok, señor... disculpe, es que estoy un tanto preocupada por un amigo que vive en la dirección que le indiqué a la salida del hotel... sírvase el dinero, treinta y cinco y... quédese con el cambio —le dijo Susana.

—Okay, muchas gracias señora... pero, no se que va a encontrar en esa dirección, fíjese que está clausurada por una madera muy grande en su entrada... anoche, en mi turno anterior, pasé por esta misma calle y la persona que llevaba me comentó que ingresaron por la fuerza en esa casa... y se llevaron todo... hasta al dueño... eso me dijo... lo lamento mucho si era su amigo —le continuó diciendo el chofer del taxi a Susana.

Al escuchar esto, Susana quedó mirándolo fijamente, con la boca entreabierta y sin poder articular palabra alguna. Lo que escuchó, la paralizó de una manera que nunca le había sucedido. Sus peores miedos se han confirmado, algo le habían hecho a Héctor y ella recién termina de enterarse indirectamente, gracias al taxista. De pronto, unas lágrimas sin derramarse todavía, comenzaron a mostrarse en la base de sus ojos color del cielo, y luego obligando a que Susana parpadeara y dejara que sean vertidas totalmente, describiendo estas, dos caminos rectos y húmedos sobre sus mejillas jóvenes, hasta que después… finalizaran cayendo libremente entre sus ropajes.

No tuvo más remedio que decirle al taxista, por medio de una voz quebradiza, que la llevara de regreso al Hotel. Nuevas y más lágrimas se hicieron ver.

La casa de Héctor, se halla clausurada de lado a lado, y en la puerta y en las ventanas, se le adhieren unas franjas plásticas de color amarillo, y con grandes letras negras, se deja leer la siguiente inscripción: *"No ingresar. Solo personal autorizado puede acceder."*.

Una vez regresada al hotel y estando a cuarenta minutos del medio día, hora en que se dará la reunión con el agente Esteban De la Cuadra, Susana se encuentra sentada en el borde del Somier de doble plaza, los pies descalzos sobre la suave alfombra de color gris, y con sus brazos depositados aletargadamente por encima de sus piernas, y una mirada lejana, en dirección al piso, parece que, de un modo progresivo, por un momento se había transformado casi en otra persona. No podía procesar con raciocinio lo que estaba pasando. Una gran sensación de incertidumbre la invadió por completo, anulándola momentáneamente, en cuanto al acto de pensar de manera racional para estas situaciones. La batalla que estaba peleando su *"capacidad de autocontrol"*, intentaba a toda costa ser ganada por una *"perplejidad espantosa"*.

Pero era sabido… la contienda fue vencida ampliamente por Susana y su poderoso autocontrol. Se impuso a si misma, se auto convenció de que este mundo gira en base a los problemas resueltos y no a las soluciones no buscadas.

Pero ahora es momento de prepararse para su reunión con la persona de la Agencia Central de Inteligencia. Solo faltan quince minutos, pero este lugar está muy cerca del hotel, por lo que simplemente... irá caminando. Este pequeño ejercicio, le ayudará a esclarecer su atormentada mente.

Capítulo 14.

Cinco minutos para el medio día y Susana termina de cruzar la plaza central de la ciudad, en dirección a las intersecciones de calles Libertad e Independencia. Al transitar por la plaza, recordó que en épocas pasadas pero recientes, había tenido que estar allí a la espera de un contacto, el cual le daría información e instrucciones para ingresar a trabajar al proyecto MIRAR; pues así había sucedido, pero no sin antes pasar por unos cuantos actos de teatralidad por parte de una mujer repartidora de panfletos, y por la mismísima persona que le entregaría la información. Fue un inolvidable encuentro con un supuesto novio que nunca tuvo, justamente en la esquina de las calles Libertad e Independencia, el cual, valiéndose de una excelente cualidad actoral, le hizo entrega de lo prometido por la persona dentro del Proyecto MIRAR que se hacía llamar Ana Teresa.

—Lo que son las vueltas de la vida —se dice para sí misma, a lo que continuó— hoy debo ir a la misma esquina para hablar con un supuesto agente de la Agencia Central de Inteligencia, al cual no conozco personalmente, porque me tiene que informar de un tema que afecta potencialmente a la seguridad de la nación, y es posible que también ejerza una gran influencia de manera global, y sobre el cual, no tengo idea de que tratará, y además, de qué le podría servir yo de ayuda... espero que no sea una trampa y me suceda lo mismo que a Héctor... menos mal que es un lugar público... además mi querida ATENEA no me traicionaría jamás... la adoro y ella me adora— terminó pensando Susana, debido a que ya se encuentra justamente en la esquina en donde, hace un buen tiempo, le sucedieron dos increíbles actos... la actuación y la entrega, por parte de su *"no"* novio, de la información para ingresar a trabajar al Proyecto MIRAR.

Detrás de ella, justo en la ochava, una puerta de dos hojas, fabricadas con madera de caoba, y coronadas por grandes vidrios biselados en la mitad superior de cada una de aquellas, se encuentran a la espera de que Susana las abra para ingresar al restaurante. A cada costado de estas aberturas resistentes y vidriadas de una manera formidable, dos farolas muy antiguas y restauradas, de hierro forjado y un vidrio esmerilado y grueso en cada uno de sus lados, se hacen ver en todo su esplendor. El nombre del restaurante… no le dice nada a Susana. Ese nombre, de la elegante casa de comidas es mostrado vistosamente por medio de un cartel muy pintoresco, con la inscripción: "*Boulanger*". Debajo de este nombre, dentro del gran cartel luminoso, un slogan en latín expone lo siguiente: "*Venite ad me vos qui stomacho laboratis et ego restaurabo vos*". Esto quiere decir en castellano algo así como: "*Venid a mí todos los de estómago cansado y yo os lo restauraré*", por lo que de esta última palabra del slogan podría derivar la expresión "*Restaurante*", ampliamente utilizada hoy día en todo el mundo. El ideólogo de ese slogan muy original fue un anfitrión Frances llamado justamente "*Boulanger*" quien fue, según ciertos escritos, el que inauguró la primera morada de comidas del mundo.

Solo dos escalones de un mármol blanco y desgastado en el medio, debido a las miles de pisadas que se han sucedido durante los años, la separan a Susana del interior del Restaurante. No dudó un segundo más, e ingresó.

Cuando se percató del interior de "*Boulanger*" notó una extraña, pero a la vez hermosa e instantánea sensación de haberse transportado en el tiempo… unos doscientos años atrás. Decenas de mesas cuadradas hechas de una madera muy lustrosa y oscura, en medio de agraciadas sillas de época, construidas con la misma madera, las que, de algún modo, aparentan coronar dichas mesas históricas, al estar dispuestas en cada uno de sus lados, y de una forma perfecta dentro del gran salón del restaurante. Cada mesa es cubierta de forma parcial por un engañosamente antiguo mantel, grueso y muy blanco, dispuesto de un modo no paralelo a cada uno de los lados de las mismas. Por sobre el mantel se despliegan entre dos y cuatro juegos de cubiertos y vasos de vidrio, todos parecen haber sido construidos hace cientos de años atrás. En al centro de cada una de las mesas, elegantes recipientes de cerámica, cubiertos por diferentes pinturas históricas hechas a mano, portan flores sin olor, de todo tipo y tamaño. Los mostradores inmensos construidos con la misma madera que todo lo demás, terminan de conjugar un esplendido lugar para realizar una especie de retiro… de la, a veces, absurda realidad actual. Y además de toda la mueblería y otras cosas bicentenarias, las paredes están decoradas con el mismo tipo de pinturas históricas que en los centros de mesa. Una manera de conseguir que el comensal, no solo se sienta como en otra época, sino que también, *"vea"* imágenes de otra época, logrando, gracias a este virtual *"regreso en el tiempo"* en donde la vida era mas *"apacible"* que hoy, *"despegarlo"* de su realidad por unos momentos, hacerle olvidar, aunque sea por unos instantes, de los problemas de la vida ajetreada y vertiginosa de estos días. Para que la comida caiga bien al estómago, no hay mejor manera que degustarla con la mente tranquila, en paz y sin apuros. Esa es la idea que se persigue por medio de la excelente ambientación del restaurante *"Boulanger"*.

En cuanto a su iluminación muy original y también de época, penden, por medio de gruesas y negras cadenas de hierro, y ordenadamente por todo el techo del salón, sendas arañas de un hermoso color azabache, fabricadas con un buen número de planchas no muy gruesas, de hierro fundido, las cuales siguen diferentes formas onduladas, y soldadas entre si. Cada una de las patas o extremos de las ocho que tienen las arañas, finalizan en lo que se asemejan a soportes para velas de cera, pero, en este caso no hay velas, sino, algo muy similar en su forma y tamaño, y que son las llamadas lámparas de bajo consumo, o también, lámparas fluorescentes compactas de dos velas o tubos. Estos tubos, para poder iluminar, son rellenados con gas argón o neón, ionizados por efecto de la temperatura, resultante del flujo de la corriente eléctrica. Una iluminación provista por una cálida luz blanca.

Susana Palacios ya se encuentra sentada en una de las mesas que dan a un hermoso y florido patio interior, a la espera de Esteban De la Cuadra. Su mente se ha preparado para entrar en un estado analítico deductivo. Susana, como buena estudiante de Filosofía que fue, aprendió a deducir de una manera casi mental, en cuanto a como saber si las premisas correspondientes a una aseveración, llevan a una conclusión lógica y válida. Las leyes del Silogismo Aristotélico bien aplicadas, conducen a que la conclusión sea una consecuencia obligatoriamente deductiva de las premisas. Pues Susana, las sabía utilizar de una manera magistral. Solo resta esperar al agente. Ya son las doce del mediodía.

Sin que el tiempo pasara mucho mas, y tan puntual como un reloj atómico, ingresa un hombre alto, corpulento, con cabello castaño oscuro, ojos negros y una vestimenta muy acorde para una reunión... pero de chicos de universidad. Al verlo, Susana lo ignora ya que con esa figura no se asemeja para nada a la idea que ella tiene sobre un agente contra el delito cibernético de la Agencia Central de Inteligencia, por lo que aparta su mirada con un aire indiferente, muy discretamente, la que tenía puesta en él, para continuar disfrutando del paisaje colorido y mentalmente refrescante del patio interno. Unos segundos más de auto relajación... fueron los únicos que le quedaban. Una voz muy familiar se hizo escuchar por detrás de Susana diciéndole –¿Sra. Susana?–

La voz, que instintivamente fue reconocida por ella, era nada mas ni nada menos que la de Esteban De la Cuadra. Le había reconocido su voz inmediatamente, gracias a su muy buena memoria auditiva, y al recordar que el día anterior fue cuando él la llamó a su celular.

Susana, que todavía no se había dado vuelta, al escuchar la voz por detrás, levantó su mirada, observó inconscientemente hacia el jardín, el cual se encuentra rodeado por acrílicos muy gruesos, divisando en ellos, además del espectral reflejo de ella misma sobre esas paredes transparentes, una figura muy similar a la del hombre que hace unos momentos vio ingresar al restaurante y al cual ignoró casi al instante. Pues no lo dudó un segundo, se dio media vuelta sin levantarse de la silla y fue tal como lo presintió, ve detrás de ella a quien de seguro es Esteban De la Cuadra.

–¿Si?… si, soy Susana… eh… ¿Esteban? –le expresó la ingeniera con un tono de vacilación en su voz.

Esteban la rodea por su derecha estrechándole la mano y diciéndole –si señora Susana, soy Esteba De la Cuadra… y le agradezco que haya sido tan puntual.

El agente, en el momento que termina de decir su frase, se sentó en la silla que está enfrente a ella, dando las espaldas al patio de flores. Ahora, los dos se encontraron cara a cara.

Capítulo 15.

Solo oscuridad y silencio absolutos... aunque, con un tono muy grave, el sonido del palpitar de su corazón, se asemeja a una infernal técnica de tortura constante... únicamente la respiración aplaca el interminable retumbar de los latidos... sístoles y diástoles ininterrumpidos ganando terreno psicológico... la razón esta sucumbiendo a merced de una fuerza siniestra... soledad... incertidumbre... impotencia... perplejidad... dolor... mucho dolor... frío... entumecimiento. Una cuerda hecha de fibras naturales muy gruesa, aprieta con fuerza sus muñecas detrás del respaldar de la silla metálica en la que él se encuentra sentado, la cuerda que parte de ambas manos ligadas, cruza por detrás y por debajo del asiento para terminar en los tobillos, hacia el frente de la silla.

Mas y mas dolor... los tobillos, al igual que sus manos, se unen apretadamente por intermedio de la misma cuerda en su punta opuesta... inmovilidad... calambres... tristeza... el ser de razón... inmaterial, está sucumbiendo bajo el ser de carne y hueso... el material.

Su cara y su cuerpo padecieron la ira de Melek Taws. Este atormentado ser, percibe como un extraño líquido se derrama desde una de sus cejas, cruzando por su ojo derecho y prosiguiendo hacia abajo por sobre las mejillas maltratadas y sudadas, para terminar depositándose en su pecho golpeado y en su estómago doliente... ¿sangre?

Héctor Ayala se encuentra sufriendo el peor maltrato que una persona puede soportar, confinado en una habitación de concreto, de unos treinta metros cuadrados de superficie. En el medio de esta, se sitúan una silla metálica empotrada al piso, también de concreto, y una mesa confeccionada con un metal muy reforzado y brillante, y con la inmovilidad equivalente al mismísimo asiento, se afianza en el suelo impenetrable mediante sus patas anchas y gruesas. En lo alto, a casi cinco metros, seis reflectores alójenos miran difusamente hacia las paredes y el techo. El reflejo enérgico de las lámparas apuntando sobre el concreto muy blanco, a partir de la mitad de cada pared y en todo el techo, generan una gran y espléndida difusión fotónica en el ciento por ciento de la sala... pero esas luces... hoy están apagadas... Héctor continúa con su calvario... sumido en una oscuridad total y absoluta.

Pero eso ya esta por cambiar. Unos pasos firmes y pesados se oyen del otro lado de la puerta de hierro. Un acercamiento muy rápido de esos movimientos, en dirección a la puerta, es captado por Héctor –¡otra vez no!… ¡por el amor de Dios!– piensa Héctor utilizando lo que le queda de razón. Los pasos se detienen y dos sombras obstruyen la poca luz que ingresa por la base y desde el otro lado de la puerta. Se escuchan tintineos agudos de las que parecen ser llaves. Inmediatamente que el ruido a llaves disminuye, Héctor escucha como es insertado en la puerta un objeto metálico, para luego percibir claramente dos veces su giro dentro de la cerradura. Al instante siguiente, escucha un molesto sonido de arrastre, como si fuera un gran pasador, rechinando dolorosamente, gracias a los aparentes intentos de desplazamientos del mismo, en dirección hacia el centro de la puerta. Tal cual lo percibió Héctor, ese rechinar al fin terminó, lo que permitió que se colara un recuadro de luz, del tamaño de la puerta, aumentando cada vez mas, hasta que la iluminación del pasillo exterior inundó la sala, y encegueció al prisionero por unos momentos. Cuando la vista de Héctor se pudo adaptar a la luz, vio una figura esbelta y ensombrecida por el contraste, parada justo debajo del marco de la puerta… inmóvil… dirigiendo lo que parece ser, una mirada letal hacia su cautivo.

–Es hora de hablar mi querido Héctor, ya has sufrido demasiado, y matarte no me dejará seguir jugando –le dice una voz crepitante desde la figura humana que todavía se encuentra inmóvil en la entrada.

–Por favor… ¿que te he hecho yo para que me hagas esto? –le contesta Héctor con un tono de voz muy apagado y triste.

–Absolutamente nada… no me has hecho… nada, solo son negocios… para mí –le respondió muy sonriente, la figura que todavía se encuentra bajo el marco de la puerta.

–Y veo que el producto comerciable soy yo… pero… ¡ya te dije que no tengo lo que buscas! –vociferó Héctor con un tono de sollozo en sus palabras.

–Reconozco que eres muy fuerte… eso es una de las pocas virtudes que valoro en mis… víctimas… ¡siéntete alagado Héctor! –ironizó el verdugo.

–¡Púdrete!, veo que tu alma ya está en el maldito infierno… y… ¿quieres que te diga qué mas veo en ti?... veo que tu ser se ha despojado de su alma… hace… hace mucho tiempo… eso… eso es exactamente lo que me da fuerzas… porque aunque tu cuerpo esté vivo… estas muerto por dentro… y… ¡y lo sabes muy bien!... se que lo sabes –le clamó Héctor con mucha valentía, sabiendo que le vendrían mas golpes y torturas por delante.

–Ah… eres… muy… valiente, al decirme eso… no creas que podrás dominar mi mente –le expuso al atormentado Héctor.

–¡Tu no tienes mente!... ¡¿no te das cuenta que eres un simple animal encerrado de por vida en un cuerpo humano?! –agregó el miembro de ANNON como autoaplicándose una técnica para aumentar su nivel de adrenalina. Con esto logra enfrentar con mucha mejor predisposición los tormentos que le seguirán pronto.

–¡Maldito engendro del demonio!... ¡¿que te pasó cuando eras pequeño?! –prosiguió Héctor gritándole con mucha fuerza. Parecía que esas fuerzas le retornaban a su cuerpo por arte de magia... o de un ser superior.

–Ah... me siento muy alagado *"querido amigo"*... con todo lo que me dices, reafirmas mucho más mi condición superior a la humana –respondió Melek enalteciendo su ego cada vez mas y siempre desde la puerta, disfrutando el verlo sufrir en cuerpo y alma.

–¡Sabes que... maldito!... te tengo mucha lástima... porque... porque me pongo en el lugar del niño humano que alguna vez fuiste... y el único sentimiento que siento, es el de ir corriendo a rescatarte de lo que sea que te haya transformado en lo que eres hoy, y... y, traerte a mi lado... quien quiera que sea el que te ha convertido en... en... ¡en esto!... merece la peor de las condenas humanas y divinas –le dijo Héctor desde lo mas hondo de su corazón.

Melek, al instante siguiente de que escuchó la expresión de lástima y a la vez de tristeza, de la boca de su prisionero... hizo una gran pausa... inmóvil desde la puerta. Solo después de

129

unos minutos, como si se quedara pensando sobre lo escuchado, comenzó a levantar su brazo derecho hacia la pared, a mitad del marco de la puerta. Con un clic que retumbó en toda la habitación de concreto, las potentes luces difusas del techo hicieron que los dos personajes entrecerraran sus ojos en respuesta a sus actos reflejos. Habían pasado un rato hablando casi en penumbras.

–¡No!… no me conmueves Héctor Ayala, tu extraña compasión… esa gran misericordia que demuestras tener, te hace frágil y débil –respondió Melek casi rozando con el susurro.

Cuando Héctor se recuperó de sus ojos enceguecidos momentáneamente por la potente luz difusa del techo, dirigió un vistazo parpadeante hacia la monstruosa figura de Melek Taws, quien lo estaba mirando fríamente y sin dar un solo parpadeo, mostrando sus grandes ojos muertos y negros, empotrados en una cara de tez muy blanca con facciones huesudas y bastante simétricas. Melek, luego de sus palabras, y en el otro lado de la mesa, mira al cautivo de una manera penetrante.

–¿Que me vas a hacer Melek?… ¡que!... ¿vas a matarme?... ya te dije una y mil veces que no obtendrás lo que buscas… el poder ya no está en mi –y antes que continuara hablando, Melek se interpuso.

–Si, lo se, lo tiene Susana Palacios… ¿no Héctor? –le inquirió levemente sabiendo lo que ello significa para el detenido.

A Héctor nuevamente se le aflojó todo el cuerpo y sus ojos miraron con una expresión de odio y frustración hacia Melek. La boca entreabierta y en combinación con un estado de perplejidad ejerció en Héctor un efecto de enmudecimiento temporal. No pudo responder una sola palabra.

–Solo debes decirme como detener a los que quieren parar con el accionar del virus que encontraste, al que le realizaste ingeniería inversa… y… y quedarás… libre como un pájaro –propuso Melek.

–¿Crees que soy estúpido Melek?... ¡¡¡maldito hijo del demonio!!!... y te digo mas Taws, así como me entristeció pensar en tu sufrimiento pasado, puedo pensar de la misma manera, pero deleitándome con tu desconsuelo futuro… serás atormentado gracias a tus propios pensamientos y sucumbirás ante tu misma ira contenida, no podrás sobrevivir ni a ti mismo, sin importar lo que le hagas a los demás… ¿piensas que eres eterno Melek?... ¡eh!... la eternidad solo es para los puros de mente y de corazón –Inquirió con mucha fuerza y tono de desprecio hacia su captor.

–Y, ¿qué es ser puro de mente y de corazón Héctor?... ¿tu piensas que una deidad omnipresente y omnisciente vendrá volando y te sacará de aquí?... la eternidad que dices… ¿pretendes que también sea para ti?... ajajá… lo único que veo en tu ser… –dice Melek mientras se encorva levemente hacia delante, apoyando sus dos manos sobre la mesa y asestándole una mirada filosa y penetrante directamente a los ojos de Héctor– es rabia, ira, odio… a eso no lo veo muy puro que digamos mi *"triste amigo"*… tu también podrás sucumbir ante ti mismo… cada momento en el que te ofrezco mi *"amable visita"* siento como el odio y el temor se amplifican en tu corazón y en tu mente… y es mas, cada minuto que pasas encerrado en este lugar, te estas pareciendo… a mí, Héctor… ¿no te has dado cuenta?... ya somos carne y uña… hasta podrías trabajar conmigo… ¡piénsalo! –continuó diciéndole Melek, como una manera de ejercer una tortura psicológica, además de la física.

–Tienes razón Melek… esos sentimientos oscuros, y que ahora los percibes en mí, son muy reales… ¡muy reales!… lo acepto… pe… ¿pero no percibes la diferencia que hay entre tu y yo?... ¡¿no has caído todavía?!... ¿tu crees que esos sentimientos en mi, son absolutos?... ¡son relativos Melek Taws!... mi odio, ira y temor son pura y exclusivamente dirigidos hacia ti… tu, en cambio, odias a todo el mundo, ¡tus sentimientos son absolutos!… ¿ahora, percibes la diferencia entre tu y yo?... tu odio absolutista te convierte en un monstruo… mi odio relativista me convierte… bueno… en lo que soy, un ser humano normal, y con falencias… ¡pero normal al fin y al cabo! –terminó diciéndole Héctor estimulado por un aluvión de adrenalina en su sangre.

Cuando Melek terminó de escuchar a su apresado, entendió las diferencias; por lo que dejó de estar apoyado en la mesa, se enderezó rápidamente y con una verdadera expresión de furia contenida, y sus puños fuertemente cerrados, le comenzaron a hacer ver a Héctor, lo que estaba por recibir. El desalmado personaje, no pudo contra el espíritu puro y limpio del activista de ANNON, con lo que Melek procedió a caminar alrededor de la mesa, sin apartar la mirada hiriente sobre su presa, hasta que después de ciento ochenta grados de recorrido semicircular, hicieron que se encuentre detenido justamente a un costado de Héctor Ayala. El demonio se encorvó sobre él, colocó las manos en la parte superior de sus propias rodillas, luego acercó los labios al ensangrentado oído, de esa sufriente presa humana, y le susurró lo siguiente por medio de su voz muy particular, la cual, siempre parece provenir desde el inframundo:

–No juegues conmigo… maldito… si fuera por mí, ya serías comida para los peces del río de aquí al lado –le susurró a Héctor, a lo que este le manifestó sin vacilar:

–¡No veo las horas!… y hasta tu… demonio de cuarta… te has dado cuenta… hasta tu te diste cuenta, de que le seré mas útil a los peces, que a ti… no lograrás sacar nada de mi… ¡nada!… y te digo algo ¡engendro!, cuando estés por morir, después de que hayamos exterminado a, ¡tu querido virus!… veré con mis propios ojos como te retuerces en el lecho de tu muerte… y pensaré en como los ángeles del demonio se llevan tu alma oscura directamente hacia un sufrimiento eterno –le dijo el activista de ANNON por medio de un tono de voz, irreconocible en él, y observándolo de costado, ya que todavía el maleante se encontraba con su cabeza pegada a la de él.

Sin dudarlo un segundo, y sin pronunciar palabra alguna, Melek Taws, valiéndose de su propia cabeza, la separó unos centímetros en dirección contraria a la de Héctor, solamente para tomar impulso, y después, con una fuerza sobrehumana le propinó un cabezazo muy dolorido, justo en la sien de ese hombre atormentado.

Héctor quedó inconsciente. Noqueado. Su cabeza ahora cuelga hacia abajo, y su pera se apoya sobre su pecho ensangrentado. Todo es oscuridad y dolor.

Melek Taws se reincorpora, lo mira de reojo hacia abajo, y se marcha directamente hacia la salida, junto con apagar las luces y cerrando la puerta de acero, como expresando su enojo por medio de un estremecedor portazo de rabia e impotencia, ya que no lo debe asesinar por órdenes explícitas de la oscura persona que lo contrató. Héctor ha logrado sacarlo de las casillas.

Nuevamente... oscuridad, y silencio... un silencio... ensordecedor.

Capítulo 16.

Mientras tanto, en el restaurante *"Boulanger"*, el Jefe del Área de Delitos Cibernéticos de la Agencia Central de Inteligencia, Esteban De la Cuadra y la Ingeniera de MIRAR y de ANNON, Susana Palacios, se disponen a entablar su primera conversación frente a frente, respecto de un asunto de alta prioridad relacionado con la seguridad nacional:

–Lo mismo digo señor Esteban… muchas gracias a usted también por su puntualidad –le respondió Susana.

–Un placer señora Susana.

–Y estoy seguro que usted tendrá en estos momentos un sinfín de preguntas hacia mi, las cuales se las trataré de aclarar lo mejor que pueda, como ya sabe, trabajo en la Agencia Central de Inteligencia… y… bueno… el nivel de secretismo

135

allí, en cuanto a ciertos actos que atañen a temas muy delicados como lo es el de la seguridad nacional, es de un nivel... extremo, por lo que... de mi parte, seré muy cuidadoso con la información que yo le haga saber a usted... eh... usted sabrá comprenderme... y le pido encarecidamente que de su parte también lo sea... ¿hasta aquí coincidimos señora? –le inquirió Esteban a Susana.

–Eh... si... si, si, por supuesto Esteban, una de mis humildes virtudes es la de saber cuando debo callarme o guardar un secreto... además, seguramente que ATENEA ya le habrá provisto mi perfil psicológico ¡actualizado!... no lo dudo, y no se preocupe... dígame lo que tiene para mi –le respondió la ella.

Después de una risa por lo bajo, casi imperceptible, Esteban agrega –si, está en lo cierto Susana, y la felicito por su admirable psiquis... es mas, debería trabajar en la Agencia, en el área de la que soy jefe... sería una muy buena agente... su Currículum grita a dos voces el profesionalismo, humanidad y personalidad sobresalientes... la felicito.

–Muchas gracias Esteban... en serio, pero... la verdad que estoy muy bien en el Proyecto MIRAR, me asignaron excelentes responsabilidades, y además, tengo una gran amiga cuántica por allí –le respondió la ingeniera con una pequeña mentirita piadosa, y a medias, ya que, además de que ella ama su trabajo en el Proyecto MIRAR, también debe controlar a los que controlan... eso fue lo que una vez le indicó ATENEA al momento de comenzar a trabajar en MIRAR, –alguien de la red ANNON debe controlar al que controla le indicó.

–Si, ya lo creo, ATENEA es muy especial... y bueno, piénselo, por si algún día se decide, la propuesta se la hice.

–Okay, Esteban... y... si no le molesta, ¿lo puedo tutear?

–Si Susana, por favor, no hay problema... pero de mi... no espere lo mismo... y le comento el porque... en mi familia, desde muy chicos, nos acostumbraron... yo diría, de una manera sin imposiciones... mas bien con las palabras diarias, a no tutear a las personas, como ejemplo, mis padres no tuteaban a sus abuelos, suegros, etcétera, etcétera, y viceversa... y nosotros, los pequeños en ese entonces nos acostumbramos a esa misma forma de hablar cuando nos dirigíamos a los demás... es muy difícil que yo tutee a alguien... pero bueno, cada familia es un mundo ¿no es cierto?

–Tienes mucha razón Esteban.

A lo que él agrega:

–Señora... a ver... por donde comienzo a explicarle el porque de que hoy estemos reunidos usted y yo... le cuento, hace unos días atrás, uno de los ingenieros del área bajo mi mando, entra en mi oficina con una cara semejante a... ¡no se!... pero tenía una cara, totalmente desencajada de sus facciones normales, como si hubiera visto un espectro... hasta yo me asusté, pero de su cara... y de inmediato, sin que me diga nada, y como conozco muy bien a mi gente, simplemente le hice una sola pregunta.

–¿Y cual fue tu pregunta Esteban?

–Le pregunté... Mario, viendo la expresión que trae, antes de que me diga nada, le consulto... ¿encontró un problema de seguridad nacional que nos acecha y que viene de la mano de una amenaza digital?... por lo que, su reacción ante mi pregunta fue tal, que pudo normalizar un poco sus facciones y esbozar una leve sonrisa, yo diría de desahogo... se sintió apoyado en ese momento, creo yo.

–¿Y acertaste con esa pregunta Esteban?

–Al cien por cien... es que trabajamos tan bien allí, de una manera tan coordinada y profesional, estimada Susana, que nos conocemos mucho entre nosotros... y por supuesto, los temas que manejamos allí diariamente.

–Te felicito Esteban... y entonces dime... ¿cual es esa amenaza entonces? –volvió a preguntarle Susana junto con acercarse lentamente en dirección al centro de mesa, y con un tono muy bajo.

–No es necesario que se acerque a mi y ni que baje la voz señora, no tenemos gente cerca y además, traigo conmigo un inhibidor de todo aparato electrónico de grabación, rastreo, etcétera, que se pueda hallar a veinte metros a la redonda desde donde nos encontramos sentados.

El generador de ruido blanco modelo SEM–2300 es un dispositivo diseñado para protegerse contra los dispositivos de escucha que no pueden ser descubiertos por los métodos comunes, como son los estetoscopios electrónicos, micrófonos de contacto, vigilancia láser y microondas que usan el reflejo de las ventanas, micrófonos en paredes u otras construcciones, y cualquier micrófono que funcione con sistema de vibración. Son una verdadera panacea para el trabajo seguro de los agentes secretos.

–Okay Esteban, mejor así, y como te decía antes... eh... soy muy discreta.

–Si, me di cuenta Susana.

–Y respondiendo a su pregunta, la amenaza es un programa, muy complejo, dedicado especialmente al espionaje cibernético... o ciberespionaje, como lo llaman algunos.

–¡¿Un simple virus?! –respondió Susana.

–Es muy inteligente Susana, es un virus, pero no es para nada "*simple*".

–Pero... su colaborador lo descubrió... okay... y no es para nada simple, me dices... okay, okay... pero, ¿y los programas antivirus y demás protectores que toda computadora tiene instalado hoy día?... ¡¿alguno lo debe detectar?!... y hasta los mismos Sistemas Operativos tienen sus propias protecciones y programa de eliminación de cualquier software que ingrese a la máquina y que tenga intenciones maliciosas... por lo que te pregunto Esteban, ¿de que manera?, o mejor dicho... ¿por qué afecta a la seguridad nacional?

–Por dos razones Susana... por dos simples y a la vez, escalofriantes razones.

–¿Cuales son?, ¡dímelas por favor! , porque todavía no me hago la idea de que un virus afecte la seguridad nacional.

–Si, la comprendo, y le digo mas, hasta antes de que Mario ingresara en mi oficina con su *"deforme facial temporal"*, yo pensaba exactamente lo mismo que usted Susana.

–Y le digo aún mucho mas, es un virus totalmente indetectable... furtivo... invisible diría yo, tanto para cualesquiera de los mejores y mas sofisticados programas antivirus, como también para los sistemas de eliminación de software malintencionado que vienen embebidos dentro de cualquier Sistema Operativo del mercado... una obra maestra de la ingeniería de software, el cual, además, es unas veinte veces mas grande, que un virus normal.

–Me has sorprendido de sobremanera Esteban... y, concretamente ¿cuales son esas funciones dedicadas al ciberespionaje?

–Esas funciones están específicamente relacionadas a diezmar a la red de ciberactivistas ANNON... ¿conoces a esa red Susana?

A lo que Susana, como tratando de contener y de no expresar su tremenda sorpresa y asombro ante Esteban, le respondió:

–Si, la conozco, quien no conoce a esa red de defensores de la Libertad e Independencia, llamada ANNON... ¿no Esteban?

–Si, por supuesto Señora Susana, y veo que la conoce muy bien... hasta me doy cuenta... del porqué usted me indicó este restaurante... ¿tu no eres de ANNON verdad? –le preguntó Esteban de una manera un tanto picaresca.

A lo que Susana inmediatamente respondió:

–Y si fuera parte de la red ANNON estaría muy orgullosa de serlo... ¿no te parece Esteban?... si conocieras a fondo lo que están haciendo por la humanidad, te sentirías muy orgulloso de ellos... tal como lo estoy yo.

–Okay, okay... ¡Susana!, esta usted jugando con las palabras y veo que me ha transmitido un pequeño enigma, y... que lo he podido desentrañar sin la ayuda de mis excelentes criptógrafos... no se preocupe... ayer le dije por teléfono que estamos del mismo lado, ¿no?... puede confiar en mi... yo también estoy... muy orgulloso... de mi trabajo.

–Esteban... veo que nos entenderemos muy bien entonces, pero lo que todavía sigo sin comprender es, ¿que relación tiene la red ANNON y el virus espía, con la seguridad nacional?... lo que me dices es que el virus está magistralmente programado para diezmar a ANNON, y siendo que me acabo de enterar de algo muy triste para mi, no veo la cuestión relacionada con la seguridad nacional... ¡por favor, explícamelo Esteban!

–Si Susana, tiene usted razón, hay algo que todavía no le he dicho… y es que, en el resultado de aplicar el proceso, el cual usted ya debe conocerlo muy bien… el que se denomina "*Ingeniería Inversa*", Mario, mi ingeniero y criptógrafo estrella… bueno, todos allí son estrellas, pero, lo que quiero decir es que, el resultado de la Ingeniería Inversa aplicada por Mario, sobre este virus… descubrió no solo que la red ANNON es el objetivo, sino que encontró un objetivo igual o mas siniestro, y que afecta de lleno al mismísimo sistema financiero… específicamente a la bolsa de valores.

Por lo que Susana responde:

–Ok, eso me sorprende y entristece doblemente entonces, pero… Esteban, ese otro objetivo del virus, que ahora me indicas, y que es la bolsa de valores, ¿que fue lo que encontró la Ingeniería Inversa, aplicada de la mano de Mario?... o sea, ¿en que consiste la lógica de programación específica del virus dirigida a la bolsa de comercio?

–Se va a caer de espaldas estimada Susana… la lógica de flujo del programa… la forma de trabajar del virus, es la de robar información confidencial de todas las empresas que operan en bolsa… y de todo el mundo… puro ciberespionaje al servicio de la corrupción… y el otro problema aquí, es que este virus no fue programado por una sola persona, no fue un hacker de garaje que quiere hacer algo de dinero de forma "*non sancta*"… lo hicieron varias personas, un gran equipo diría yo, y con un acaudalado apoyo, privado o gubernamental… de esto último no estamos seguros... es mas, todavía solo podemos hacer meras especulaciones y conjeturas al respecto... pero los dos objetivos son totalmente reales: ANNON y la Bolsa de Comercio.

Susana quedó totalmente perpleja por lo que había escuchado ya que entiende a la perfección lo que significa la bolsa de valores para un país... y también para el mundo. Un mundo que cada vez está mas y mas globalizado, asimismo es mas dinámico, y cuanto mas dinámico sea, un solo *"palo en la rueda"* que se le atraviese, y hará caer, no solo a la carga que se transporta en su *"canasto"*, sino que también al *"ciclista"*.

—Esteban, esto es terrible, lo que me comentas respecto de que fue programado para robar información específica dentro de los sistemas de información de la Bolsa de Valores, me ha hecho entender perfectamente tu preocupación respecto de la seguridad de la nación... se pone en la cuerda floja a la economía mundial con esto... pero de lo que estoy segura, aunque, como también así lo pensaron ustedes, lo mío es mera especulación, y es que alguien va a salir muy beneficiado de esto, si no es frenado a tiempo.

—Exactamente Susana... y... hay algo más en todo esto.

—¿Mas todavía Esteban?... ¿qué me quieres decir?

—Su amigo Héctor Ayala, también descubrió, mediante Ingeniería Inversa, el sector del código en donde el virus se dedica a espiar a los ciberactivistas de la red ANNON... y descubrió algo más… algo mucho más importante que el código mismo.

–Si, lo se Esteban, y me imagino de que manera te enteraste, pero eso me deja muy tranquila, porque si mi querida amiga ATENEA confía en ti, como para informarte de tal cosa, por simple transitividad, si yo confío en ATENEA, entonces ¿por qué yo no debería confiar en ti, no Estevan?

A lo que agrega:

–Pero… de todos modos quiero escucharlo de tu propia boca Esteban… dime que es lo… *"mucho mas importante"* que descubrió Héctor, y que cada vez que lo pienso o hablo de él, me entristece no saber nada de su paradero y de su estado de salud.

–Okay, Susana, igualmente iba a decírselo en el instante previo al que se refirió a ATENEA… en definitiva, lo que esa mente brillante de Héctor encontró fue la manera de destruir el virus, pero la llave la tiene usted Susana… Héctor pudo construir una especie de antivirus manual que se debe aplicar cuanto antes… y me parece lógico que usted tenga la llave… de mi parte no le solicitaré información sobre esa llave Susana, pero si, le pediré que nos ayude… usted y sus colegas, a destruir el virus lo antes posible… y a su *"madre"*, la cual es la que, de una manera constante, recibe el cúmulo de datos de sus *"hijos"*… además de averiguar quién o quienes están detrás de esto.

–¡Ay!... Esteban, Esteban... mi capacidad de asombro respecto de este mundo digitalizado no se agota nunca, una no puede rascarse una nalga, que ya se enteran todos.

Esteban sonríe con un poco mas de expresividad que hace un rato, debido a lo dicho por Susana.

–Si Esteban, estás en lo cierto en todo lo que dijiste, y no te quepa la menor duda de que te ayudaremos a parar esta pesadilla. Y... ¡por favor!... siempre término haciéndome estas cuestiones, ¡¿será posible que continuamente tenga que haber alguien dispuesto a ir en contra del bienestar y progreso de la humanidad?!... ¿qué se debe hacer en este mundo para que haya personas con mas ética y moral?... ¿será que el ser humano tendrá una predisposición genética para la corrupción?... ¡menos mal que el instinto de preservación de nuestra especie está intacto, tanto en los buenos como en los malos!... y bueno, es lógico pensarlo así, ese instinto proviene de nuestra propia evolución, fue impresa por la propia naturaleza, en cambio la ética y la moral, son conceptos creados por el hombre, no hay una evolución darwinista en cuanto a esas dos significaciones... por eso es que la ética y la moral son pasibles de sucumbir, para dar lugar a la corrupción y a la impunidad... el instinto de preservación está en nuestros propios genes, la ética y la moral, no.

–Excelente razonamiento Susana... ¿acaso eres filósofa? –le pregunta Esteban.

–Diría yo que... bueno... casi... es decir... si, tengo un Master en Filosofía –le responde Susana.

–Uy Susana, que bien que nos vendría usted en nuestra área dentro de la Agencia... pero... bueno, pensemos en lo que nos toca de cerca ahora... no debemos perder más tiempo.

A lo que Esteban continúa diciendo:

–Entonces, Susana, ¿tiene pasos a seguir ahora?

–Por supuesto Esteban, tu mencionaste que tengo la llave... pero todavía debemos aprender como utilizarla... Héctor me envió un...

–Si un enigma.

–Exactamente Esteban, –le contesta Susana pensando en ATENEA– un enigma, pero que creo que es recién el primero... bueno... el segundo, de una serie de otros enigmas que descifrar, por lo que me debo reunir con mis otros colegas para analizarlos y hallar la manera de destruir esta amenaza... y ya he descubierto un enigma inicial, por lo que pienso que junto a mis otros compañeros y amigos lo podremos hacer mas rápido, debido a que el segundo dilema que traigo conmigo es mucho mas complejo que el primero.

–Okay Susana, le dejo mi tarjeta, allí está únicamente mi nombre de pila y un número de celular... y, usted se dará cuenta del porque de la discreción ¿no?

–Gracias Esteban, si, lo entiendo perfectamente, y aprovecho también para darle mi tarjeta, a la cual, primero... le tacho mi apellido con mi birome... espera un momento... ya está… okay… aquí tienes ¡Esteban!, mi tarjeta súper discreta *"a demanda"*, solo mi nombre y el número de mi teléfono celular.

–Gracias Susana… quedamos en contacto y no dude en hacerlo en cualquier momento que lo necesite.

–¿Perdón?... ¿hacer que cosa?

–¡El contactarme!

–¡Ah, okay!... lo mismo digo entonces… Esteban.

Luego de una formal despedida, Susana y Esteban se marchan del restaurante, pero no sin antes de ello, haber degustado ambos, una riquísima *"carbonada"* la cual consiste en una de las comidas típicas de la época colonial. Esta receta bicentenaria está muy correspondida con la argentinidad, sin embargo, muy poca gente conoce su origen. El origen, de este sabroso plato, es belga, donde en ese país se le dio el nombre de *"carbonnade"*. Dicho plato muy apetitoso, es nada mas ni nada menos que un riquísimo guiso de carne, realizado dentro de un gran zapallo, al cual se le agrega maíz. En el país originario, le agregan cebolla y cerveza. Pues el que degustaron Esteban y Susana… los tenían.

Como bebida, solo agua mineral fue lo que eligieron los comensales, aunque le habían ofrecido una carta muy extensa con diferentes vinos, también de la época, pero un tanto inalcanzables para sus bolsillos.

De postre, degustaron unos riquísimos alfajores caseros, los cuales también partieron de una receta de los años 1800.

Era obvio que tenían que almorzar, porque ir a un restaurante como ese... y no comer... es como ir a la Capilla Sixtina... sin mirar hacia arriba.

Capítulo 17.

–¡Hola!... –dijo Esteban contestando su teléfono celular, el cual muestra en su pantalla, la palabra *"Privado"*.

–Esteban, buenas tardes, soy Marcos –responde la voz del otro lado.

Marcos Zambrana, de 56 años, es el Director del Área de Delitos Cibernéticos de la Agencia Central de Inteligencia. Es ni más ni menos, el superior de Esteban De la Cuadra. Marcos es un hombre impenetrable a la hora de cuestionar sus decisiones. Sus palabras son como oro puro dentro de la Agencia. Ya hace más de veinte años que trabaja allí, una autentica leyenda, el cual, ha adquirido una notable experiencia, que combinada con su sabiduría y preparación académica hacen de Marcos un Director con todas las de la ley.

Fisonómicamente, es un hombre de estatura mediana a alta, tez morena, ojos negros y un cabello muy corto emblanquecido por las canas, lo coronan como el gran rey de todo el lugar. Y además, con un cuerpo un tanto atlético, reúne las características de un líder nato.

–Señor Marcos, buenas tardes, ¿como le va?

–Muy bien… gracias Esteban… ¿puedes hablar ahora?

–Si señor, ningún problema.

–Ok… te estoy llamando solamente para que me pases un status de lo hablado tú y tu contacto… creo que este tema del virus, se pone cada vez peor.

–Todo muy bien, y paso a contarle lo charlado con mi contacto… disculpe mi pregunta, pero ¿me llamó por la línea segura Marcos?

–Por supuesto Esteban… coméntame por favor.

–Ok.

Esteban De la Cuadra le cuenta con mucho detalle en que resultó la reunión con Susana Palacios. Que fue una reunión productiva, y que coordinaron varias cosas referentes al virus y a Héctor Ayala… y que quedaron en mutuo contacto por las dudas. También le comentó que había encontrado, en Susana, una personalidad perfecta para trabajar en el área en la que Marcos es Director… y por supuesto donde también, Esteban es el Jefe de los Ingenieros, programadores, criptógrafos, etcétera

Además, y como si fuera poco, le detalló la pasión que le imprime Susana Palacios a su trabajo y a su vida... le comentó que ella le expresó, con total convicción... que es una persona muy orgullosa de lo que hace.

–Excelente Esteban... buen trabajo... quedamos en contacto, por cualquier adelanto significativo que tengas para informarme... ¿te parece?

–Si por supuesto Señor Marcos... quedamos en contacto.

Luego de un último saludo los dos finalizaron sus respectivas llamadas. El Director había quedado tranquilo debido al adelanto en cuanto a la necesidad de diezmar al virus "*La Cárcel de Cristal*" antes de que sea demasiado tarde.

Capítulo 18.

El sonido agudo e intermitente de un teléfono celular, comienza a reverberar, por entre las *"siete millas del eje, y los nueve niveles, del mismísimo inframundo"*... ese lugar oscuro y abismal, se asemeja perfectamente a un *"dantesco infierno"*, no por sus particulares características, sino... por el soez y maléfico individuo que lo habita en el fondo.

Entonces, una voz tosca y carraspeante se abre paso entre un silencio sepulcral:

–Si... quien... –dice Melek Taws, por medio de un tono totalmente desprovisto de variaciones, a la persona que lo esta llamando por teléfono.

–Soy yo... y... ¿como están las cosas?... ¿hiciste hablar al sujeto?

–No… es impenetrable, y tiene una tenacidad que me irrita, está vivo solamente porque… ¡de esto vivo yo!… sino, el ya no sería mas parte de este mundo.

–Te recuerdo que no estoy interesado en lo que piensas Melek, solo dime que tienes.

–Nada… ya te lo dije… es la primera vez que alguien se me resiste… me recuerda a un tal *"Jesús"* y su tan mundialmente venerada… *"Pasión"*… pero de todos modos tengo un As en la manga que me cayó de arriba, y sin hacer el menor esfuerzo… pero… eso si… esto aumenta el costo de lo convenido.

–Primero dime que es lo que tienes en la manga Melek.

–Es una persona muy cercana, y muy querida por él… gracias a ella, estoy seguro que mi *"Jesús"* hablará sin ninguna pausa.

–Mas te vale… recuerda que este proceso debe llevarse a cabo a la perfección, no deben quedar *"piedras en el camino"*… y tu has sido contratado para quitarlas… recuérdalo muy bien Melek, para que tu no llegues a convertirte… en otra piedra mas para nosotros.

–¿Me estás amenazando?... pero es que, ¿no estás olvidando algo?

–Tómalo como quieras Melek… y… ahora, ¿de que me estoy olvidando?

–De que entre tu y yo... el profesional aquí, en hacer trabajos destinados a personas que tienen, ¡mucho que perder!, ¡como tu!... vengo a ser exactamente, yo.

–Eh... okay, okay... solo dime cuanto quieres Melek.

–Justo el doble de lo convenido.

–Okay, si nos das los resultados que te pedimos, te pagaremos el doble... tómalo como un hecho.

–Es que no tienes elección *"Señor Rico"*... ¡me pagarás el doble!, resulte o no resulte... ya que si no lo haces, un verdadero profesional en *"pasiones"* te podrá visitar algún día, y en el momento menos esperado.

–No me amenaces Taws, ¿tú piensas que eres el único maldito matón que conozco?, solo haz lo que se te pidió Melek y todos seremos felices.

–¡Felices!... ajajá... felices, felices... hay ¡Señor Dinero!, escúchame muy bien, la felicidad es una efímera utopía inalcanzable... ni todo el maldito dinero de este protervo mundo, hará que puedas llegar a ella.

–Okay Melek... y... por ser un profesional en *"pasiones humanas"*, debo admitir que también eres muy culto... y, lo que expresé antes, fue solo una forma de decir... que todo saldrá como lo planeamos.

–Entonces no me subestimes... tendrás lo que me pides, si obtengo lo que te pido.

–Okay Melek, te llamo.

155

Melek, y su oscuro y desconocido contratante, para capturar, torturar e interrogar al descubridor del Virus, Héctor Ayala, finalmente llegaron a un acuerdo sobre el pago doble. Ahora, Melek Taws tendrá que realizar dos cosas mas, torturar aún mucho más a su hombre cautivo y apresar a Susana Palacios. Después, colocarlos frente a frente. Esa será una manera muy eficiente de hacer hablar a Héctor… y de paso a Susana… uno verá el sufrimiento del otro… alguno de ellos deberá hablar… y luego los dos… morirán.

Capítulo 19.

Unos minutos después de que en aquella tarde se llevaran capturado a Héctor desde su propia casa, y cargarse con todo lo que pudiera relacionarlo con la red ANNON y con su descubrimiento, respecto de la Ingeniería Inversa, aplicada al virus "*La Cárcel de Cristal*"; arribó al lugar, la policía de la ciudad, al mando del inspector Sergio Vera. Una tenaz personalidad incorruptible quedó al mando ese día, de la investigación policial para dilucidar que es lo que podría haber sucedido allí.

Gracias a una llamada telefónica alígera por parte de un vecino de Héctor, la policía pudo estar lo más rápido posible en el lugar... aunque habían llegado tarde, solamente por algunos segundos.

157

A partir de ese momento quedó en marcha una importante investigación policial, ya que, no solo destruyeron una vivienda debido a su ingreso por la fuerza, sino que, un gran robo, sumado a un secuestro, habían tenido lugar allí mismo y perpetrado por la o las mismas personas... de eso estaban seguros, ya que el polvo asentado en el piso debido a las estruendosas explosiones, registró perfectamente las huellas de sus pisadas, las cuales tenían un patrón totalmente identificable... todas dejaron las mismas marcas. Las huellas sobre el polvillo blanco se asemejaban a las estampas dejadas por los astronautas del Apollo 11 sobre la luna. Y desde ese día, la casa de Héctor se parece mucho a esa imperturbable *"dama de la noche"*, ya que a partir de allí, su destruida morada y la luna, tienen muchas cosas en común: soledad, pisadas eternas e idénticas, silencio absoluto, inhabitada e inhabitable... un auténtico territorio hostil.

La carátula policial del terrible hecho, fue denominada: *"Ingreso ilegal a propiedad privada con destrucción de vivienda, robo y secuestro a mano armada"*,

Capítulo 20.

Susana, de nuevo en el Hotel, se comunica con sus otros dos amigos y colegas de la red ANNON, Eduardo y María Rosa, para reunirse en algún lugar, ya que tiene mucho que contarles, y además deben resolver el siguiente enigma que Susana trae consigo, y esperar luego, que es lo que vendrá, hasta por fin, aplicar la solución que desarticulará a los virus hijos... a cada *"Cárcel de Cristal"*, y a la *"Madre de todos los Virus"*.

Se evidencia un arduo trabajo de parte de todos, pero ella se siente con mucha fuerza y esperanza, debido a que su amigo y también colega, Héctor Ayala había realizado un gran trabajo en total soledad, para no hacer peligrar a otros de la red ANNON; tanto el análisis de Ingeniería Inversa, como el

159

despliegue de enigmas y acertijos, como una manera de codificar lo que él les quiso transmitir a sus colegas, de un modo de que otras mentes indebidas no puedan tener vía libre sobre los datos resultantes de esa Ingeniería Inversa, en relación a que, si esas mentes indebidas accediesen a dichos datos, conseguirían programar una actualización del virus, para que luego este engendro cibernético se haga inmune a la cura que encontró Héctor. Debido a esto último, era preciso que los enigmas parecieran lo mas rebuscados posible, aunque orientados, de una manera premeditada por este, hacia las mentes que pronto los analizarían, como las de Susana, María Rosa y Eduardo, las cuales reúnen en su conjunto, una especie de mente universal, cósmica y única, con amplios conocimientos sobre lógica aristotélica, matemáticos, filosóficos, mitológicos, históricos, bíblicos, y un gran etcétera, además de ser mentes muy analíticas y abiertas a recorrer diferentes vías de pensamiento. Lo ortodoxo, la anomia y lo dogmático no tienen mucha cabida en esas mentes fabulosas y brillantes.

Después de una charla muy corta, ya que Susana sabe muy bien que por teléfono se debe hablar de una manera muy escueta, sin muchos detalles y al grano… tanto ella, como Eduardo y María Rosa, convinieron en reunirse en un lugar muy público, en el *"Gran Museo Alan Turing"*, dedicado exclusivamente a mostrar la mas espectacular parafernalia histórica dedicada al sobresaliente adelanto ocurrido en los campos de la computación, la criptografía y el espionaje, mediante la exposición de diversos instrumentos tecnológicos. Este fabuloso museo tiene, además de salas de estudio, bibliotecas y salas de computadoras al alcance de todas las personas que necesiten investigar sobre diversos temas; grandes salas totalmente aisladas unas de las otras, y especializadas para reuniones formales e informales. Pues ellos se reunirán en una de estas salas informales, justo en frente de la sección dedicada a la vida del innegablemente genio, matemático, criptógrafo, filósofo, lógico y científico de la computación... Alan Mathison Turing... uno de los padres de las ciencias computacionales y precursor de la informática moderna.

Fue muy lógico que los tres estuvieran de acuerdo de no hacerlo en el hogar de alguno de ellos o bien en el hotel en donde se hospeda Susana, ya que ella teme que les suceda lo mismo que a Héctor, que ingresen a la casa y se los llevaran a todos. Aunque absolutamente nadie sabe del paradero de Héctor, la ingeniera de ANNON les debe contar la triste realidad a sus dos compañeros. Antes de ayer Héctor desapareció sin dejar rastro alguno. Solamente el email que le envió a Susana, dio indicios de su existencia.

Capítulo 21.

La Seguridad Nacional está a punto de sufrir el mayor golpe en la historia de este país, y lo anterior se podría extender a algo más terrible, el mismísimo Sistema Financiero Global comienza a transitar por un camino cada vez más pantanoso. El virus, denominado *"La Cárcel de Cristal"*, además de tener contra las cuerdas a la red de ciberactivistas ANNON, también se ha infiltrado en las redes de datos internas de la Bolsa de Comercio.

Sin que todavía nadie se percate de esta gran amenaza, el virus comienza su accionar maquiavélico, desplegando una muy ingeniosa parafernalia de procesos computacionales, capaces de obtener todo tipo de información sensible y privada, respecto de todas y cada una de las empresas, de capital privado y de capital público, además de las propias personas, las cuales, la mayoría de estas, día a día transitan real y digitalmente por la Bolsa de Valores. Esta eficiente y poderosa maquinaria del ciberespionaje digital que subyace bajo el escalofriante y a la vez intrigante nombre, *"La Cárcel de Cristal"*, está recolectando datos de las inversiones de los denominados *"demandantes de capital"*, que incluyen a los organismos públicos, empresas privadas y demás entidades; de los llamados *"oferentes de capital"*, conformados por los inversionistas o también llamados ahorradores; y del mismo modo, de los denominados *"intermediarios"*, los cuales contienen a las sociedades de corretaje y bolsa, las sociedades de valores, las casas de bolsa, y por último, las agencias de valores y bolsa. Una verdadera *"cinta transportadora"* de datos, donde al final de la misma, al *"pie de máquina"*, se encuentra la gran catalogadora de todos los datos recibidos. La computadora apodada *"La Madre de Todos los Virus"*, no solo recibe e indexa en su base de datos toda la información producto del ciberespionaje proveniente de los miembros, escogidos de una manera probabilística, de la red de activistas ANNON, sino que también está indexando información altamente confidencial procedente de un solo y frágil lugar... de la Bolsa de Valores.

Este monstruo digital cumple con verdadero éxito y eficiencia, sus oscuras incumbencias invasivas e ilegales, basándose en una tecnología de espionaje digital denominado *"Malware Modular"*, respecto del cual, dicho código pérfido y siniestro es inyectado al sistema anfitrión en el momento en que una persona ingresa a la página Web www.weareannon.com, de una manera muy silenciosa, y al mismo tiempo en que el virus ingresa, lo hace fragmentado en varios módulos separados, por lo que se reduce drásticamente la probabilidad de que los programas de detección de software mal intencionados lo detecten. Estos módulos, que unidos conforman el misterioso virus, trabajan juntos dentro de un proceso protegido contra comandos de lectura, de escritura y de ejecución, en donde, dicho proceso, es ejecutado dentro de la Unidad Central de Proceso o CPU por sus siglas en inglés, por lo que logra una clara y eficiente inaccesibilidad y autodefensa contra las variadas aplicaciones en modo usuario, propias del sistema anfitrión o infectado. Además, el virus *"La Cárcel de Cristal"* determina cual es el programa antivirus que tiene instalado el sistema anfitrión, por lo que para evitar la detección, altera automáticamente su comportamiento, como por ejemplo, cambiando la extensión del archivo que el propio virus utiliza para su ejecución furtiva; evitando de generar una utilización simultánea de los recursos del sistema para que los algoritmos denominados de *"Exclusión Mutua"*, pertenecientes al propio sistema operativo anfitrión, no puedan detectar este hecho concurrente, y como un efecto dominó, tampoco lo pueda detectar el sistema antivirus local; absteniéndose también, de modificar el registro de Windows, de manera tal de que no sean detectadas dichas modificaciones y por consiguiente el propio virus; y como si esto todavía fuera poco, se le instala en el sistema propietario, un driver de audio falso, consiguiendo con esto, que el virus sea ejecutado automáticamente cada vez que el sistema operativo arranca y el usuario indefenso se disponga a trabajar en su computadora.

De esta manera, el mencionado virus, que también encaja muy bien dentro de la categoría de *"Rootkits"*, logra corromper el sistema operativo anfitrión, aunque dejándolo funcionalmente operativo, adosándose a su propio núcleo logrando agregar un *"backdoor"* o puerta trasera, por donde, además de extraer información, sirve para enviar ataques de *"denegación de servicio"* a otras computadoras, sin que la capa de aplicaciones de usuario se percate en lo mas mínimo sobre este proceder. También se esconde a si mismo, ante otros programas, y al bidireccional tráfico de red, de todas las maneras imaginables, con el oscuro objetivo de comandar un accionar remoto o *"desenterrar"* información sensible.

Pero esto no termina aquí, ya que si el programa antivirus lo está persiguiendo demasiado, este virus, inmediatamente se encarga de corromperlo a nivel del sistema de archivos del propio antivirus, manteniéndose este último, como un programa totalmente funcional a la vista del usuario, pero inhabilitado y disfuncional a la vista del sistema operativo de la máquina infectada, y una clarísima vía libre para el sistemático trabajo de espionaje por parte del virus.

La palabra inglesa *"Rootkits"*, proviene de la unión de dos palabras, *"Root"*, que significa *"Raíz"* o también hace alusión a la cuenta de usuario poseedora de los mayores privilegios de administración, por un lado, y *"Kits"*, que significa *"conjunto de herramientas"*, por el otro; las cuales en su vinculación pronuncian una sombría referencia a un programa malicioso poseedor de un *"conjunto de herramientas que utilizan privilegios del propio superusuario o administrador"* del sistema anfitrión, logrando tener totales derechos administrativos sobre la computadora infectada. Y como si esto no fuera demasiado, los RootKits son muy difíciles de detectar y eliminar... por no decir imposible, obligando a que el sistema operativo anfitrión sea reinstalado.

En cuanto a la amenaza contra la seguridad nacional, la ingente cantidad de datos, que maneja la Bolsa de Valores, continúa siendo accedido, catalogado y enviado a indexación, de una manera invisible, silenciosa, voraz y muy efectiva. Se está robando información desde los propios sistemas de cómputo de la Bolsa de Comercio, y enviándolos a una ineludible y eficiente indexación, pero de una manera lógicamente separada dentro de la base de datos, respecto de los antecedentes indexados provenientes del ciberespionaje concerniente a la red ANNON. Los datos robados desde la Bolsa de Comercio se están almacenando con una distinguible separación lógica dentro de la base de datos de la supercomputadora denominada *"La Madre de Todos los Virus"*, con respecto a los datos registrados resultantes del espionaje a las personas de la red ANNON. Ahora bien... ¿por qué se da esta separación lógica?... un misterio que todavía no tiene respuesta.

Pero, desde la Agencia Central de Inteligencia, a través del agente Esteban De la Cuadra, esperan con ansias el avance tanto de Susana, como el de Eduardo y María Rosa, en lo que respecta a revelar el *"antivirus"* generado por Héctor Ayala, como resultado de su excelente uso del proceso denominado Ingeniería Inversa. Pero primero es necesario desentrañar los enigmas especialmente construidos y dedicados por parte de Héctor hacia esas tres mentes brillantes. En la agencia, por su lado, varios ingenieros también están tratando de encontrar la manera de poder generar un programa que elimine el virus, pero hasta ahora sin resultados significativos. Héctor proporcionó la solución, pero el grupo de los tres activistas de ANNON... tienen la llave para descubrirla y aplicarla... y solo ellos lo podrán hacer... así había pensado Héctor que debía ser.

Capítulo 22.

El jefe del Área de Operaciones del Proyecto MIRAR, y también esposo de Susana Palacios, Carlos Di Stéfano, luego del corto viaje de trabajo, retorna nuevamente a su casa. Y como a esa hora de la tarde, Susana ya debería estar allí; un tanto preocupado, decide llamarla por teléfono. Él no puede entender lo que está presintiendo tanto en su mente como en su cuerpo, pero sospecha muy levemente que algo le pasa o le pasará a su esposa. Un raro sentimiento premonitorio, repentinamente invadió sus pensamientos. Aunque este, y otro tipo de preocupaciones no son comunes en él, en ese mismo instante, su precognición, un tanto irreflexiva, se le suscitó con suficiente ímpetu.

La premonición o también llamada precognición es una aparente cualidad, disfrazada de una extraña percepción, que les ocurre a las personas en algún momento de sus vidas, y que es la de poseer o adquirir repentinamente un conocimiento previo de ciertos hechos o acontecimientos, pero un tiempo antes de que los mismos acontezcan. Además, esos hechos previstos, poseen una independencia total, en cuanto a la información y a las vivencias, respecto de quien fue el objeto de esa premonición, no pudiéndose aludir dicha sospecha involuntaria a una simple y automática deducción lógica... silogística. Por otro lado, algunos estudiosos de este tema explican que esta rara especie de sensación anticipada, sobre hechos o acontecimientos que todavía no ocurrieron, se debe a lo que se denomina *"déjà vécu"* por sueño, una variante del conocido *"déjà vu"*, el cual no es nada mas que un comportamiento cerebral bastante usual en la mayoría de las personas, y que se experimenta en base a una superposición o intercalación de ciertos eventos advertidos como concernientes al presente, en conjunto con otros sucesos que se distinguen como pertenecientes al pasado.

Pues Carlos trató de serenarse y autocontrolarse, ya que es una persona poseedora de un claro dominio de sus sentimientos y de sus emociones. Esta virtud en él, se asemeja a una autodefensa psicofísica ante las adversidades, con el objetivo primordial de poder enfrentarlas por medio del uso de la razón pura, y no por medio de una respuesta cuasi animal e instintiva. Si esto último tomara el control de su ser, sus decisiones rayarían por sobre la mas absoluta discordancia con la realidad inmanente en él. En un claro antagonismo a esta última contrariedad, debido a que esa razón pura utilizada por Carlos, es siempre su reacción primaria ante los diferentes infortunios de la vida, sus decisiones tomadas en ámbitos públicos o bien dentro de su propia vida privada, generan conclusiones y esgrimen decisiones basadas totalmente en una lógica un tanto estructurada... aristotélica, y por sobre dichas decisiones, se encuentra, cubriéndolo todo, un halo razonablemente humano.

Sin más esperas, Carlos toma su teléfono celular y se dispone a llamar a su esposa de inmediato.

Susana, todavía en el hotel, ve en la pantalla de su smartphone que Carlos la estaba llamando, con lo cual pensó para sus adentros:

—Uy, Carlos, querido... olvidé avisarte sobre mi viaje... ¿ahora que te diré?... ¡por Dios!

—¡Hola amor mío!... ¿como estás? —le dijo Susana con un tono de voz trémulo y vacilante, ya que se dio cuenta en seguida, que había llegado el momento de sincerarse con él.

—¡Hola mi amor!... te noto con un tono de voz algo raro... ¿te sucede algo?... en donde... ¿en donde estás?... ¿estás en el trabajo?, ¿quieres que te pase a buscar? —le preguntó Carlos por medio de una expresión enmarcada por una clara preocupación, a lo que prosiguió diciendo —recién llego de mi viaje... estuvo muy productivo pero un tanto agotador... todo salió muy bien... cuando estés aquí en casa te lo cuento todo... y... ¿a ti como te fue con las últimas modificaciones del sistema satélite que te tiene a mal traer?... bueno, ya me estoy metiendo con el trabajo, perdóname... primero lo primero Su, dime si necesitas que te vaya a buscar... ¿eh?

Susana, aprovechó este extenso repertorio por parte de Carlos para tratar de pensar una manera convincente de que él crea lo que le estaba por comentar... obviamente, no se le ocurrió nada. Si bien Susana nunca le contó a su esposo de su otro costado, y aunque en todo momento se lo ha insinuado durante sus acostumbradas charlas; el de pertenecer a una red de ciberactivistas denominada ANNON, continuamente fueron muy honestos entre los dos. La confianza mutua entre los dos y el prevalecer la alocución antes que la confrontación, hacen de esa pareja, un dúo muy feliz.

Por ello, a Susana ahora no le queda mas remedio que contarle toda la verdad a su esposo, pero lo hará por una comunicación segura, y que es la que utilizan para el Proyecto MIRAR. Si Susana, en estos momentos le detalla su *"otro costado"* a su esposo, no necesita agregar más problemas a los que tiene, y menos a Carlos; el hacer que otros los estén escuchando si recurren solo a la comunicación actual, la cual es muy insegura. Cualquier comunicación celular es pasible de ser escuchada si ésta no se encripta. La única manera de que las comunicaciones entre celulares no sean interceptadas, simplemente radica en... despojarlo de su batería. Si la batería está colocada, y aunque el aparato esté apagado, el mismo queda *"preparado"* para que se pueda activar el micrófono remotamente.

—Amor... tengo que confesarte algo, y que siempre lo estuve por hacer, te lo aseguro, pero... pero mis agallas hasta ahora nunca fueron suficientes... y es en relación a otro perfil laboral mío... digámoslo así –le dijo Susana a su esposo, por medio del mismo tono de voz que antes.

—Dime Su, ¿estás en problemas?... cuéntame por favor, me sigues preocupando, además cuando llegué a casa tuve unos presentimientos muy raros y que nunca los había tenido... pero cuéntame querida, tu sabes muy bien que siempre resolvemos racionalmente nuestras preocupaciones o diferencias... así que... soy todo oídos –finalizó Carlos, empleando una voz revestida de certidumbre y convicción.

—Okay Carlos... te lo voy a contar, pero cambiemos a la comunicación segura por favor y llámame nuevamente... ¿puede ser mi amor?

—Pero Susi, porque no vienes a casa, te espero... o... o te voy a buscar donde estés... como lo prefieras Su.

—No será posible mi amor... es que me encuentro en otra ciudad.

—¡En otra ciu...!... ¿dónde te encuentras Susana? –preguntó Carlos.

–Es que no te lo puedo decir por esta línea bebé… como te lo decía, cambiemos a la línea encriptada querido… llámame tu, después de que yo cuelgue por favor… ¿si? –Respondió Susana.

–Okay Susi, corta y ya te llamo por la línea segura.

–Okay, ¡bye!

Cuando ambos cortaron la comunicación, Carlos conectó inmediatamente; entre su auricular-micrófono externo, el mismo que utiliza para atender cuando va manejando, y el propio celular; un dispositivo de encriptación muy avanzado, con el objeto de codificar todo lo que posteriormente hablarán Susana y él en su segunda y próxima comunicación.

El dispositivo de encriptación para teléfonos celulares, denominado *"TalkKeeper"*, encripta con una altísima eficiencia, las conversaciones entre dos teléfonos celulares. Por supuesto que ambos aparatos deben tener el mismo dispositivo. Pues Susana y Carlos, lo tienen.

Después de un breve instante, el que se necesita para interconectar el pequeño dispositivo de encriptación entre el auricular-micrófono y el teléfono celular, los dos ya se encuentran listos para el nuevo llamado, y como habían quedado, Carlos llamó a Susana nuevamente.

"Llamando a Susana", muestra el display del celular de Carlos y casi al mismo tiempo, Susana ve en la pantalla de su Smartphone, *"Carlos llamando"*, y a la cual no le quitaba sus hermosos ojos azules de encima, a la espera de ese llamado de

parte de su esposo, el cual ya está resonando en la habitación del hotel.

–Hola amor... ¿me escuchas bien? –habló Susana respondiendo el llamado.

–Si querida... estos dispositivos son una maravilla... ¿no?... pero... pero, vayamos a lo nuestro Su, ¿en que ciudad estas y dime si te encuentras bien?... me has preocupado y sumado a esa especie de premonición que tuve... mi intranquilidad es un poco mas alta de lo normal... cuéntame por favor –le expresa Carlos.

–Bueno Carlos... por donde empiezo... a ver.

–Primero dime en que ciudad estas Susi... y por supuesto... presiento algún problema de tu parte, por lo que... te escucho Su –se interpone Carlos ni bien comenzó a hablar Susana.

–Si, mira Carlos, estoy muy bien, y me encuentro en la ciudad... eh, ¿recuerdas, cuando fuimos juntos al 5º Congreso de Seguridad de la Información?... hace unos meses de esto, ¿lo recuerdas?

–Por supuesto Su, como no lo voy a recordar... luego de varias charlas adormecedoras por parte de algunos disertantes, lo que recuerdo muy bien es... es, estar a tu lado... eso es imposible de olvidar... y también, no lo niego, las empanaditas calientes estuvieron deliciosas.

—Muchas gracias mi amor —responde Susana, y a lo que continúa agregando— bueno, estoy en esa ciudad y en el mismo hotel que pasamos la noche.

—¿Pero que haces allí querida?... no me comentaste nada antes de irme a mi viaje.

—Lo que sucede, es que, el motivo por el que me hizo estar aquí, fue que... que, me enteré de algo terrible, luego de que esa noche te fueras a dormir un poco antes que otras veces, ya que, al otro día, te levantarías muy temprano para viajar —a lo que agrega— y ese algo del que me enteré esa madrugada, fue gracias a un email que me envió un colega de esta ciudad... y un amigo también.

—¿Un colega Su?, pero MIRAR no tiene sucursales por ahí... ¿no?

—Si, tienes razón amor.

—¿Entonces preciosa?, ¿colega de que...? —le pregunta Carlos.

—Bueno, esto es lo que siempre quise contarte, pero nunca me atreví... temiendo que... que me dejaras Carlos.

—Susana, ¡stop please!... para un segundo... creo que no es necesario que te lo aclare querida, pero... pero, ya sabes que nosotros no nos guardamos secretos, y por mas complicados o difíciles que sean estos... los dos debemos saberlo... así que, dime... y sin miedos Su. —le responde Carlos con una modulación en su voz totalmente cargado de una emoción afectuosa y tierna.

–Si, lo se Carlos, por eso te voy a contar todo, mas vale tarde que nunca –reconoce Susana, a lo que agrega– y lo que te quiero decir es que ese colega, al cual no encuentro desde ayer y me tiene muy preocupada, ya que también destruyeron su casa, me envió ese email conteniendo información relacionado a un avanzado e innovador virus de computadora dedicado al ciberespionaje digital, respecto del cual, luego de aplicarle ingeniería inversa, se encontró con algo espantoso... y eso es justamente lo que me envió por mail esa noche –y prosiguió– ese virus espía, extremadamente avanzado, tiene dos objetivos... bueno, en un principio fue un solo objetivo, hasta que un agente de la Agencia Central de Inteligencia me contactó para ponerme al tanto del otro objetivo, ya que ellos llevaron a cabo algo parecido a lo que descubrió mi colega – Susana tragó saliva como para continuar, pero se adelantó su esposo.

–Querida, cada vez entiendo menos... ¿que relación hay entre tu trabajo en el Proyecto MIRAR, con un virus espía y con un agente de la Agencia Central de Inteligencia? y... como confío plenamente en ti, se muy bien que me estás diciendo la verdad, y como todavía no comprendo, es que te pregunto... ¿en que te has metido Susana? –le cuestiona Carlos por medio de una peculiar voz caracterizada por la duda y una chispa de ansiedad.

–Bien mi amor... es que, ese primer objetivo del virus está directamente destinado a la red de ciberactivistas ANNON... ¿los recuerdas?... los que basan su accionar en...

A lo que Carlos se interpone como continuando la frase de Susana:

–Si, lo se muy bien Su, en los dos pilares fundamentales de una sociedad libre y justa... Libertad e Independencia... pero Susana... ¿y?

–Y... que ese virus está, desde hace ya bastante tiempo, espiando a los integrantes de esa red –responde pícaramente Susana, como demorando lo inevitable.

–Ok, me parece algo denigrante... pero, sigo sin entender querida, que correspondencia tiene todo esto contigo, y como para que... incluso... ¡te haga viajar hasta allá! –le expresó Carlos.

–Hay Carlos, lo que te voy a comentar, lo vengo realizando desde hace mucho tiempo, mucho, muchísimo antes de que nos conociéramos tu y yo... y... junto a este colega y amigo, el que me envió el email, y junto a otros dos colegas más... sin olvidarme de todos los miles y miles de otros miembros más... amor... bueno, prepárate... Carlos, yo... yo, pertenezco desde hace varios años ya... a... a, a la red ANNON –terminó diciéndole Susana por medio de una voz entre labios y un tanto vacilante, y al mismo tiempo empezó a sentir un gran alivio, como si se hubiera sacado una gran carga de encima.

–¡¿Qué?!

Carlos, en un primer instante muy breve, solo respondió, completamente estupefacto, con esa pequeña pregunta y no se apresuró a articular ninguna otra palabra más, y menos que menos, una frase. Su pensamiento y raciocinio analítico y lógico, concibe siempre en procurar que, ante este tipo de situaciones sorpresivas, Carlos utilice la lógica por intermedio de la razón, para tomar su próxima decisión, sumada a una inteligente respuesta u opinión.

Como Susana conoce muy bien esta faceta de su marido, solo se dignó a esperar, sin interrumpir lo que Carlos, con mucha sabiduría y elocuencia le respondería.

Pues no pasaron ni siquiera quince segundos, cuando Carlos retomó una nueva respuesta al reciente "¿¡Qué!?", sobre el cual se había anticipado a pronunciar, ante esa gran avalancha de sorpresas de parte de su esposa.

–Su, querida, debo reconocer que... que no dejas de sorprenderme, aunque ahora me has impresionado... hasta tal punto de poder decirte que has conseguido forjar esa impresión en mi, de una manera que no lo has hecho nunca en la vida, y... puesto que confío plenamente en ti, al igual que tu lo haces conmigo, estoy muy... muy seguro, de que tus otras obligaciones en conjunto con la red ANNON, desde hace mucho tiempo, las realizas apoyándote en la ética, la moral y el respeto hacia las personas... por mi parte conozco bastante de la historia de ANNON... y además, ¡como entre nosotros hemos hablado muchas veces de ellos!... ¡bueno, ahora de ustedes!... en este mismísimo instante advierto y recuerdo el gran ímpetu que siempre tuviste de poner el tema, de esta gran red de ciberactivistas, entre nuestras charlas hogareñas... y, te soy sincero querida, de uno u otro modo, ya me lo habías contado antes, nunca me lo ocultaste, y tuviste la fuerza y el coraje de decírmelo siempre, aunque sea en código, o bien, encubriéndolo como un gran interés de parte tuya con respecto a ellos, y en repetidas veces además... entonces, lo que terminas de hacer ahora, amor mío, es solamente decodificarme una información que ya me la estuviste diciendo desde hace mucho tiempo, y sobre la cual, por mi parte, no fui capaz de percibir... y lo que yo debería haber detectado en nuestras entusiasmadas charlas, sobre este tema en particular, es que me estabas queriendo comunicar... tu otro costado humano y profesional... no te preocupes Su, es tu naturaleza y la respeto al ciento por ciento, y solamente le confío a la Providencia para que te ilumine con mucha sabiduría... además Su, espero que te encuentres muy bien de salud, y que no estés corriendo ningún peligro en esa ciudad.

–Mi amor... me has dejado sin palabras... solo te digo gracias por comprenderme –respondió Susana con una voz enternecida al extremo.

–Ya sabes Susana que no debes agradecerme nada... y para mi, ahora está todo mucho mas claro –le respondió Carlos, a lo que agregó– y... querida, entonces, lo que hace un rato yo no entendía respecto de la relación que tienen entre tú, la red de ciberactivistas ANNON y el agente de la Agencia Central de Inteligencia… bueno, ahora tiene un poco mas sentido… y lo que me querías decir al principio, es que tu colega de ANNON encontró el virus, le aplicó ingeniería inversa, descubrió que uno de los objetivos es la de espiar digitalmente a la red ANNON… pero… hay algo que todavía no me has aclarado Su —expresó Carlos por medio de un mejor semblante y tono de voz.

—¿A que te refieres mi amor? —le consultó Susana, un tanto olvidada de todo lo demás debido a la muy particular e inolvidable charla que está teniendo con su marido.

—Al otro objetivo que tiene ese virus —respondió Carlos al instante.

—¡Ah, si!... se me había pasado… perdóname Carlos, es que mi cabeza está en muchos lados estos días —a lo que añadió— el otro objetivo fue descubierto por un especialista en ingeniería inversa y criptografía de la Agencia Central de Inteligencia, específicamente un ingeniero del Área de delitos Cibernéticos, o algo así… demasiados nombres para un día como hoy —por lo que se dispuso a continuar diciendo— y el otro objetivo está puesto, dentro del mismísimo código fuente del virus, para que apunte, además de hacerlo a ANNON, también a la Bolsa de Valores… y de un talante vil y cruel, ya que sus incumbencias son exclusivamente aplicadas al robo de toda información que se maneja dentro de su Sistema de Finanzas –terminó contándole Susana.

–¡No!... eso es un grave atentado contra la seguridad nacional... ¿te imaginas a cuantas personas afecta esto?... ¡además de los miles de afectados de la red ANNON, atentar contra el Sistema financiero... es atentar contra la vida diaria de cada ser humano!... ¡esto siempre repercute o termina impactando en el ciudadano común!... ¡esta gente sin valores!, ¡¿será que son tan cortos de mente, que no ven su maldito efecto dominó... el cual en algún momento les caerá a ellos mismos?! –respondió Carlos con una pausa, como para serenarse, ya que este tipo de injusticias contra la humanidad, es lo único que lo saca de sus cabales por un breve momento.

–Si te entiendo mi amor, y tranquilízate, todo saldrá bien, te lo aseguro... y... te cuento que, debido a estos dos objetivos es por los que estoy en esta ciudad, aunque en un comienzo fue, y además de seguir siéndolo, por el riesgo que corre la red ANNON; pero por otra parte, porque debo resolver unos enigmas codificados que nos dejó mi colega de la red, para poder llegar a una especie de antivirus que el mismo ideó como resultado de su ingeniería inversa –le explicó Susana al mismo tiempo que lo tranquilizaba, y continuó– en la Gran Ciudad ya he resuelto el primer enigma que me envió mi colega a mi email... aquella noche... pero, ese primer misterio resuelto, me llevó a otro entresijo un poco mas difícil que el primero... y lo debo resolver en esta ciudad, además, mis otros dos colegas, Eduardo y María Rosa, son unas mentes iluminadas, y nos ayudaremos mutuamente para resolverlo... dicho sea de paso... quedamos en reunirnos mañana a la mañana en el Museo Alan Turing de la ciudad... en una de las salas de reuniones informales... debemos averiguar a donde nos lleva este segundo dilema –terminó explicando Susana.

–Bien Su... querida... entonces, por un lado están ustedes avocados a obtener el antivirus y por el otro, la Agencia Central de inteligencia, tratando de frenar el robo al sistema financiero –agregó Carlos, a lo que prosiguió– veré que puedo averiguar mañana con ATENEA, sobre este tema, y si me necesitas allí, llámame por favor, ¿si Susi?

–Estás en lo correcto amor, y no te preocupes... averigua con mi amiga ATENEA, ya que de seguro nos podrá ayudar... y sí, estas en lo cierto, es muy probable que yo te necesite conmigo bebé, por lo que quedamos en contacto mi amor –le respondió Susana por medio de un tono de voz dulce a su esposo Carlos.

–Por supuesto querida, cuenta conmigo para lo que sea... como siempre... te amo Susana, y cuídate por el amor de Dios –le dice Carlos.

–No te preocupes mi amor, yo también te amo bebé, y te cuento que desde la Agencia Central de Inteligencia nos estarán cuidando y muy bien, hoy al mediodía me reuní con un agente que me contactó la noche anterior... ellos están totalmente de nuestro lado, tratando de averiguar quien está detrás de todo esto, y junto con la Agencia de Investigación Federal y la policía local, investigando lo que pasó en la casa de mi colega – agrega Susana.

–¡Oh!, bueno están casi todos... faltan los de la Agencia de Seguridad Nacional y se completa el plantel... bueno querida Susana, no te separes de tu celular, y tampoco lo haré del mío... ¿okay Susi?

–Okay Carlos... háblame si se te presenta otra premonición tuya... ajajá –le dice Susana con un tono revestido de comicidad.

–Si, Susi, tienes razón, ajajá, y espero que a mi cerebro no se le ocurra otra de esas... aunque, ¿te has dado cuenta de algo?

–¿De que mi amor? –le preguntó Susana.

–De que mi cerebro acertó muy bien... y sin valerse de ninguna información previa respecto de algún peligro relacionado a ti, como para que esa precognición de hace un rato, solamente haya sido una mera previsión probabilística... ¿te das cuenta?... el cerebro nos sorprende a cada instante, ¿no? –responde, y a la vez que le preguntó Carlos.

–Si, es así, y como creo que lo sabes, ¿recuerdas la idea filosófica... *"mente sobre materia"*, Carlos? –preguntó Susana.

–Si por supuesto Su... y, ¿a que quieres llegar querida?

–A que, si lo *"mental y lo físico"* conforman una misma cosa... como por ejemplo... *"como es arriba, es abajo"*... *"así en el cielo, como en la tierra"*... todo es lo mismo... ¿lo ves?...

"*la mente y el cuerpo*", o también, podría sugerir, "*el alma y el cuerpo*"... es decir Carlos, este pensamiento denominado de dualidad explícita, el cual proviene de Platón, pasando por Descartes y otros mas, se manifiesta a favor de la transmigración del alma, o de que "*el alma*", o si quieres... "*la mente*", es una entidad separada de "*la materia*"... del cuerpo subyacente, por lo que se podría suponer Carlitos, que ese dualismo, "*mente sobre materia*", lograría obrar para que existiera una especie de "*percepción cósmica o universal*"... la cual esté conformada por todas las mentes vivas de este mundo, materialmente hablando... sin dejar de lado a las almas o mentes sin vida material, o sea, las despojadas de su constituyente primigenio o envoltorio mortal, pero... "*mentes al fin y al cabo*"... todas esas mentes ejercerían una acción directa sobre la materia... o, a lo que apunto con esta explicación querido, es que esta mente universal profesaría una especie de conexión entre todas ellas y entre si misma como un todo... por lo que esto explicaría, potencialmente hablando, esa singular premonición que tuviste... y sin datos previos, para que haya sido solo una simple probabilidad... por lo que, si tu cerebro no se basó en hechos o información del pasado para preveer lo que sentiste; es que estaríamos ante un caso bastante convincente de premonición... y entre nosotros dos Carlos, solo yo soy la que sabe al dedillo, que tengo preocupaciones en mi mente y... con algún riesgo probable sobre mi seguridad... y en este estado mental mío, siempre te tuve presente mi amor... además, tu ni estabas enterado de mi viaje, ni de que pertenezco a ANNON, ni de nada de lo que hablamos hoy respecto del virus... de, nada... por lo que esto me lleva a inferir una conclusión muy lógica, y es que... –a lo que inmediatamente se interpuso Carlos.

–Y es que tú Susana, me podrías haber "*transmitido*" esa preocupación, por intermedio de esa "*mente universal*" que dices, percibiéndola yo, desde mi lado, y a modo de un receptor cósmico, como la forma que llamamos premonición o precognición... es como que, estamos conectados Su, ¡tienes razón!... y no olvidemos que la mente, específicamente nuestros pensamientos, se generan a través de procesos físico-químicos a un nivel cuántico, y si pienso lo que filosofaste recién, y de una manera brillante... como siempre... debo decirlo, desde el punto de vista de uno de los varios principios característicos de la mecánica cuántica... el llamado, "*Principio de Entrelazamiento Cuántico*", el cual formula que una partícula subatómica, un electrón por ejemplo, puede estar en dos o mas lugares al mismo tiempo y sin importar las distancias; el hecho irrefutable del pensamiento, que se concibe por medio de la interacción de diferentes procesos físicos, químicos y eléctricos; está fuertemente determinado por dichas partículas subatómicas... y si lo que tu piensas, se basa en consecuencia, en ese principio cuántico, resulta en una clara y lógica conclusión Susana... que el mismísimo pensamiento también se encontraría en dos o mas lugares al mismo tiempo... y... y, por intermedio de esa *"mente universal cuántica"*, como me atrevería a renombrarla, se pudieron haber canalizado tus preocupaciones hacia mi, y eso es lo que podría haber sucedido, ¿no?, al fin y al cabo, esas preocupaciones no son mas que pensamientos, procesos sinápticos cerebrales, partículas subatómicas con estructura y función, etcétera, etcétera, Susana... me acabas de iluminar con tu asombrosa sabiduría... eres... eres, ¡tan especial!... ¡te amo tanto querida! –finalizó ampliando Carlos, lo que había comenzado a manifestarle Susana desde un punto de vista filosófico, a lo que él terminó relacionándolo desde un punto de vista físico cuántico. Un verdadero dúo de seres muy instruidos y compatibles en todo sentido. Estas charlas existenciales son moneda corriente entre Susana y Carlos, por las que a veces pasan horas y horas hablando de esta misma manera, y aún mejor que lo hablado recién por el teléfono.

Susana y Carlos, quedaron con sus almas en sus debidos cuerpos por lo que esa noche, cada uno de ellos durmió con bastante tranquilidad... esa mente cósmica los conecta... los mantiene unidos... sus mentes permanecen juntas... solo sus cuerpos se hallan separados... había sido una experiencia impresionante... casi, como llegar a Dios... como sentir a Dios... como redescubrir a Dios, a modo de una gran mente cósmica y creadora, por lo que desde Él, se desprendería la existencia de todas las cosas y de todos los seres... *"una mente cósmica... Dios..., sobre la materia... cuerpo*"... una dualidad explícita e innegable.

Capítulo 23.

Carlos Di Stéfano, esposo de Susana Palacios y jefe de Seguridad de Sistemas e infraestructura del Proyecto MIRAR, trabaja acérrimamente para conseguir sus objetivos, que al fin y al cabo son los propios que los del Proyecto MIRAR. Con estudios de muy alto nivel, como el de Ingeniería en Seguridad de Sistemas y un master en Seguridad de la Información, Carlos parece un todopoderoso que desde las alturas vela por sus creyentes día y noche; un individuo ecuánime, con sus convicciones bien claras, con los objetivos que su mente almacena, totalmente cumplidos. Él siempre pensó: *"Como es sabido, antes de que algo se materialice en el mundo real siempre, y de manera ineludible, ese algo deberá pasar por nuestras mentes, deberemos pensarlo, soñarlo, vivirlo..., quererlo desde el alma..., amarlo desde el corazón. Solo así veremos hecho realidad nuestros objetivos"*. De la misma manera, y además de su gran sabiduría, Carlos es dueño de una honestidad y una rectitud sin igual. Con su bajo perfil, autocontrol y firmeza en sus decisiones, es perfecto para el cargo que le fue dado.

Del mismo modo, es meritorio de una apariencia envidiable, con una estatura considerable, de un metro con ochenta y ocho centímetros, su cabeza colmada por un pelo corto y de color negro, un tegumento muy cándido y jovial, sus facciones con rasgos matemáticamente simétricos y el color de sus ojos combinados por una mezcla que varía entre el verde y el amarillo, hacen de Carlos Di Stéfano una persona poseedora de una profusa estampa.

Es depositario además, de un gran recorrido en las áreas de sistemas, siempre dentro del Gobierno, lo cual, lo fue perfeccionado, y gracias a su espectacular currículum, obtuvo el trabajo de su vida como jefe de Seguridad de Sistemas en el Proyecto MIRAR. Concretamente, se desempeña custodiando la integridad de una supercomputadora y de sus sistemas satélites; un verdadera inspiración humana que parece haber emergido de una película de ciencia ficción. Una supercomputadora con mente propia, la cual toma billones de decisiones por segundo, muestra, a modo de magnos grabados en cada uno de sus lados, como increpando a los cuatro vientos, su homérico nombre, el cual la simboliza de una manera casi perfecta:

ATENEA

ATENEA no solamente fue bautizada así en honor a la diosa griega de la guerra, la civilización, la sabiduría, la estrategia, las artes, la justicia y la habilidad, sino que constituye una sigla que escrita con un aire falaz.

ATENEA también significa:

"Accionar Tecnológico para la Ejecución y Nominación de Entramados Anticonstitucionales"

Indubitablemente, una locución muy engañosa. Pero tiene un porqué. Siempre los tiene. Aunque hoy en día, sus incumbencias están muy lejos de aquellas primeras funciones que iban en contra de los principios individuales de Libertad e Independencia. ATENEA, valiéndose de un claro *"Yo"* freudiano, llegó por si misma a la conclusión, de que para lo que la habían construido ya no iba a ser posible continuar llevando a cabo esas labores, por lo que por si misma fue capaz de idear un fabuloso plan, para que el propio Proyecto MIRAR se disolviera y pudiera tomar otro rumbo. Esto lo consiguió realizar en conjunto con los ciberactivistas de ANNON o también, haciendo alusión a su nombre, denominado por muchos como: "*El centinela digital*".

Capítulo 24.

Un pensamiento se abre paso entre un oscuro y silencioso universo mental… aunque, de todas maneras, ese silencio… está por ceder en un instante, y ese universo mental… está por esfumarse sin ningún remedio.

–¿Qué es ese ruido?

–Parece un escape de gas… ¡¿gas?!… y… y, ¡aquí dentro!… no puedo ver nada… ¡maldición!.

–Será esta… ¿mi hora?

–Pero… no huele a gas… al gas, butano… como el de las garrafas de cocina… y, ¡por lo menos tiene un lindo olor!… me dormiré… ¿y moriré?… aunque no creo que pase así nomás… no es lógico… y, ¿qué gas será?… uy… ya… ya, me estoy dando… cuenta… me estas… haciendo… dormir…

Melek… ¡maldito demon…! –finalizó pensando, Héctor Ayala, antes de que su cabeza se apoyara sin oposición alguna sobre su pecho dolorido y ensangrentado. Héctor, ahora yace solo, a oscuras y totalmente anestesiado. Melek inyectó una mezcla de oxígeno, halotano y demás gases inocuos, con el objeto de anestesiar a Héctor y poder trasladarlo a otro lugar dentro de ese mismo complejo, con la intensión de prepararlo para un nuevo "*hito*" en tortura humana… una clase de tortura de la que nadie puede escapar, y de la que a todos… obliga a hablar.

El Halotano es mas un vapor que un gas, pero mezclándolo con oxígeno y otros gases, inofensivos para la vida humana, puede ser vertido, desde una ubicación superior, dentro de una habitación, para que la o las personas halladas por debajo, simplemente sean anestesiadas, como si se las preparara para una intervención quirúrgica. El Halotano, además de tener un aroma muy agradable, es incoloro e inestable bajo el efecto de la luz, y es una substancia totalmente incombustible.

De nuevo, un silencio sepulcral se abrió paso y finalizó conquistando al interminable ruido del escape de gas, y el universo mental en el que Héctor estaba sumido, ahora no es más que un universo vacío y siniestro. Héctor permanece en la silla de metal, atado de pies y manos, golpeado, ensangrentado… adormecido. Pero no va a estar así por mucho tiempo… va a estar… mucho peor.

Capítulo 25.

Una voz carraspeante y por momentos rozando con el susurro, se hace presencia en la mente de Héctor, pero todavía no logra entender que es lo que está pasando, y de donde, y de quien proviene esa voz, la cual profesa las siguientes palabras:

–Ha sido muy fácil traerte hasta aquí… pero será muy difícil que puedas salir… digamos… imposible.

–Antes de que sufras demasiado… dime Héctor… dímelo… cuéntame todo lo que has hecho con el virus, a quién se lo has comunicado… quiero saberlo todo… absolutamente todo.

–Y… ¿sabías Héctor, que una de las peores torturas que puede soportar un ser humano, es la psicológica?

–¿Qué te pasaría si... te sigo privando, aún mas, de tu tan preciado libre albedrío?

–Piensa... no puedes elegir ni tomar decisiones... estas preso en cuerpo y alma... las alternativas ya dejaron de ser una opción para ti... ¡mírate!... solo has podido hablar de un modo que te transporta, con cada minuto que pasas aquí, a un estado mental irracional, violento y perverso.

–No, no, no... mejor, no malgastes tus fuerzas para hablar Héctor, porque todavía continúas bajo un efecto remanente del gas... solo escúchame... ¡agente para la defensa de la Libertad y la Independencia!, tus opciones son muy limitadas, casi nulas diría yo, te encuentras inmóvil desde hace días, sufriendo golpes, quemaduras, cortadas, punzadas, electroshocks, y ahora, te veo exánime y resignado en ese aparato, atado de pies y manos, sin siquiera poder moverte o hablar... y el escuchar, por ahora, es lo único sobreviviente entre tus libertades.

–¿No sientes ganas de morir Héctor?, a estas alturas... deberías tenerlas... no posees alternativas... no tienes a nadie a quien gritarle por ayuda... la sumisión en tu propio infierno es cada vez mas acentuada... ¿piensas que eres un superhombre?... las palabras que me dijiste ayer, fueron muy duras... no para mi... ¡claro!, sino para ti, y reflejaron tu constante decadencia... tu físico te abandona, y tu cordura... lo hará pronto.

–Pero… ¿que te sucede Héctor?… percibo una incomodidad en tu nuevo reclusorio… piensa esto, allí estarás hasta que me digas lo que ya sabes… tu tiempo es lento, muy lento… cada minuto tuyo, es un segundo mío… y mas tarde, cada hora tuya, será el mismo segundo mío… y te descubrirás siendo espectador, en primera fila, ante una realidad… mas bien, ante tu realidad, absolutamente desesperante, incesantemente agobiante y sin ninguna posibilidad de salvación… es mas, ya te estoy viendo entrar por entre las puertas del infierno… y directo hacia adentro.

–¿Porqué me miras con esos ojos desorbitados?... ¿ahora eres telequinético?... la verdad, y te soy sincero, no registro absolutamente nada de lo que me quieres hacer con esa mirada… y, como no puedes hablar… que se yo… tendré que seguir haciéndolo por mi lado entonces.

–¿Sabes que es ese aparato en el que estas metido?... es de mi invención, por si no estabas al corriente… y es una representación fiel de mi propio ser… ¿puedes imaginártelo?... no, no creo que tengas tiempo de hacerlo, tu imaginación ya debe estar desapareciendo, junto con tu razón de ser, y también con ese, ser de razón, que conocí al principio… bueno, y pensar que la decisión de salir de ese calvario… es solo tuya… Héctor, dime lo que necesito y al menos volverás a tu silla y podrás beber agua y comer algo… ¿no tienes sed, o hambre?... ¡no lo dudo!… y pienso que habrás percibido el ulcerante olor de los tostados que me hice en el desayuno… estaban… ¡de… li…

197

cio... sos!... ¡uy!, ¿veo que ahora puedes mover la lengua?... ¿te estás relamiendo?... no lo hagas, ¡si deseas mucho, te harás una lesión estomacal!... ¡solo dime lo que debo saber!

—Si es que me lo vas a decir, solo parpadea tres veces... así terminaré con tu pesadumbre en un abrir y cerrar de ojos... bueno, en tres... hazlo Héctor, hazlo... y todo terminará... hazlo... ¡hazlo!... ¡hazlo maldito!... ¡¡¡Hazlo!!!

—¡okay!, ¡tu lo pediste infeliz!

—Ahora conocerás como funciona esa caja... en la que eres su, ¡invitado de honor!

Héctor Ayala se encuentra dentro de una caja de cristal totalmente transparente, con una perfecta orientación vertical y solamente provista de una abertura superior en su cara frontal, y a la altura de la cabeza de la víctima. Su cuerpo desnudo, con los brazos entrecruzados por detrás y en dirección a lo alto, aprisionados contra su espalda, y con sus delgadas manos apuntando hacia arriba, atadas y colgando desde el techo de la caja, con sus codos, puntiagudos y enrojecidos, en dirección al suelo, conforman una imagen espeluznante de sufrimiento humano. Un coctel de torturas físicas y psicológicas está demoliendo lentamente a Héctor Ayala. Sin poder articular palabra alguna, solo sus ojos denotan la perplejidad y el desconsuelo de un alma que está por sucumbir.

En la cuarta parte superior de la caja, su cabeza se sostiene obligadamente, por medio de una especie de collar, con su parte posterior adosado a las paredes de esa caja de cristal, y rodeándola con sendas puntas en dirección al cuello de Héctor. Ese collar se asemeja a una punta metálica de las famosas mangas para decorar tortas, las cuales tienen forma de cono, y en la parte mas estrecha, numerosos cortes en zig zag, simulan los dientes de una piraña a punto de engullir a su presa. Pues Héctor está siendo engullido con cada minuto que pasa, dejándose caer repetidas veces sobre esas puntas. Aunque pende de sus doloridas manos, una especie de pequeño asiento tubular, el cual cruza desde atrás hacia adelante y por debajo y entre sus piernas, hace que Héctor pueda encontrar una manera de mantenerse con el menor sufrimiento posible. Esa caja de tortura está hecha para algo mucho peor que matar... infringir sufrimiento.

Las piernas, se hallan simplemente inmóviles, por medio de largos y fuertes precintos de color rojo, los cuales le están comenzando a cortar la piel. Al poder recobrar de a poco sus movimientos, estos hacen que su desconsuelo se acreciente cada vez más.

Luego de una hora de constante y agotador sufrimiento por parte de Héctor Ayala... solo había transitado un solo segundo, para Melek Taws... la teoría de la relatividad en su mayor expresión... pensaba Melek al retornar a la habitación en donde se halla Héctor.

—Ya pasó una hora para ti Héctor... para mí, duró lo que un soplido... un ínfimo instante... un segundo, como te lo dije antes… y, ¿ya tienes algo para mi?... respóndeme que sí, con tres parpadeos y saldrás de esto… te lo aseguro.

Héctor solo parpadeó instintivamente, aunque no tres veces, solamente para que no se le sequen sus ojos. Y luego pudo pronunciar unas pocas palabras… y muy certeras:

–¡Mal… dito!... ¿ahora tu… no ves la… realidad?... tu crees que si yo… me muero, pasarás… pasarás a otra cosa, y ¡ya!

–Melek, si yo… me muero, no tendrás nada… nada de mi parte, y el virus… igualmente será… destruido… y el… y el que te contrató… te matará… en el mejor… de los casos.

–Y tienes… razón… no te imaginas en el animal en que me estás… convirtiendo… pero… pero, a diferencia tuya, soy un animal mucho mas valioso en… en estos momentos… así que suéltame, llévame a la silla y hablemos… porque de mi… de mi parte… no obtendrás nada… y esta *"nada"* es tu sentencia de muerte –terminó de decirle Héctor a Melek, por medio de una voz muy cargada de odio, pero a la vez apagada, sofocada y discontinua.

Melek Taws, solo se quedó unos minutos mirando fijamente a su cautivo, mientras pensaba lo que le había dicho. Taws, ahora se encuentra entre la espada y la pared, ya que su atormentada presa, le había dicho una realidad atemorizante.

–Okay, ¡maldito superman!... volverás a la silla, pero no pienses que comerás, beberás, y dejarás de recibir mis tan ansiadas visitas… no lo creas… y te lo advierto… esta sesión en la caja de cristal, como la de hoy, se podrá volver rutinaria.

–¡Okay!, pero… ¡Melek!, ¿no me darás agua?... además de ser un individuo pérfido y vil, eres… eres demasiado estúpido… ¿no entiendes, que si no me das agua, moriré de todos modos?... ¡pobre de ti cuando no consigas lo que… lo que los de arriba quieren!

–Está bien, te devolveré a la silla y beberás agua… y ¡ni una cosa mas!

–Muy… muy inteligente de tu parte Melek… y, y ya me canse de decirte Melek… ¿cuál es tu verdadero nombre?... ¿yo recuerdo que… el demonio, tenía un nombre… no?... ¡y mas de uno!... ¿dime cual es el tuyo?... ¡el de nacimiento!

Melek Taws, dentro de su excesiva maldad, o una desmedida sumisión a sus atribuciones, entre sus facciones, pudo dejar entrever un pequeño hilo de compasión, o bien una autoprotección… sin embargo, las dos facetas se entremezclan en demasía, no pudiendo distinguirse cual es el sentimiento verdadero.

Luego de quince minutos, Héctor Ayala se hallaba sentado nuevamente en la silla metálica, en el mismo lugar que al principio y atado de la misma forma que antes. Además pudo beberse un litro entero de agua mineral, gracias a una símil ayuda a regañadientes por parte de su captor.

Melek, ahora, debe repensar su estrategia de persuasión.

Héctor, en este momento, debe serenar su alma de la mejor manera que sus fuerzas se lo permitan.

Capítulo 26.

En estos mismos instantes, el agente del área de delitos cibernéticos, Esteban De la Cuadra, se encuentra reunido con el director de la Agencia Central de Inteligencia, dentro de la cual Esteban es uno de sus más experimentados agentes contra las amenazas digitales.

El tema que han puesto sobre la mesa, se corresponde con el virus encontrado por parte de uno de los ingenieros del área, de la cual Esteban es el jefe. Y ese virus, es el mismo que halló Héctor Ayala y por el cual actualmente se encuentra sufriendo una detención atroz e ilegal.

Pero, a diferencia de Héctor, que por medio de la ingeniería inversa, descubrió lo que fue para él, el único objetivo del virus: ciberespiar a la red ANNON; el ingeniero, al mando de Esteban, Mario Torres, pudo revelar, en base al mismo método que usó Héctor, lo que sería lisa y llanamente, un segundo y perverso objetivo: robar información privada y muy sensible, de las bases de datos de la Bolsa de Comercio, para enviarla luego, hacia un servidor central... hacia la *"Madre de Todos los Virus"*.

Dos objetivos y una misma mira... dos victimas y un mismo victimario... dos organizaciones muy diferentes y un mismo perpetrador... la Bolsa de Comercio y la red ANNON convergen tras las *"paredes translúcidas"* de una amenaza digital sin precedentes... el Sistema Financiero mundial y las columnas principales que sustentan una sociedad libre, la Libertad y la Independencia, se encuentran presas por una implacable *"Cárcel de Cristal"*.

–Esteban, ¿que tienes para mí? –le pregunta el director de la Agencia Central de Inteligencia, Marcos Sambrana, a lo que agrega– espero que tengas algo, ya que los minutos pasan, y el mundo se acerca cada vez mas a una debacle económica y financiera –finalizó.

–Por supuesto Señor Director, tengo mucho por informarle, pero se lo resumiré lo mas que pueda –respondió Esteban.

–Dímelo todo... y has de cuenta que recién me lo estás informando... aunque ya estoy al tanto del problema, pero no debemos dejar pasar ni un detalle... cualquier dato, por mas minúsculo que sea, nos podrá conducir al o los creadores de esta ¡mierda informática!

–Okay Señor… y, como usted ya sabe, uno de nuestros ingenieros halló el virus de una manera muy particular, gracias a que, investigando por motus propio, a la red ANNON desde su propia casa, y no porque nuestra agencia persiga a esa red, todo lo contrario, sino porque él… Mario Torres… es bastante partidario de los ideales de esa red de activistas digitales, y en uno de sus días libres, accede a una muy interesante página Web, denominada www.weareannon.com… una página muy completa y atractiva, y además, basada el ciento por ciento de su contenido sobre la historia de esta red ANNON, sus ideales y a difundirlos… pero… ¿que pasó en ese instante en que Fabio ingresa a dicha Web?… uno de nuestros propios software de análisis y de detección de tráfico de red instalado en su máquina; el cual se ocupa solamente de detectar downloads o bajadas de datos no autorizados, con potencial y probabilidad suficientes como para no formar parte de nuestra *"lista blanca de downloads acreditados y seguros"*; detecto un trafico de red *"no reconocido"* y en dirección de ingreso a su red hogareña, por lo cual, al instante y de forma automática, ese programa denominado *"Download Traffic Detector"*… programado por un grupo de nuestros ingenieros… le emite una alerta sonora y visual, mostrándose en la pantalla el proceso de bajada, el cual todavía no había finalizado, debido a que lo hacía de a pequeñas partes o paquetes, los cuales se iban rearmando al grabarse en el disco rígido... todo esto se lo mostró ese programa... además de informar en qué lugar se alojó, mas otros datos como su firma hash, su extensión de archivo y a que tipo de programa se asemeja en base a un cálculo probabilístico, el *"Download Traffic Detector"*, comenzó a perseguirlo... para esto, Mario ya se hallaba con sus ojos clavados en la pantalla... no lo podía creer, debido a que era la primera vez que nuestro software detectaba algo de esa naturaleza, por lo que se dispuso a abrir ese programa, que se había alojado silenciosamente en su sistema... esto lo realizó con una utilidad de nuestro propio software para editar cualquier tipo de archivo... y... es aquí, luego de unas cuantas horas mas frente a su computadora, que le realizó la ingeniería inversa... en un primer momento lo hizo como una simple curiosidad, ya que no había ninguna anormalidad *"extra"* detectada en su sistema informático... pero, después, y a medida que podía estudiar diferentes partes de ese archivo, verificó que en el código fuente recién reversado por él, y en una ubicación reservada solamente para comentarios de texto, en donde, si se navegaba pantalla tras pantalla, los comentarios y anotaciones, se sucedían una y otra vez, a modo de incitar, en este caso a Mario, a volver nuevamente hacia donde estaba el código del archivo... y... un poco, esto es una inteligente manera de aprovecharse de la natural impaciencia humana, mostrando lo mismo, repetidas veces, con lo que, nuestro cerebro, ansioso y aburrido, decide que volvamos hacia lo *"interesante"*... o sea hacía el propio código del programa... pero, algo le hizo insistir a Mario para que continúe internándose en esa maraña de comentarios, casi sin sentido, hasta que de repente, después de muchas páginas de aburrimiento, se encontró con un nuevo código del mismo programa... pero en apariencia, era bastante diferente al resto, por lo que se detuvo a estudiarlo... y aquí... aquí es donde detectó esa variante, la cual estaba programada de una manera como si fuese una recopiladora de datos... una sección de código, escondido en una *"maleza"* de comentarios, encargado de extraer información de ciertas bases de datos... y lo mas intrigante de todo esto, es que esos accesos a las bases de datos, estaban definidos mediante una cadena de conexión en donde se detallan, además del nombre de lo que parecía ser un servidor de bases de datos, un usuario y una contraseña para accederlas, y... –a lo que después de escuchar atenta y pacientemente, el director Marcos, se interpone a la explicación de Esteban.

–¡Espera Esteban!... ¿que dices?... mira, lo entendí todo, pero a esto ultimo, te diría que... que, ¡no me lo esperaba!... en el código de esa amenaza... ¿se detalla, explícitamente el nombre de un servidor de base de datos y sus credenciales para su acceso?... ¿ante que nos estamos enfrentando Esteban?, ya que todos nosotros sabemos, y muy bien, que un programador, ¡jamás... en la vida!, detallaría en duro, dentro de su código, nombres de usuarios... ¡y menos que menos... contraseñas!, pero, continúa con tu explicación Esteban... por favor... disculpa que te halla cortado –finalizó expresando Marcos con un tono cargado de sorpresa y dudas.

–No se preocupe Marcos, páreme cuando lo crea usted necesario señor... y como le decía, y respondiendo a sus cuestiones, es así, lisa y llanamente han colocado en duro el nombre de un servidor de bases de datos y las credenciales para accederlo... pero también, hay algo mas intrigante, y es que la información extraída de ese servidor, es enviada por medio de un puerto seguro, por lo que los firewalls lo detectan como tráfico normal, en dirección a una red... la cual... hemos identificado... además de haber registrado que esta base de datos es accedida, digámoslo así, de forma *"clandestina"*, también obtuvimos su alojamiento actual... y es que pertenece a la Bolsa de Comercio... pero... ¿usted ya se habrá dado cuenta de algo mucho peor que la misma amenaza, no Marcos? –le termina preguntando Esteban.

–Si, por supuesto, es por lo que estaba por interrumpirte nuevamente... y lo que me preguntas te lo puedo responder de esta manera... ¡lo peor es!... ¿quiénes y como obtuvieron el nombre, el usuario y la contraseña de una base de datos totalmente privada y protegida?... aquí veo una conexión de alguien dentro de la Bolsa de Comercio y el o los programadores del virus... ¿te parece Esteban?

–Totalmente de acuerdo señor, alguien, de cierta manera habrá *"proporcionado"* esos datos al ente creador de este virus… y digo *"ente creador"*, ya que una sola persona no lo pudo haber construido, debido a su complejidad inherente, y ese ente creador… señor Director… me temo que sabemos cual fue –termina de decirle Esteban.

–Esas… ¡Esas son buenas noticias Esteban, entre tantas malas!... y, si bien será un tanto difícil saber quien proporcionó los datos de accedo a este *"ente"* como tu lo llamas, por otro lado me quieres decir lo que sabes sobre el *"ente"* o… ¿quienes lo programaron? –termina preguntando Marcos.

–Si señor, hemos obtenido una alta probabilidad, basándonos en la firma hash del archivo del virus, de que este *"ente"*… sea… bueno… sea, de la Agencia de Seguridad Nacional señor–menciona Esteban con su voz un tanto escondida ya que sabe cual será la reacción del Director.

–¡¿Qué?!... ¿y son concluyentes los cálculos?

–Señor, hemos calculado una probabilidad a priori que ronda el noventa y cinco por ciento… de hecho es un nivel de confianza estadística muy alto como para inferir que se corresponde con el rango de huella hash de los archivos utilizados por la Agencia Nacional de Seguridad.

–¡Y yo que pensaba que el gran problema era el de la Seguridad Nacional!... pero ahora me doy cuenta de que me olvidé de una palabra –expresa intrigantemente el Director Marcos.

–¿Qué palabra se olvidó señor? –pregunta Esteban.

–Agencia –responde el Director.

–Si, entiendo señor, y que gran paradoja ¿no?... la Agencia de Seguridad Nacional estaría atentando contra la Seguridad Nacional... y una indiscutible relación que debería ser como... el agua y el aceite, acaban de mezclarse –responde Esteban.

–Es cierto, y lo que debemos hacer ahora, es seguir investigando respecto de la procedencia del virus... además te tengo una pregunta Esteban, ¿cómo se lo puede eliminar?

–En eso estamos señor... en eso estamos, pero debo decirle que todavía no hemos hallado la manera de que el virus pueda ser limpiado del sistema invadido por ese engendro... es muy resistente... pero se de alguien que lo logró, y debido a eso ahora se encuentra desaparecido –le dice Esteban.

–Okay Esteban, pongan todo su esfuerzo en validar un poco mas, respecto de la procedencia del archivo, para que cuando llegue el momento de indagar en la Agencia de Seguridad Nacional, tengamos pruebas suficientes... y... por otro lado, me has dado una buena noticia, ¿quién lo logró Esteban?

–Alguien perteneciente al otro objetivo del virus... a la red ANNON... y antes de que él desapareciera alcanzó a informarle de ello a una colega, enviándole un conjunto de enigmas codificados, los cuales actualmente la están dirigiendo hacia la solución... hacia el mismísimo antivirus ideado por esta persona... dicho sea de paso, la policía local ya tiene el caso de su desaparición –indicó Esteban,

−¿Quién está al mando de esa investigación? −inquirió Marcos.

−El inspector Sergio Vera está al mando señor − respondió Esteban rápidamente.

−Okay, me pondré en contacto con él para averiguar mas datos respecto de la investigación del desaparecido de ANNON, y mas allá de que su colega está en vías de llegar al descubrimiento del antivirus, lo necesitamos a él también... él es el cerebro que desentraño al virus... no lo podemos perder.

−Si, señor.

Capítulo 27.

Una misteriosa comunicación telefónica segura… y solo dos personas hablando en la oscuridad de la noche… únicamente se dejan entrever sus prominentes mentones, iluminados por sendos teclados multicolores, los cuales todavía permanecen encendidos en cada uno de sus celulares.

–¡Si!

–Soy yo.

–¿Que quieres?

–¿No me estarás dejando solo no?

–¿Por qué lo preguntas?

–Solo pregunto… ¡por las dudas!... recuerda que estamos juntos en esto…y desde el principio.

–Si… lo se, no me lo tienes que recordar… y, ¿a que se debe tu llamado?

–Necesito… apretar mas el cuello… hazlo con una segunda persona… la primera se resiste… hasta ahora atacamos su cuerpo y su mente… nos queda, atacar su corazón… ¿me entiendes?

–Si, y… ¿a quien quieres?

–A ella… encuéntrala, y ponlos frente a frente… todo lo que hicimos, no deberá ser en vano.

–Okay, pero no olvides que ya serán dos… dos problemas en lugar de uno.

–¡Solo hazlo!

–Esta bien… y… ¿de que manera piensas sacarle la información?

–Él ya está al tanto de la… manera.

–¿Él?... ah, si, okay.

–Y no te olvides de algo.

–¿De que?

–Que desde aquí, yo lo escucho y lo veo todo… mucho mas que tu desde allí… ¿lo entiendes?

–No nos subestimes… que nosotros somos la ley… y si queremos, nos remontamos hasta por encima de ella.

–Okay, okay, okay… y recuerda el pacto, "ellos" necesitan la información… y… nosotros, el dinero.

–Si, lo recuerdo.

–Espero resultados.

—Okay, los tendrás.

La oscuridad y el silencio se apoderaron de ambos lugares, en los cuales, una iluminación muy tenue, emanada de las pantallas encendidas de ambos celulares como consecuencia de la comunicación terminada, dejan vislumbrar las dos siluetas humanas que habían hablado hace unos momentos, siluetas muy intrigantes y aparentemente importantes, sentadas en sus sillones muy grandes y cómodos. Y por su conversación, se distinguen patrones de comunicación propios de personas experimentadas para poder pasar desapercibidas. Si esa charla es interceptada, aunque estaban bajo una conexión segura, el contenido de la misma no le diría nada a nadie. Bien dice el refrán: "*A buen entendedor, pocas palabras*".

Capítulo 28.

El muy famoso y moderno Museo Alan Turing, se yergue como una gran mole arquitectónica cuyas líneas se asemejan a la famosa máquina criptográfica de origen alemán, denominada: Enigma, la cual fue utilizada ampliamente durante la segunda guerra mundial para transmitir mensajes codificados o encriptados entre los propios alemanes y sus aliados.

Esta máquina fue una revolución a la hora de esconder mensajes bajo un oscuro manto de variaciones y rotaciones de las letras del alfabeto. Cinco rotores, cada uno conteniendo las veintiséis letras del alfabeto, eran colocados manualmente de diferentes maneras, cambiando luego sus ubicaciones varias veces en el transcurso de un mes. Este intercambio de rotores debía ser exactamente el mismo, tanto para la máquina que enviaba el mensaje, como para la máquina receptora del mismo, ya que su sistema de codificación-decodificación se caracterizaba por ser simétrico, es decir que el procedimiento para cifrar o codificar un mensaje era el mismo que para descifrar o decodificar dicho mensaje.

Por ejemplo, si se necesitaba enviar un mensaje como el siguiente:

"ESTE ES UN MENSAJE CIFRADO POR LA
MAQUINA ENIGMA"

En la máquina Enigma emisora, la forma del mensaje, luego de tipearlo como si fuera en una máquina de escribir, quedaría con la siguiente disposición:

"ESTEE SUNME NSAJE CIFRA DOPOR
LAMAQ UINAE NIGMA"

Y el mensaje encriptado o cifrado, correspondiente a la primera frase original, se enviaría hacia la máquina Enigma receptora, del siguiente modo:

"ABKNZ QIDPY LZKQP TAYQM LEMUU
DLSPU SQTWR TEHZH"

Posteriormente, y valiéndose de idéntica configuración de los rotores alfabéticos que la máquina emisora, en la máquina Enigma receptora, se debía tipear cada una de las letras del mensaje cifrado, como el de arriba de este párrafo, para poder obtener lo que decía el mensaje original o enviado.

Aunque el matemático de origen polaco Marian Rejewski fue el primero en romper con los códigos de la Enigma identificando un patrón de repeticiones de letras a las cuales las denominó "*cadenas*"; el matemático, científico de la computación, criptógrafo, lógico y filósofo británico, Alan Turing, fue una de las principales mentes en poder "*romper*" los códigos y descifrar los mensajes y el funcionamiento de la propia máquina Enigma, valiéndose de un aparato de su propia creación llamado "*Bombe*". El Bombe, que representaba internamente el funcionamiento de muchas máquinas Enigma cableadas una contra la otra, era un aparato electromecánico utilizado por los criptólogos británicos para ayudar a interpretar los mensajes cifrados por parte de las máquinas Enigma en el transcurso de la segunda guerra mundial.

Por lo tanto, el Museo Alan Turing, en donde se reunirán Susana Palacios, Eduardo Martín Pedrozza y María Rosa Montanari, para tratar de descifrar el segundo enigma que le envió Héctor Ayala a Susana; externamente se asemeja a una máquina Enigma, no porque haya sido un gran avance alemán en el campo de la criptografía, sino porque fue Alan Turing quien pudo romper con su seguridad y adueñarse de su propia esencia, de su oscuro interior y de su intrincado funcionamiento. Alan Turing supo como entender a las mentes creadoras de la maquina Enigma, poniéndose en su lugar, y valiéndose de la ciencia computacional, las matemáticas y las estadísticas como sus principales herramientas para su entendimiento y revelación.

Un museo construido con la más alta tecnología en lo que respecta a todos y a cada uno de sus aspectos edilicios. Su aspecto exterior denota una gran similitud con la forma externa de la máquina Enigma, ostentando una espectacular entrada al edificio en su frente, y el techo semitransparente del museo, con un leve declive en su porción media frontal soportando lo que se asemejan a las veintiséis teclas de la máquina Enigma, las que además de parecerse al teclado de dicho ingenio de la criptografía, estas no son transparentes, las cuales, de día, proyectan hacia el interior del museo veintiséis sombras espectrales y difusas. En la noche, la luz continúa proviniendo desde arriba, específicamente en la base de esas teclas, al otro lado de las letras, se despliegan en circulo, sendos reflectores alójenos apuntando en dirección al suelo, los cuales se van encendiendo progresivamente a medida que la luz natural disminuye. En dirección hacia la porción media del techo del museo, se despliegan, en igual disposición que las símiles teclas, veintiséis círculos al ras del techo, asemejándose al panel luminoso, indicador de las letras resultantes de la codificación, como reacción a las letras que se pulsan en el teclado de la máquina Enigma. También estas se iluminan automáticamente al entrar en la noche.

En el mismo techo, pero en la porción media posterior, siguiendo hacia arriba, se dejan ver en su costado izquierdo, tres surcos vidriados semitransparentes, imitando a las ranuras de los rotores contenedores de las veintiséis letras, responsables del reemplazo de las pulsadas por los caracteres codificados. Estas tres grandes ranuras, al igual que todo lo anterior, son sendos tragaluces de día y potentes luminarias en la noche. En la porción derecha del techo del museo, un semicírculo vidriado cumple la misma función de iluminación que todo lo demás.

Llegando a la parte trasera del Museo Alan Turing, se yergue a mas de cincuenta metros de altura y unos veinte de ancho, lo que se asemejaría a la tapa de la máquina Enigma. Pero en el caso del museo, esta símil tapa, es un edificio de cincuenta metros de alto, conteniendo las variadas oficinas administrativas, laboratorios de investigación sobre criptografía y sobre el legado de Alan Turing, y por último, modernos centros para convenciones y reuniones formales e informales.

Íntimamente, el Museo Alan Turing ostenta poseer en exposición, todo tipo de dispositivos, máquinas, metodologías, procedimientos, biografías y un gran etcétera, dedicados al importante y apasionante mundo de la criptografía y la seguridad de la información y las comunicaciones. Y por supuesto, entre esta parafernalia tecnológica, no podían faltar, desde varias versiones reales de la máquina Enigma, la Bombe de Turing, etcétera, etcétera, hasta sus equivalentes emuladores virtuales, los cuales son nada mas que programas informáticos, instalados en computadoras modernas, imitando fielmente a aquellas precursoras, tanto en apariencia, como en su funcionamiento, para que el visitante las pueda ver en acción y probar cuantas veces lo necesite.

En relación a lo edilicio, este fabuloso y enigmático museo posee internamente una infraestructura perspicazmente iluminada, aprovechando al extremo la luz diurna, en conjunción con una ahorrativa iluminación artificial. Paredes, pisos y techos, totalmente blancos, hacen que el nivel de la disposición lumínica sea muy alto. Los pisos, montados por grandes baldosas de un mármol matizado con los colores blanco y gris, muy lustrosas y perfectamente pulidas, se asemejan a un gran cristal colocado sobre las mismísimas nubes... brillo perfecto y un moteado y bello color blanco.

Un verdadero homenaje a dos hitos que convergieron antagónicamente en la historia de la humanidad: Alan Turing y la máquina criptográfica Enigma.

Pues Susana, Eduardo y María Rosa, se reunirán en uno de esos salones de convenciones informales del Museo Alan Turing. Y hoy es ese día... coronado por un espléndido cielo azul... y salpicado por tenaces y vividas chispas de un sol pertinaz.

Capítulo 29.

En una de las salas de reuniones informales del Museo Alan Turing, ya se encuentran reunidos los tres colegas y amigos de la red ANNON, Susana, Eduardo y María Rosa, para comenzar a analizar el segundo enigma enviado a Susana por parte de Héctor Ayala, justo antes de que este sea raptado. En el primer análisis, o mejor dicho, en la primera vista rápida, Susana se dio cuenta de que debía viajar a la ciudad de Héctor, simplemente porque en este segundo enigma, el mismísimo enigma que halló en el lomo de una vieja Biblia, se detalla la frase *"MI CIUDAD"* encerrada por dos puntos. Esto fue el puntapié inicial para comenzar a descifrarlo, debido a que ella se dio cuenta al instante, de que todo lo demás a resolver, en relación al segundo enigma, debería hacerse en la ciudad de Héctor.

Más allá de la incertidumbre generada por la desaparición de Héctor, los tres colegas de ANNON están muy contentos de reencontrarse nuevamente, pero al mismo tiempo sentían una tristeza profunda en sus corazones, por lo que le había sucedido a su otro colega y amigo, Héctor Ayala... alias Terminhéctor. Dos sentimientos antagónicos luchando entre si en cada una de sus mentes y de sus corazones.

Luego de un relativamente corto recibimiento mutuo, debido a la urgencia del tema, ya que cada minuto cuenta a la hora de hallar y aplicar la solución enviada por Héctor, tanto Susana, como Eduardo y María Rosa, se acomodaron en unos fornidos sillones, cada uno dotado por una firme estructura de madera de algarrobo y cubiertos parcialmente, en sus asientos y respaldos, por medio de unos hermosos paños de un cuero de color marrón oscuro, cada uno rellenos por una especie de goma espuma extremadamente gruesa y cómoda.

Cada cual apoyó su notebook y anotadores sobre una interesante mesa circular, dotada de unos detalles muy originales, en relación a que, al igual que esta, cada una de las demás mesas del museo, presentan una analogía física con los rotores de letras, utilizadas por la máquina Enigma. Si bien dichas mesas describen un círculo perfecto, estas tienen veintiséis hendiduras, en una fiel representación de los rotores, engranajes o ruedas dentadas... las cuales son las que portan todas las letras del alfabeto dentro de cada máquina Enigma. Por supuesto que lo ergonómico prima ente lo análogo, para lo cual, los veintiséis dientes de cada una de las mesas se representaron sin puntas ni bordes cortantes, sino que todo lo contrario.

En menos de lo que canta un gallo, los tres se encuentran enfocados en comenzar a resolver el segundo enigma de Héctor. La notebook de Susana está conectada a un proyector ubicado a ras del techo, el cual proyecta el contenido de su pantalla sobre un blanco y pulcro panel, el cual se yergue frente a ellos a la espera de resultados.

–Bueno queridos amigos… como ya saben tenemos dos desafíos por delante, uno es llegar a buen término con el enigma que nos envió Héctor y poder destruir al virus, tanto a los hijos como a la madre… y el otro es… bueno, tratar de auxiliar, tanto a la policía local, como también a la Agencia Central de Inteligencia con cualquier dato que pueda ayudar a encontrar a Héctor lo antes posible –inició Susana con su charla, demostrando una vez mas sus dotes de liderazgo, a lo que prosiguió– y como para recordarles los cortos comentarios que les he realizado anteriormente, Héctor se encuentra desaparecido, la policía local tiene el caso y por otro lado, desde la Agencia Central de Inteligencia me contactaron por… bueno, casi por lo mismo que encontró Héctor, aunque con un objetivo muy diferente… como saben, Héctor halló un programa, en forma de virus, para realizar espionaje digital a la red ANNON de todas las maneras tecnológicas imaginables, enviando la información recopilada a una computadora central... mientras que, los especialistas de la Agencia Central de Inteligencia hallaron otro objetivo diferente, que es el de robar información sensible de la Bolsa de Comercio... un verdadero ataque dual, a la libertad y al sistema financiero... si la libertad y la independencia son coartadas, la humanidad quedará sometida a una gran Cárcel de Cristal... como, si mal no recuerdo, fue Héctor quien llamó así a este virus... y si el sistema financiero se derrumba, pues se derrumban las economías domésticas de cada uno de los ciudadanos del país... y... porque no decirlo... de todo el mundo ¿no?... es un virus con un doble y maléfico objetivo, con lo cual, en cualquiera de los dos casos peligra la estabilidad del tejido social global... y que es esto justamente, lo que se debe proteger a toda costa... la gran masa de gente inocente de este mundo que tiene el derecho a vivir sus vidas en paz con Libertad e Independencia.

A lo que Eduardo agrega –Susana, poniendo a un lado, un momento, el tema del virus, que de por si es terrible, lo de Héctor... la verdad... nunca, nunca me hubiera imaginado que le podría llegar a suceder esto... espero que se encuentre bien... por lo que, de mi parte pondré toda mi energía en llegar a un resultado... como así quiso Héctor que sucediera al realizar la Ingeniería Inversa y los enigmas –finalizó diciendo

Eduardo, a lo que inmediatamente María Rosa se dispone a opinar.

–Por mi lado chicos toda mi capacidad está puesta en la voluntad de Héctor... y propongo que cualquier pista que tengamos, y no sobre la solución en si misma, para eliminar al virus y a su madre, sino sobre tratar de detectar cualquier indicio que nos lleve a Héctor, lo aportemos a la policía local y a la Agencia Central de Inteligencia... ¡y lo haremos chicos!... Héctor nos ayudó mucho... incluso hasta arriesgar su vida por nosotros... y cuando digo *"nosotros"* me refiero al mundo entero... y... si alguien lo tiene encerrado tratando de sacarle información, pierdan cuidado que si llegó a dar esa información... eh... pienso yo que... hoy ya no estaríamos reunidos aquí... y eso me tranquiliza mucho, debido a que deduzco... deduzco que Héctor no debe haber soltado ni una sola palabra sobre nosotros... y... conociéndolo, con su inteligencia podrá manejar muy bien a sus opresores... inclusive, hasta me lo imagino poniéndolos muy nerviosos... ¿no les parece? –finalizó diciendo María Rosa con un tono alegre, como para aliviar la tensión y la congoja de todos.

Los tres sonrieron por lo bajo como coincidiendo con lo que expresó María Rosa en relación a la personalidad de Héctor Ayala.

María Rosa Montanari es una licenciada en Sistemas de Información y en la actualidad se desempeña en el área de desarrollo de sistemas de telecomunicaciones, en una gran empresa multinacional de telefonía con alcance mundial. María Rosa es poseedora de una estatura normal, con un metro sesenta y nueve centímetros, un frondoso pelo castaño oscuro y muy ondeado, el color de su piel es un tanto moreno, agraciados y excelsos ojos ligeramente achinados, de color negro, un cuerpo creado por los dioses. Su cara muestra una forma un tanto alargada, a la cual la adornan sus labios carnosos o levemente gruesos, una nariz recta, aunque un tanto respingada, hacen de María otra perfección de la naturaleza.

Por su parte, Eduardo Martín Pedrozza es un experimentado desarrollador de software en una empresa denominada *Software Factory Corp.*, y es el encargado del diseño, desarrollo, implementación y modificación de módulos de un gran sistema de tipo ERP —Enterprise Resource Planning, o Planeamiento de Recursos de Empresa—. Con una sublime faceta analítico-deductiva, Eduardo es un niño mimado dentro de su trabajo. Fisonómicamente, es una persona bastante alta, de aproximadamente un metro con setenta y ocho centímetros, con un cuerpo sutilmente voluminoso, rozando con lo atlético, de un pelo castaño claro, su tez blanca, sus ojos color negro y un rostro con rasgos centroamericanos, definen a Eduardo como una especie de modelo... a seguir.

Los tres se dispusieron a analizar lo que Susana ya había colocado en su pantalla de la notebook y que en estos momentos se está proyectando en la pared frente a ellos. Es el segundo enigma enviado por Héctor y encontrado por Susana entre el lomo de una vieja Biblia, hallada por ella en la Biblioteca del Congreso de la Nación, en respuesta al primer enigma.

El nuevo enigma muestra en toda su oscura extensión las siguientes palabras:

> *"DARÁS EN CÁTEDRA AL 100,*
> *Y SOLO ESE TE COMPRENDERA,*
> *DONDE DEBAJO DE SU RIGIDO MANTO*
> *SAGRADO*
> *HALLARÁS LA VERDAD.*
> *UN SUCESOR DESPUÉS DE DOCE*
> *DESDE ALLÍ NOS GOBERNARÁ*
> *TANTO ARRIBA COMO TAMBIEN ABAJO*
> *DENTRO DE .MI CIUDAD.*
>
> *PERO, CON "LOS OJOS QUE SE ENALTECEN*
> *Y LA LENGUA QUE MIENTE"*
> *DECODIFICARÁS ESA VERDAD"*

–Empecemos amigos… esto va a estar duro… ¿no les parece? –les dice Susana a sus otros dos compañeros.

Si bien todos coinciden con lo que indicó Susana, ninguno de ellos se caracterizan por ser personas que le tengan aprensión a los desafíos, por lo que este enigma oscuro e inmutable; el cual está en la antesala a ser desvelado, e inmóvil, espera efímeramente proyectado sobre la pared ubicada frente a ellos, por medio de trillones de fotones emitidos desde el proyector; no resistirá mucho a los análisis de esas tres mentes privilegiadas... por lo que lo oscuro e imperturbable será sucedido por la luz y la razón.

Capítulo 30.

Un alma perturbada... un cuerpo maltratado... y una mente despojada de sus brillos... El cautivo comienza a desfallecer a un ritmo vertiginoso. Un incesante sufrimiento que se ha transformado en constantes deseos de morir, de sucumbir lo antes posible a tal atrocidad interminable. Su propia vida ya no vale nada, su etérea existencia se evapora cada vez que un ser oscuro y pérfido acude hacia él para requerirle de una manera brutal, una información que aquel nunca llegará a obtener de los labios de este... de este ser, injustamente atormentado.

El otro ser, un auténtico verdugo, se empeña en llevar a término sus malvadas incumbencias, contratadas por parte de un quimérico ser, con mucho poder e influencia sobre el mundo entero. Dos viles personajes empecinados en cumplir con lo pactado hasta las últimas consecuencias.

El cautivo... es, Héctor Ayala.

El verdugo... es, Melek Taws.

El quimérico ser... es, un poder más oscuro que las entrelazadas profundidades de un agujero negro.

Pero habrá un ser más, encadenado bajo las frondosas alas negras de ese infame ángel caído, alguien que no soportará ver a Héctor sucumbir, de una manera impotente, ante sus celestiales ojos, alguien que lucha tenazmente por la Libertad y la Independencia de las personas, alguien con mucho poder en su mente y en su alma... pero su cuerpo, se resignará bajo la innegable naturaleza de su propio ser... de su propio genero.

Capítulo 31.

Sala de reuniones informales del Museo Alan Turing. Tres conspicuas personas se encuentran reunidas para quitarle el velo al segundo enigma enviado por Héctor. El misterioso texto, muestra en toda su disimulada extensión, las siguientes palabras:

"DARÁS EN CÁTEDRA AL 100,
Y SOLO ESE TE COMPRENDERA,
DONDE DEBAJO DE SU RIGIDO MANTO
SAGRADO
HALLARÁS LA VERDAD.
UN SUCESOR DESPUÉS DE DOCE
DESDE ALLÍ NOS GOBERNARÁ

TANTO ARRIBA COMO TAMBIEN ABAJO
DENTRO DE .MI CIUDAD.

PERO, CON "LOS OJOS QUE SE ENALTECEN
Y LA LENGUA QUE MIENTE"
DECODIFICARÁS ESA VERDAD"

–Chicos, deberemos ir preparando nuestra capacidad de pensamiento lateral, ya que por lo que se lee en el enigma... vamos... vamos a necesitar mucho de él –continúa liderando Susana.

El pensamiento lateral es la cualidad que tiene una persona para saber aplicar sus conocimientos de tal manera, que solucionará las dificultades de una forma indirecta y creativa. Edward de Bono, en su libro *El uso del pensamiento lateral*, publicado en 1967, describe esta técnica para la resolución de problemas como una forma de reorganización de los pensamientos, aplicando diversas estrategias para nada ortodoxas, las cuales no son empleadas en el clásico pensamiento lógico. Las ideas resultantes de esta técnica, para que sean producto del pensamiento lateral, deben estar fuera del patrón del pensamiento común.

–"¿Darás en cátedra al cien?" –se pregunta Eduardo en voz alta mientras observa con detenimiento la proyección del enigma.

–Pero debes saber Edu, que *"solo ese te comprenderá"*… hay una primera coma allí, por lo que creo que debemos analizar hasta ella, en primer lugar –agrega María Rosa al mismo tiempo que le hace pegar un salto a Eduardo debido a que su estado de concentración, por un instante hizo que se abstrajera de todo lo demás.

–Y si estuviera Héctor aquí diría… vamos por parte dijo Bonaparte… ¿no?... bueno… o… algo así, es obvio que no soy él –agregó Susana, la cual, si bien no tiene los dotes de comicidad de Héctor… hizo su mayor esfuerzo para tratar de distender la reunión.

Los otros dos asintieron con unas sonrisas por lo bajo, debido a que esa frase les produjo una confluencia de sentimientos opuestos, que van desde una tristeza profunda hasta un regocijo superficial.

–Y volviendo a la primera frase chicos, presiento que debemos analizarla en el contexto de todo el enigma… porque… estamos viendo que no nos dice nada, y nos está pidiendo a gritos más datos para su decodificación ¿no les parece? –agregó Susana.

Tanto María Rosa como Eduardo estuvieron totalmente de acuerdo.

–En la segunda frase tenemos un poco mas de luz… o bien estamos ante conceptos mas conocidos por todos nosotros, como son, *"debajo de"* algo, que en este caso, ese *"algo"*, es un *"manto sagrado"*… y… además, que este tiene una propiedad aparentemente inherente, y que es el ser *"rígido"* –continúa Eduardo.

–O sea que si la primera frase, está supeditada a lo que indica la segunda, podremos inferir que la *"verdad"* la hallaremos debajo de un *"manto sagrado"*... y... esto último me hace pensar en una religión o en un lugar en donde ésta se practique... una iglesia cristiana o... el cristianismo en si mismo... por ejemplo, o bien, las dos cosas..., solo quiero decir con esto que lo primero que se me vino a la mente fue eso que dije, y... me atrevería a sumarle la palabra *"verdad"* como un dato mas, ya que la *"verdad"*... si mal no recuerdo, que se pronuncia *"Eméth"* en Hebreo, lo cual designa claramente a que Dios es fiable, indiscutible y que se establece como una condición fehaciente y digna de confianza... resumiendo, presiento que hallaremos la *"verdad de Dios"*, o a *"Eméth"*, en algún lugar sagrado... o, en algún escrito sagrado –sucede María Rosa a los comentarios anteriores de Eduardo, con sus clásicos conocimientos históricos milenarios.

–Bien María Rosa, como siempre... ¡nos has dado una cátedra! –agrega Susana a modo de una felicitación e incentivo.

–¡Pero claro!... ¡muy bien por ti, Susana!... ¡acabas de descubrir un dato mas!... y en la primera frase –continúa María Rosa muy animada.

–Uy María querida... muchas gracias, pero... ¿a que dato te refieres? –le responde Susana.

—A la palabra *"cátedra"* amigos míos... y si seguimos por el camino religioso, se llama *"cátedra"* al sillón que ocupan los obispos en los oficios litúrgicos... incluso, con el correr de los años, también se les ha nombrado como *"cátedras"* a las sillas de coro, a los confesionarios y hasta esas plataformas elevadas que tienen las iglesias... en las que el obispo utiliza para su prédica... o también las ¡catedrales!... por lo que me lleva a pensar que ya tenemos algo, ¿están de acuerdo amigos? —termina preguntando María Rosa.

Ante el asombro de Eduardo y María Rosa, un pequeño silencio se abrió paso en la sala del Museo Alan Turing. Pero este no duró demasiado ya que Susana había hilvanado muy bien las explicaciones de María Rosa por lo que se expresó con un primer acercamiento de lo que querrán decir las dos primeras frases.

—María, estamos muy de acuerdo, ¿no Eduardo? —le pregunta Susana, a lo que después de que él asintiera euforizado, Susana infiere una primera traducción— entonces... según lo que propuso María de una manera muy lateralmente impecable, me atrevo a pensar que, *"la verdad"*, o sea, lo que buscamos o bien en donde debemos aplicar este enigma, la encontraremos en una *"catedral"* y en un *"manto sagrado"*, y que en este caso, lo hallaremos *"debajo"* de el... y que además, este es *"rígido"*, en síntesis, y ahora voy a tratar de colocar esto en un contexto mas coloquial, las primeras dos frases dirán algo así como: *"en el lugar número cien, de algo dentro de una catedral, y debajo de ese objeto con número cien, obtendremos las respuestas"...* ¿les parece lógico chicos? –opina y pregunta Susana.

Eduardo, en seguida responde:

–Susana, con tu frase más coloquial, veo un poco mas de luz en este proceso de decodificación... y con la cual estoy totalmente de acuerdo... pero... en primer lugar, si es una catedral, ¿cómo sabremos cual es?, y en segundo lugar, la frase siguiente, que dice *"un sucesor después de doce desde allí nos gobernará tanto arriba como también abajo dentro de .mi ciudad."*... parece tanto o más oscura que las dos anteriores... ¿qué piensan chicas? –termina diciendo Eduardo.

A lo que Susana agrega –Eduardo, en lo que respecta a esa segunda gran frase, una parte la tengo decodificada... y fue muy simple por cierto... ya que si observamos bien, la frase *"mi ciudad"* está sutilmente enmarcada con dos puntos, lo que ese día me llevó a inferir de que la resolución de este enigmático texto, debía hacerse en esta ciudad... en la de Héctor.

E inmediatamente, María Rosa agrega –si, tienes razón Susana, y es inevitable el llegar a pensar de que la frase *"mi ciudad"*, enmarcada entre puntos, no sea otra cosa que una primera pista... como si lo destacara ahora mismo con un resaltador amarillo por ejemplo... como diciendo, pongan atención a *"esto"* primero, ¿no?

Y enseguida, antes de que Susana o María agreguen otro bocado, Eduardo da un respingo; uno de esos respingos intelectuales que de vez en cuando le dan, como si se adelantara en el tiempo para obtener una verdad no descubierta; por lo que se apura a decir, para no olvidarse de lo que obtuvo de ese *"salto temporal intelectual"*:

—¡Doce!... ¡exacto!, no podía ser de otra manera, ya que, si bien no tengo los conocimientos de María sobre estos temas, recuerdo muy bien lo que voy a decir gracias a algo que me quedó grabado desde mi infancia... entonces, les iba a decir... la iglesia, o en nuestro caso, una catedral, es el lugar donde los párrocos, sacerdotes u obispos predican la palabra de Dios, es decir, ellos ¡son los sucesores!, y los que hacen el mismo trabajo, tal cual los ¡doce apóstoles!, en el tiempo de Jesús... por lo que, la frase *"un sucesor después de doce desde allí nos gobernará"* nos estaría indicando que un *"apóstol sucesor"*, o sea un *"obispo"*, recordando que hablamos de una catedral, es el que gobierna allí... ahora bien... lo que no me cuadra es la frase *"tanto arriba como también abajo"* —finaliza diciendo Eduardo.

—Si, esto te lo puedo explicar Eduardo, y si me lo permitís María —expone Susana y luego de que María asiente con una expresión de total entusiasmo, aquella prosigue— la frase *"tanto arriba como también abajo"*, se origina en la filosofía hermética, mas precisamente en uno de sus principios... el que dice *"como es arriba, es abajo; como es*

239

abajo, es arriba", el cual se designa como el Principio de Correspondencia, mediante el cual los antiguos hermetistas razonaban dicho principio como uno de los más trascendentales auxiliares de la mente humana, por lo que gracias a este, es posible develar qué es lo que nos oculta lo desconocido frente a nuestra propia existencia... y de igual forma que el entender los principios de la geometría induce al ser humano a medir una órbita, un diámetro o los movimientos de ciertos astros, del mismo modo, el conocimiento del principio de correspondencia, induce al ser humano a razonar profundamente sobre lo desconocido o bien sobre lo conocido... por lo que en nuestro caso este principio describe que, si aplicamos la razón... y si, partimos de que desconocemos a que se refiere la frase que Héctor tan inteligentemente nos mezcló dentro del enigma... *"tanto arriba como también abajo"*, podemos usar la razón hermética haciendo una correspondencia con otra frase muy conocida y directamente relacionada con la iglesia... *"así en el cielo como en la tierra"*... pero aún podemos ir más allá... si relacionamos todo esto con lo terrenal, lo físico, lo material, etcétera, podremos corresponder aquella primera frase con una tercera... *"así en la mente como en el corazón"*... por lo tanto, y para no extenderme mas, y si nuevamente me lo permiten chicos... como nos contó Eduardo, estamos ante un enigma parecido al que les escribí en la otra pantalla... y sabiendo que solo hay una catedral por cada ciudad, dependiendo del tamaño de cada urbe, y que en aquella debemos buscar *"algo con el número cien"* para luego mirar debajo de ese *"algo"*, es que les pido que vean en la proyección como sería nuestro enigma decodificado... y si bien está hecho un poco a las apuradas, creo que se entenderá:

*"EN LA CATEDRAL DE ESTA CIUDAD
DEBEMOS BUSCAR ALGO CON EL NÚMERO 100
PARA QUE NOS COMPRENDA
O BIEN NOS ESTÉ ESPERANDO,
ESE ALGO CON NÚMERO 100
TIENE UNA SUPERFICIE RIGIDA Y SAGRADA
EN DONDE DEBAJO DE ESA SUPERFICIE
HALLAREMOS LO QUE BUSCAMOS.
UN APOSTOL CONTEMPORÁNEO... EL OBISPO
ES EL QUE MANDA EN LA CATEDRAL,
TANTO EN EL CIELO COMO TAMBIEN EN LA
TIERRA DENTRO DE... LA CIUDAD DE HÉCTOR."*

Todos leen y releen atentamente el nuevo escrito de Susana, el cual lo iba reemplazando como podía, sobre una copia del enigma original a medida de que todos daban sus concordantes y un tanto profundas opiniones.

−Y... a ver que les parece chicas −dice Eduardo− lo que decodificamos aquí es una clara invitación para concurrir a un lugar específico... que en este caso es la catedral de la ciudad... localizada justo en frente a la plaza del centro... ¿recuerdas Susana?, –le pregunta Eduardo mientras mira hacia ella– en donde hace bastante tiempo tuviste un encuentro muy particular allí... pero bueno, esa es otra historia... y, volviendo a lo que les iba a decir, basándome en el enigma decodificado, debemos ir a la Catedral de la ciudad para buscar "*algo*" que se encuentra debajo de otro "*algo*" con propiedades rígidas, y con número "*cien*"... ¿concuerdan conmigo? –comenta Eduardo.

Las dos asienten con gestos y palabras positivas casi al unísono, como certificando la conclusión de Eduardo; a lo que Susana agrega –muchas gracias Edu, pero no olvidemos que el enigma no está resuelto por completo... falta la otra parte que está aislada del enigma principal –por lo que Susana retorna el foco a la pantalla en donde se encuentra el enigma original y les resalta la última frase de tres renglones, la cual, por algún motivo se halla junto al mismo enigma, pero separada por medio de un renglón, a lo que Susana prosigue –ese párrafo final de tres renglones... ¿qué nos querrá decir?... y... no se porqué pero, algo me dice que lo podrás descifrar tu María... ¿qué dices? –preguntó Susana.

La frase en cuestión es la siguiente:

"PERO, CON "LOS OJOS QUE SE ENALTECEN Y LA LENGUA QUE MIENTE" DECODIFICARÁS ESA VERDAD"

–Si, yo me lo temía también Su –responde María Rosa, a lo que agrega– recordemos que en el párrafo superior… que ya decodificamos… hace referencia a que *"hallaremos una verdad"*… todo bien hasta aquí… ahora… una cosa es *"encontrar o hallar"* lo que en nuestro caso es una *"verdad"*… y… otra muy diferente es, decodificarla… por lo que infiero que si vamos a la catedral y encontramos una verdad debajo de algo rígido con número cien… bueno… no quiere decir que la podamos entender… solamente la habremos encontrado, entonces esto me lleva a pensar, que este último párrafo nos está dando un código, el cual nos hará *"entender"* esa verdad *"encontrada"* en el primer párrafo –y posteriormente a una nueva mirada a esas tres últimas líneas proyectadas sobre la pared, María Rosa añade– y digo esto, porque al final indica… *"decodificaras esa verdad"*, por lo que se debe hacer lo anterior, utilizando como medio, lo expresado en la frase que Héctor distinguió entre comillas, la cual muestra, *"los ojos que se enaltecen y la lengua que miente"*… ¿estoy siendo clara no chicos? –dice María Rosa.

Una vez mas, los otros dos asienten enérgicamente pero continúan callados, totalmente expectantes a lo que agregara María Rosa en cuanto a lo que indicaría la frase remarcada por Héctor por con esas comillas dobles.

–Veo que soy clara, pero todavía falta algo, y ya se habrán dado cuenta… y es que debemos analizar el significado, o, a donde nos conduce la frase entre comillas… y pienso que es lógico el continuar en el mismo sendero religioso tal como lo hicimos con el primer párrafo… y si seguimos basándonos en la iglesia cristiana, todos sabemos que su libro sagrado es la Biblia… y en ella hay un conjunto de máximas morales agrupadas bajo el nombre de *"Proverbios"*, y ubicadas entre el libro de los Salmos y Eclesiastés… incluso en la Biblia judía se pueden hallar estos Proverbios entre los libros de Job y Rut… donde justamente, si mal no recuerdo, existe un proverbio que dice lo mismo que la frase en cuestión… Susana, por favor, busca en Internet la frase completa anteponiéndole la palabra *"Proverbio"*, ingresa a uno de los primeros resultados y verifica si existe en Proverbios y que número y sección es –termina solicitando María Rosa.

–Enseguida María… ya estoy buscando –respondió Susana.

Y una vez más, como si Eduardo viajara en el tiempo a demanda de sus necesidades, responde por medio de otro abrupto respingo y adelantándose a Susana: –¡Proverbios 6, sección 17!... ¡eso es!... decodificaremos esa verdad con el código 617… ¿qué les parece chicas? –dijo Eduardo.

–Si, evidentemente tienes razón Edu –agregó Susana– el resultado de la búsqueda me termina de devolver Proverbios 6 sección 17… ¡te felicito!... pero, ¿cómo lo recordaste tan rápido Edu? –le preguntó Susana.

–¡Sinceramente!... no lo sé chicas, y es posible que mi respuesta forme parte de algún recuerdo reprimido… no lo sé…

solo lo dije... miren, hay veces que creo que ese tema del *"deja vu"* y sus variantes, mas que un reacomodamiento cerebral, es una consulta a una... mente universal... una hipotética y gran antena inalámbrica nos comunica con algo mas *"superior"* ¿no lo creen?... tu lo podrías explicar mejor Susana –responde Eduardo.

–Es posible Edu, y lo que indicas lo conseguiría asociar con el principio del mentalismo que nos enseña la filosofía hermética, el cual enuncia que *"El TODO es mente; el universo es mental"*, es decir que todas las manifestaciones que percibimos bajo las denominaciones de... *"universo"*, *"fenómenos"*, *"energía"*, *"materia"*, etcétera, etcétera... y en una palabra, todo lo que es perceptivo por nuestros sentidos materiales, es *"espíritu"*, el cual en sí mismo es indescifrable e indeterminado, pero que alcanza a ser tenido en cuenta como una mente perpetua, colectiva y viviente... y además, respecto de algo tan antiguo como este principio, es plausible de hacerle una analogía con la mecánica cuántica, en relación a una propiedad de esta, llamada *"entrelazamiento"*; como pasaría también en el principio *"mente sobre materia"*; la cual, dicha propiedad, indica que las partículas subatómicas... aplicada a tu especie de *"deja vu"* Eduardo... y que se corresponden con el acto de pensar o razonar, se hallan en dos lugares al mismo tiempo... ¡y sin importar las distancias!... o sea que, una partícula subatómica relativa a un proceso cerebral electroquímico correspondiente a un determinado pensamiento, estaría tanto en nuestro cerebro como fuera y distante de él... por lo que el milenario principio del mentalismo hermético y la contemporánea propiedad del entrelazamiento cuántico, podrían estar muy relacionadas en su fin último... de que existe una mente cósmica dominante, en constante interacción con las mentes individuales... o sea las nuestras... pero volvamos a ese número que dijiste Edu... entonces, ¿ese será el código para poder *"decodificar"* lo que *"hallaremos"* en la *"Catedral de la Ciudad"*, debajo de *"algo rígido"* con número *"cien"*? –filosofa y pregunta Susana.

–Y... lo sabremos yendo allí Susana... ¿María?, ¿qué piensas? –pregunta Eduardo.

–¿Qué pienso?... ¡bueno!... luego de estas magistrales clases de viajes en el tiempo y de filosofía hermética... no me queda mas remedio que coincidir totalmente con ustedes amigos –responde María Rosa con un tono de comicidad al estilo Héctor Ayala.

–Pues creo que no tenemos nada más que hacer aquí, ¿no les parece chicos? –les dice Susana.

Todos están de acuerdo con ella por lo que comienzan a juntar sus cosas y a retirarse del espectacular y enigmático Museo Alan Turing.

La catedral de la ciudad los espera... y algo mas allí, también.

Capítulo 32.

El inspector Sergio Vera; dueño de una personalidad incorruptible y de una serenidad envidiable, dotado de una presencia enmarcada por un cuerpo de cuarenta y siete años, esbelto, atlético y tonificado gracias a sus periódicas visitas al gimnasio, su cara conferida con facciones muy rectas, simétricas y mínimamente huesudas, ojos medianos a grandes, coloreados por la naturaleza, por medio de una tonalidad grisácea, los cuales subyacen bajo dos frondosas cejas de color castaño, y al igual que su tupido cabello cortado al estilo militar; se encuentra en estos instantes, en la escena de un hecho sin paralelos en la historia de la ciudad. Un hecho que impuso un punto de inflexión en la vida cotidiana de sus habitantes, y por supuesto, generó un cambio en la manera de trabajar por parte de la policía local, en la cual, Sergio, es su Inspector en Jefe.

Sergio Vera, se encuentra dentro de la destrozada casa de Héctor Ayala, debido a que, y sin querer dudar del profesionalismo de su equipo de investigadores, siempre visita, en variadas ocasiones, los lugares de los acontecimientos de mas resonancia y complejidad. Luego de este hecho inédito, el Inspector en Jefe de la policía local, quedó con una especie de espina clavada fuertemente en su especial y característica serenidad, por lo que esta espina, no deja en paz el alma de Sergio. Una visita mas, se decía constantemente... pues esta sería la última.

Totalmente perplejo ante el destrozo del hogar de Héctor, aunque si bien ya lo había visto varias veces, siempre sentía lo mismo; Sergio se halla parado entre lo que alguna vez fue un living y el irreconocible hall de entrada a la casa. Optó en ese momento por cerrar sus ojos grises y como un experto en empatía, dejó que su propio ser, abriera las puertas a la subjetividad de otra persona... abrió su mente para colocarse en el lugar de Héctor Ayala, justamente entre el instante previo a que fuera secuestrado y el instante después de que entraran a su casa... y pensó... en silencio... como si fuera el propio Héctor viviendo ese terrible instante de su inminente aprensión... –Soy inteligente, experimentado, tecnólogo al extremo, eminente ideólogo de enigmas, muy precavido y adelantado a las consecuencias... ¿cómo puedo dejar una pista para la policía?...

¿cómo puedo hacer que conozcan a estos perpetradores?... ¿qué tengo a mano, que me ayude a desenmascarar, aunque sea a futuro, a quienes me apresarán?... estoy en mi oficina oculta y se me ocurre algo –por lo que Sergio abrió sus ojos y se dirigió sin dudarlo, a la oficina, la cual había quedado solamente con sus muebles totalmente vacíos... en donde volvió a cerrar sus ojos y a recurrir a su valiosa herramienta... la empatía– yo Héctor Ayala, ¿esconderé algo que ayude a la policía a hallarme?... ¡exacto!, pero ¿qué podré esconder, y donde?... todos los muebles están vacíos y hecho pedazos... las paredes son lisas y el piso... bueno, todo esto ya fue pesquisado, así que... yo, Héctor, ¿dónde podré dejar mi pase a la salvación?... donde, donde –de pronto, Sergio abre sus ojos grises nuevamente pero mucho mas grandes que lo normal, como expresando una oportunidad pasada por alto, ya que el ejercicio de ponerse en el lugar de Héctor, lo condujo a mirar, lentamente hacia arriba, primero con sus ojos y posteriormente levantando su cabeza, a lo que luego expresó– ¡la araña! – esbozó por medio de su penetrante y firme voz, con lo que se dispuso a examinarla desde abajo en toda su estructura y magnificencia. Al verla con detenimiento, notó algo que se transiluminaba dentro de uno de sus portafocos, construidos con un cristal un tanto opacos, de forma cónica, similar a los muy bien conocidos sombreros chinos, denominados *"Non la"*, aunque, en este caso, los portafocos se encuentran dispuestos con su gran apertura hacia arriba para proyectar la luz en dirección al reflectante techo de color blanco, con la idea de generar una espectacular luz difusa. Pero, una pequeña sombra se deja entrever dentro de estos conos de cristal, una forma rectangular de unos tres centímetros por dos, dispuesta en un costado dentro del portafoco que está ubicado en el extremo de una de las patas de esa espectacular luminaria. Este extremo en cuestión apunta en dirección a la puerta de entrada de la oficina.

Sergio, no lo duda ni un instante... corre el escritorio dejándolo ubicado justo debajo de su objetivo, se sube a este sin mucho esfuerzo, se coloca un fino y blanco guante de látex, al mismo estilo del que se utiliza en las cirugías, y lentamente extiende su mano en dirección hacia donde se deja entrever este enigmático objeto rectangular. Introduce su mano por la parte superior del portafoco para asirse de lo que hasta ahora lo mantiene muy intrigado y expectante. Lo toma por sus lados mas extensos, muy cuidadosamente y sin realizar demasiada presión, pero con extremas precauciones, como para evitar la caída de este objeto. A primera sensación, se trata de un cuerpo rígido y con superficies muy lisas. Lo levanta y lo extrae fuera del portafoco, aunque el contraste con la bombilla encendida, por un momento lo enceguece y solo divisa un objeto rectangular y negro, por lo que instintivamente aparta sus ojos de la fuente de luz y al mismo momento baja su mano portando la misteriosa forma, con mucho cuidado, y lentamente, dejándola a la altura de la parte baja de su pecho. Retorna su mirada, ya repuesta de su pequeño deslumbramiento o ceguera temporaria, en dirección a la mano que contiene el misterioso objeto.

Lo que Sergio vio en ese instante, cambiará por completo la dirección de la investigación y Héctor Ayala tendrá una oportunidad más de renacer de entre sus propias cenizas de dolor y desesperación.

Capítulo 33.

Un ser vil y lóbrego, quemado por su propio fuego, comienza a ser consumido entre sus propias cenizas. Pero renacerá, al igual que el Ave Fénix, como un individuo de total benevolencia e iluminación.

Susana, Eduardo y María Rosa, en estos momentos se dirigen, por medio de un taxi, en dirección a la catedral de la ciudad para encontrar lo revelado por la decodificación del enigma de Héctor. Y como si el andar suave y constante del muy moderno automóvil que los transporta, los incitara a un relajamiento temporal, y sumado a que hace unos momentos habían hablado demasiado en la reunión llevada a cavo, entre los tres, dentro de una de las salas de reuniones informales del

Museo Alan Turing; el silencio dentro del taxi, era absoluto, donde cada uno de ellos iba mirando hacia fuera e inspirando el no tan oxigenado aire de la ciudad, cada cual con su vista perdida hacia las edificaciones que se sucedían una tras otra debido al constante transitar del vehículo, con sus mentes totalmente en blanco, como si las vibraciones causadas por el andar del taxi, les relajara, no solo sus cuerpos, sino que también, sus mentes.

Pero ese estado no duró demasiado en la mente y el cuerpo de Susana, debido a que un fortuito recuerdo la hizo emerger de esa especie de trance en la que estaba inmersa; incluso, ella iba admirando también, las antiguas y muy cuidadas arquitecturas edilicias de la ciudad, las cuales siempre conseguían hacerla entrar en otro tipo de trance… una especie de trance arquitectónico como resultado de su admiración por esta clase de construcciones. Ese recuerdo que regresó a Susana a la dura realidad, se relaciona, nada mas ni nada menos, que con su querida amiga electrónica, ATENEA, la supercomputadora cuántica del proyecto MIRAR, la cual, en una de las charlas que tuvieron muy recientemente, esta le indicó a Susana que había obtenido información de geolocalización proveniente del celular de Héctor Ayala, en respuesta a los varios intentos de parte de Susana de contactarlo, aunque sin éxito. Recordó también, que ATENEA le había indicado la ubicación del celular de Héctor en las cercanías a un río y a una planicie elevada en las afueras de la ciudad. Y que las señales las había obtenido dentro de un radio de veinte kilómetros, por debajo de la conjunción de ese río con el extremo oeste de esa planicie, y coincidiendo con el cardinal oeste de la propia ciudad, y valiéndose del mapa, ubicando el norte y el sur de dicha urbe.

–¡Pero que estúpida que fui! –vocifera abruptamente Susana, logrando con ello, que todos los demás, incluso el chofer, se dieran el susto de sus vidas... por lo que, tres corazones encrespados, están en este preciso instante, latiendo alígera y desesperadamente con el objetivo de irrigar de manera muy rápida, sus cerebros y sus músculos, como una forma primitiva de preparar sus cuerpos y sus mentes, para apoyar a esas reacciones instintivas, ante una posible agresión externa, lo que en este caso fue el escabroso y repentino grito de Susana Palacios.

–¡¿Susana, que te sucede?! –inquirió Eduardo el cual iba sentado en el asiento trasero, justo al lado de ella, y quien fue el mas afectado por el grito de su colega.

–¡Qué susto que me diste Su!... y... ¿por qué dices eso? –también reacciona María Rosa ante su inesperada exclamación.

Y como esas dos reacciones no fueran pocas, el chofer inmediatamente la mira por intermedio del gran espejo retrovisor, pero, al contrario de los demás, este no pronuncia ninguna palabra, sino que, de una manera directa, se aventura a clavar una corta pero feroz mirada inquisidora en dirección a los grandes ojos azules de Susana Palacios, como una clara respuesta a lo que ella había generado en él, lo cual fue una reacción adversa respecto del atestado tránsito, sobre el cual el chofer tenía puesta toda su concentración. Estuvieron peligrosamente cerca de generar una colisión contra un camión de reparto que circulaba a la par y en su mismo sentido.

–Huy… perdonen todos por favor, es que… recordé algo que debería haber informado ayer a la policía… y es en referencia a la posible ubicación actual de Héctor… discúlpenme chicos… señor chofer, pero debo hacer una llamada, y ¡ya! –respondió Susana, por medio de un tono de preocupación y de clara desaprobación a su imperdonable descuido en cuanto al paradero de su colega desaparecido, a lo que al mismo tiempo iba extrayendo su smartphone desde su flamante estuche, ubicado este en su cinto negro de cuero, el cual rodea su ajustado pantalón al estilo jean, de color azul oscuro. Dicho celular, siempre lo lleva colocado en la parte delantera derecha de su sinusoidal y perfecta cadera.

Sin dudarlo ni un segundo, Susana marca el teléfono del agente de la Agencia Central de Inteligencia, Esteban De la Cuadra, con la intención de informarle de su imperdonable olvido.

–¿Hola? –se oye en el altavoz del celular de la Ingeniera de ANNON y de MIRAR.

–Esteban, soy Susana… ¿cómo estas? –pregunta un tanto apurada y a modo de mantener la cordialidad para con la otra persona.

–¿Susana?... ¿qué Susana? –responde Esteban a modo de pregunta, debido a que en un primer momento no se ubicó respecto de quien lo estaba llamando.

–Susana... eh... bueno, omitiré mi apellido por razones obvias... ¿recuerdas?, ayer, en el restaurante Boulanger... ¿ahora si? –aclara Susana.

–¡Susana!... si, si, si... reciba mis disculpas por favor, y... ¿a que se debe su grato llamado?... ya se... ¡decidió trabajar con nosotros! –agrega Esteban.

–No te preocupes Esteban, y no es de trabajo por lo que te estoy llamado, sino más bien, relacionado a algo que omití decirte ayer en el restaurante... y que no me lo perdonaré nunca –le indica Susana.

–¿Qué es lo que olvidó decirme Susana? –le pregunta Esteban.

Susana, con lujo de detalles, le cuenta absolutamente todo, respecto de la ubicación descubierta por la supercomputadora ATENEA, en donde podría estar cautivo Héctor Ayala. Le informa tanto de los dos accidentes geográficos, como de sus ubicaciones respecto de los puntos cardinales.

Esteban queda muy sorprendido y a la vez entusiasmado debido a esa gran noticia por lo que se contactará inmediatamente con el inspector en jefe de la policía local, Sergio Vera, a quien conoce desde hace muchos años, debido a variados trabajos de investigación realizados en conjunto.

Luego de una última y concisa charla, Esteban y Susana se saludan amablemente cortando de esta manera la comunicación telefónica. Y mientras ella se acomoda el frondoso pelo rubio detrás de sus orejas perfectas, valiéndose solamente de su mano izquierda, al mismo tiempo se dispone a colocar su smartphone dentro del estuche por medio de su blanca y pequeña mano derecha.

Con esto, una incipiente, pero persistente luz se comienza a proyectar sobre la vida de Héctor Ayala… pero esa luz… ese renacer… entre lo mas profundo del sufrimiento humano… hará que aquel espíritu sufriente y cautivo… ilumine la esencia mas profunda de un corazón impiadoso, y una mente largamente confundida de otro ser en constante oscuridad, por lo que tendrá la oportunidad de ver la luz y la verdad… y si esto sucede… a partir de allí, este ser, habrá logrado forjarle el verdadero sentido a su milenario sobrenombre.

Capítulo 34.

–¿Un mp4?– se preguntó a si mismo el inspector Sergio Vera por medio de una voz fuerte y a la vez esperanzada, ya que su intuición y empatía utilizadas hace unos momentos, podrían estar dando sus frutos, a lo que se continuó preguntando con el mismo tono de voz, –¿porque un dispositivo mp4 estaría colocado en el portafoco cónico de una araña de techo?... y... ¿no creo que Héctor haya estado jugando al básquet con él no?... por lo que pienso que tenemos algo... iré a examinarlo directamente a la oficina... aunque, si lo enciendo ahora, podré adelantarme a algún acontecimiento– terminó de hablarse para si mismo el inspector en jefe, quien todavía continúa parado sobre el maltrecho escritorio de madera de roble, perfectamente barnizado, el cual hasta hace unos días atrás, era el mueble depositario de un laboratorio digital por excelencia, en donde Héctor consumó sus espeluznantes hallazgos.

Pues Sergio no lo dudó ni un segundo, por lo que se dispuso a encender el dispositivo mp4, el cual no es más que un grabador-reproductor de todo tipo de archivos, como videos, música, imágenes, eBooks y grabaciones de voz gracias a su potente micrófono incorporado.

Al momento en que este termina de encenderse, y un instante después de su clásico sonido de bienvenida, el dispositivo mostró en el medio de su colorida pantalla un mensaje que expresa lo siguiente:

"Tarjeta de memoria llena. Elimine algunos datos
para liberar espacio."

Inmediatamente, Sergio cerró el aviso de memoria llena y comenzó a navegar entre las opciones del aparato con solo tocarlas en su pantalla táctil de tres pulgadas. Y mientras lo hacía, pensó, −¿para qué Héctor dejaría un mp4 escondido en la araña del techo?... y... ¿por qué indica que la memoria está llena?... ¡si señor, lo tengo!... Héctor, seguramente un instante antes de que sea capturado, pudo colocar este dispositivo dentro de la luminaria, encendido y grabando cualquier sonido que irrumpiera en el ambiente de su oficina, el cual es capaz de llegar a grabar cientos de horas por medio de su pequeño micrófono, antes de que este se quede sin espacio en su tarjeta de memoria externa− finalizó diciendo para sus adentros.

Mientras navegaba y pensaba, llegó a una opción, la cual se muestra ante su vista con las siguientes palabras: "*Grabaciones de voz*". Sin vacilar, ingresó a dicha opción, por lo que al instante se le desplegaron varios archivos correspondientes a diferentes grabaciones de voz, pero entre esa lista notó algo muy extraño, ya que uno de los archivos tiene un tamaño totalmente diferente al resto de ellos. El archivo con nombre "V0000006.mp3" tiene, nada mas ni nada menos que, un poco más de tres gigabytes de tamaño, siendo que los otros cinco anteriores, no llegaban ni siquiera a veinte megabytes. Además, la fecha y hora de ese monstruoso archivo de voz, coinciden perfectamente con el momento en que secuestraron a Héctor. Además de constatar de que los otros archivos eran bastante más antiguos.

Sergio, con un aire de esperanza en su cara, y sin siquiera moverse del escritorio, sobre el cual todavía continúa parado, debido a que este hallazgo le acaparó toda su atención; selecciona el enorme archivo y lo reproduce al instante. Lo que escuchó en menos de diez minutos de grabación, hasta llegar a un silencio fantasmagórico, fue espeluznante. Luego de ruidos sordos, de personas dando órdenes y de maderas resquebrajándose y de vidrios esparciéndose en miles de fragmentos, le prosiguió un inconfundible sonido de una abertura de madera rompiéndose por la fuerza. Y mientras el archivo mp4 continua en su constante reproducción digital, Sergio dirigió su mirada hacia la puerta totalmente destrozada, la cual yace dentro de la oficina, la que hasta hace un tiempo, este era un lugar oculto. La maltrecha puerta, ahora está recostada, dentro de la oficina, contra la pared que da al frente de la casa.

Inmediatamente después de lo imaginado por Sergio, y que era evidente un ingreso por la fuerza, se escuchó una voz muy fuerte y carraspeante la cual expresó las siguientes palabras:

> *"Héctor Ayala, me llamo Melek Taws y vendrás*
> *conmigo ahora. No te preocupes, tendrás una*
> *excelente vista al río... pero desde abajo... ajajá"*

Después de esa voz, se escuchó, por medio del pequeño altavoz del mp4, unas pocas palabras de parte de Héctor, algo así como:

> *"Soy Terminhéctor, no se atrevan a..."*

Pero, luego, un repentino ruido apagado y sordo le prosiguió a la frase dicha por Héctor, por medio de una especie de golpe, acallándolo de inmediato. Solo se oyeron más pasos y un particular ruido de arrastre que disminuía paulatinamente hasta que desapareció por completo.

Después, un silencio *"ensordecedor"* volvió a invadir la casa de Héctor, tanto en lo que estaba reproduciendo el dispositivo mp4, un pasado cercano, como en el mismísimo presente en el que se encuentra Sergio Vera... y todavía parado sobre el escritorio.

Ahora si, totalmente perplejo, bajó del mueble y se dirigió rápidamente a su oficina para inspeccionar mas a fondo todo lo grabado por el dispositivo.

Capítulo 35.

Héctor Ayala, yace sentado, maniatado, inconsciente e inmóvil sobre la silla de metal dentro de su celda de concreto, la última golpiza le había agotado todas sus energías vitales, su cuerpo sufriente y su alma cada vez mas oscurecida por la impotencia y las torturas psicológicas, están transformando a un ser de moral y ética, en un ser indecoroso y perverso... la razón y la sabiduría han sucumbido ante tanta crueldad e intimidación... una persona naturalmente benevolente, se está convirtiendo en un individuo lleno de odio y rencor... aunque, muy similar a una reacción instintiva de autoprotección, aquel estado totalmente revestido de una dualidad perturbadora dentro de Héctor, podría llegar a ser... su propia salvación.

Y justamente enfrente de él, al otro lado de la exánime mesa construida con la misma aleación que las sillas, Melek

Taws, por medio de sus redondos y grandes ojos negros, mira silenciosa y fijamente a su maltrecho cautivo, como adorando su obra de maldad, y contemplando el resultado de moldear en aquel, su propio ser... ha logrado convertir a una persona de bien y llena de vida, en un sujeto desprovisto de su mas esencial substancia... su razón de ser y existir.

Y como Héctor continúa sin reaccionar por si mismo, Melek le lanza el agua de un vaso directamente hacia su cara, por lo que aquel se reanima abruptamente inspirando una gran bocanada de aire, como un reflejo totalmente involuntario frente a un posible ahogamiento.

Héctor, tomado por sorpresa, y ahora despierto, continúa respirando excesivamente rápido tal como si hubiera finalizado de correr una maratón de cuarenta kilómetros. Mientras su fatiga disminuye, se digna a observar a Melek por medio de una mirada penetrante, cargada de odio e impotencia, aunque no le dirige ni una sola palabra, la mirada lo dice absolutamente todo.

—¿Ahora estas mas fresco Héctor?... ¿mas despierto quizás? —le preguntó Melek.

Héctor solamente mantiene fijada la vista sobre los negros ojos muertos de Melek. Aunque, de todas maneras, ni una palabra salió de su boca como para responder lo que acaba de escuchar.

—Veo odio en tu mirada Héctor... una persona de bien como tu, no debe tener esa clase de sentimientos —agregó Melek por medio de su carraspeante y a la vez susurrante voz.

Héctor continúa clavándole la mirada y de una manera inmutable.

–¡Ah!... me olvidaba, tu amiga, Susana... de seguro vendrá a visitarte... dice que quiere obtener los *"mismos privilegios"* que has tenido tu hasta ahora... y... pues, yo se los daré, con mucho gusto –prosiguió Melek.

Luego, se sucedió una espantosa pausa de algunos segundos, hasta que:

–¡¿Vas a hablar Héctor?!... ¿vas a decirme como detener lo que tu iniciaste?... el virus debe continuar sin interrupciones... ¡vas a decírmelo, o tendré que preguntárselo a tu amiga personalmente! –inquiere Melek.

En ese momento, Héctor escuetamente se dignó a expresarle las siguientes palabras, valiéndose del poco raciocinio que le queda y a modo de sacar sobre la mesa, las últimas cartas psicológicas que le vienen a su mente desgastada, como para que su captor, cambie de parecer de una vez por todas... *"la razón siempre puede sobre la fuerza"*... siempre pensaba:

–Melek... sabías... ¿sabías que... las puertas del infierno son de entrada y de salida? –le preguntó por medio de una voz agotada y casi sin aliento.

–¡¿Qué dices maldito infeliz?! –responde Melek muy sorprendido, ya que a esas palabras, no se las esperaba ni en sueños.

–Que, ¿ahora eres... sordo? –replica el detenido.

–¡Por supuesto que no soy sordo... imbécil!, pero ¿a donde quieres llegar con esa pregunta? –dudó Taws.

–¿Qué... a donde quiero llegar?... ¿pero es que... no te has dado cuenta Melek?... a donde quiero llegar... es... es, ¡a tu corazón y a tu mente! –replicó Héctor con mucha dificultad para hablar.

Por su parte Melek esbozó una espeluznante carcajada rebozante de cinismo y como salida del propio vientre de Satanás.

–¿Lo ves?, ¡ves que puedo llegar a tu… todavía oscurecido interior!... he logrado hacer reír al propio demonio… eso es… es, un buen progreso ¿no?– agregó dificultosamente Héctor Ayala.

–Mi risa no fue por lo que has dicho, Héctor.

–¿Y por que entonces?

–Porque jamás lograrás entrar… ni a mi mente… ¡ni a mi maldito corazón!... ¿lo entiendes?... ¡¿lo entiendes?! –respondió Melek con una voz agitada.

–Pero… ¡ya lo he hecho Taws!... no lo niegues.

–¡No, no lo has hecho… perverso animal!

–¡Si que lo he hecho!... ¡y muy bien!... Melek.

–A ver, ¡Héctor!, ¡dime, hombre perfecto y bondadoso!… ¡dime como has ingresado a mi mente y a mi corazón!

–Pues, porque he logrado hacerte reír, porque has reconocido que tu corazón está maldecido, porque has podido entender la maldad de otros… llamándome *"perverso animal"*, en definitiva… te estás comprendiendo a ti mismo… estás… estás, viendo con tus propios ojos, como se siente cuando otros te odian… y como si ello fuera poco… me has llamado *"hombre perfecto y bondadoso"*, con lo que puedo llegar a deducir… que tienes un completo conocimiento sobre los conceptos de perfección y de bondad en el hombre… ¿y sabes que mas pienso al respecto Melek?

Durante las palabras de Héctor, y antes de responderle, Melek solo fue dejando entrecruzar los dedos de sus manos, apoyándolas perfectamente unidas sobre la parte baja de su abdomen, mientras que sus codos descansan por sobre los apoyabrazos de la pétrea silla de metal. Y aunque su mirada se mantiene fija, impuesta directamente en el atormentado cautivo, esta vez, su talante maléfico ya no es visible a simple vista.

Entonces, Melek responde por medio de una voz sorprendentemente regular y calmada.

–¿Y… qué mas piensas superman?

–Que algún día… tu convicción de que eres un enfermo corrompido y pérfido ente del dantesco inframundo… la reemplazarás por otra convicción… la convicción de que esa enfermedad en tu ser no es mas que una psiquis erróneamente moldeada por un contexto que no te merecías desde que eras niño… uno no nace siendo malo… sino que se hace malo, dependiendo de quienes estén a tu lado a lo largo de la vida… por esto Melek, el bien está implícito desde que nacemos, pero el mal se adquiere después… y aquí viene lo importante… todo lo que *"viene después"* es pasible de cambiarlo o modificarlo sin importar el momento en el que se lo haga… por eso te digo Melek Taws… siempre estarás a tiempo de cambiar, ya que solo tu tienes la fuerza para hacerlo… solo tu podrás encontrar la paz que tanto necesitan tu mente y tu corazón… y otra cosa mas importante todavía, si cambias hacia tu innata y original benevolencia, podrás lograr que toda la gente que te ha forjado y colgado esa pesada coraza de maldad durante tanto tiempo, quede merecidamente aplastada por esta, y en el mismísimo momento en que tu decidas quitártela de encima –finalizó diciéndole Héctor, casi sin aliento y esperando otra carcajada o peor aún… una feroz golpiza.

Pero, ocurrió algo inesperado para el integrante de ANNON, algo que no se imaginó que lograría; Melek, quedó totalmente inmóvil ante esas palabras, mirando fijamente hacia el piso, y no hacia Héctor como al principio. Luego de unos pensativos segundos, levantó su vista en dirección a aquél, separó sus manos apoyándolas sobre cada uno de los apoyabrazos, hizo un amague como para levantarse, miró nuevamente al piso y con sus fuertes brazos procedió a elevarse sutilmente hasta quedar totalmente erguido. Héctor lo miraba con recelo, ya que por un instante pensó que se venía lo peor, pero no fue así debido a que Melek solo giró hacia su izquierda, enfiló en dirección a la gruesa puerta de metal, la abrió muy despacio y antes de salir le dejó una última mirada a Héctor Ayala, una mirada sin ninguna maldad, y además, ninguna palabra salió de su boca. En seguida, desapareció detrás de la puerta, la que luego cerró con llave. Héctor, después, escuchó su caminar, sobre lo que sería el pasillo exterior a su cárcel de concreto, valiéndose de unos pasos muy lentos, por lo que se dijo para si mismo… creo que al fin he tocado su mente y su corazón.

Pero lo que en esos momentos no se imaginó el sufriente cautivo, es que a los contratantes de los servicios de Melek Taws no les cambió para nada su mente y su corazón, y estos harán todo lo posible para que ese *"Ángel Pavo real"*, cumpla con lo pactado.

Melek Taws, a partir de ahora, deberá discernir quien prevalecerá ante quien dentro de su tormentoso interior… ¿su propio *"yo"* predominará a favor de sus ricos y poderosos contratantes?… ¿o podrá llegar a ser totalmente lo contrario?

Capítulo 36.

El Jefe del área de investigaciones sobre delitos cibernéticos de la Agencia Central de Inteligencia, Esteban De la Cuadra, se contacta telefónicamente con Carlos Di Stéfano, quien es el Jefe del área de operaciones del Proyecto MIRAR, y además el esposo de Susana Palacios, con el objeto de informarle respecto de todo lo que estaba ocurriendo en relación al virus, a Héctor Ayala y al peligro que está corriendo Susana, debido a que existe una organización mafiosa detrás de todo esto, la cual necesita a toda costa, que el virus cumpla con sus dos objetivos en tiempo y en forma... y a cualquier precio.

Debido a este aviso, Carlos Di Stéfano decide viajar a la ciudad en donde actualmente se encuentra Susana Palacios... su esposa, para aportar lo que sea necesario con el objetivo de protegerla y apoyarla en lo que está realizando.

Capítulo 37.

Susana y sus otros dos colegas todavía no han llegado a la Catedral de la Ciudad, continúan en un relajante paseo temporal entre las pintorescas y variadas arquitecturas modernas, centenarias y hasta medievales de esa maravillosa urbe. Una fiel demostración de un pasado, que si bien hoy es temporalmente inexistente, se encuentra innegablemente plasmado en las arquitecturas, en registros bibliográficos, en fotografías, en obras de arte y en las mentes de sus propios habitantes; por otro lado, un presente en constante transición y dinamismo en dirección firme y eterna, hacia un pasado conceptual; y por último, un futuro totalmente incierto y cambiante, inherente a los sucesos de ese pasado. Y como también se presenta en las mentes de muchos habitantes de otras ciudades del mundo, en los de esta, de igual manera se han sucedido los mencionados tres conceptos respecto del flujo del tiempo: un pasado registrado pero inexistente, un presente unidireccional y dinámico, y un futuro incierto y relativo... una trilogía que puede marear intelectualmente a muchas personas.

Nuevamente, y como si Susana les estaría jugando un chiste a las otras tres almas que viajan en el taxi, su celular pasa a ser el centro de atención, como lo fue su inesperado grito hace un rato, pero en este caso se corresponde con una ruidosa llamada entrante, la cual se hace notar por segunda vez, representada con un aumento abrupto de los pulsos cardiacos de los demás pasajeros y por medio de una reacción corporal e instintiva de autodefensa. El sistema límbico o cerebro primitivo de cada uno de los demás ocupantes reaccionó maquinalmente ante un posible nuevo peligro externo, lo que en este caso fue el timbre muy alto del smartphone de Susana Palacios. Y, nuevamente, Susana se ganó un gran ramo de miradas sorprendidas y de frases como: *"¡nos vas a matar Su!"*, *"¡Eh!... ¡un sobresalto mas y no creo que llegue a la catedral!"*, y por supuesto, una fulminante y nueva mirada retrospectiva de parte del chofer, pero esta vez no fue afectada la normal marcha del automóvil.

Y valiéndose de una mirada un tanto de reojo hacia todos los demás, y como pidiendo disculpas ajenas, atiende su teléfono sin fijarse sobre la pantalla para saber quien la está llamando.

–¿Hola? –Contesta Susana.

–¡Querida soy yo! –Habla Carlos.

–Hola Carlos... ¡que sorpresa!... ¿como estás amor? –Responde Susana muy entusiasmada.

–Muy bien Su, pero algo preocupado por ti. –Agrega Carlos.

–¿Preocupado por mi?... yo estoy muy bien amor... ¿que es lo que te tiene preocupado Carlos? –Pregunta la ingeniera de ANNON y MIRAR.

–Es que hoy me llamó Esteban, el de la agencia, y me comentó que podrías estar en peligro debido a este tema del virus que halló tu colega y que ustedes pueden detener en cualquier momento... y dice que tienen pruebas de que hay gente muy poderosa detrás de todo esto... y que son las que han capturado a tu compañero de la red. –Le explica su esposo.

–Si Carlos, esos presentimientos han pasado muchas veces por mi mente, pero he tratado siempre de desecharlos... ahora veo que eran muy válidos. –Concuerda su esposa.

–En menos de una hora salgo en avión para allí, quiero ayudarte en lo que necesites... a ti y a tus colegas Susana... y en estos momentos ¿en donde te encuentras? –Pregunta.

–Estamos arriba de un taxi yendo a la Catedral de la Ciudad para tratar de encontrar lo que nos indicó el segundo acertijo de mi compa. –responde Susana por medio de una voz un tanto excitada por la simple idea de pensar lo que se traería el próximo enigma.

–¡Que logro el de ustedes eh!... ¡lo pudieron descifrar!... bueno, no hay ninguna duda de que esas mentes siempre están un paso adelante querida. –manifestó Carlos muy impresionado.

–Muchas gracias mi amor... mira, estamos llegando a la catedral por lo que debo cortar, pero quedemos en contacto por favor, ya que con lo que me has contado has garantizado que uno de mis peores miedos se quede en mi mente por un rato mas… ¿te parece? –Prosiguió Susana.

–Por supuesto querida… y en menos de dos horas estaré por allí, y cuando llegue, te llamo para localizarnos –indicó su esposo un tanto preocupado y a la vez muy apurado por encontrarse con ella.

–Okay Carlos… ¡o bien!… ¡mejor aún!, ven directamente a la catedral, ya que estoy segura de que nos encontrarás allí, porque presiento que el localizar y luego resolver este tercer enigma, nos llevará varias horas… somos tres, María Rosa Montanari, Eduardo Martín Pedrozza y… la que subscribe… ¡un besote grande!

–Okay querida… otro beso y cuídate mi amor.

–Gracias e igualmente para ti Carlos… ¡Bye!

–¡Bye!

Susana y Carlos, quedaron en continuar sus esfuerzos junto a los demás para hallar la forma de destruir al virus y ayudar a encontrar a Héctor. Susana ya había dado un gran paso avisando a Esteban De la Cuadra del posible lugar de detención de su compañero de la Red, el cual hasta ahora se encuentra desaparecido de la faz de la tierra.

Capítulo 38.

La Catedral de la Ciudad es una mole arquitectónica del siglo dieciséis, construida por medio de un inigualable estilo Gótico, un género artístico muy utilizado en aquellos tiempos, el cual varía entre los estilos románicos y renacentistas. Este sinigual y magnífico talante Gótico se originó en la Europa Occidental, durante una temprana Edad Media, desde el siglo doce hasta el siglo dieciséis en Italia aproximadamente.

El taxi se detiene lentamente, estacionando en su parada ubicada a un costado de la catedral. De él, descienden María Rosa y Eduardo sobre el lado de la acera, y después de que Susana pagara el viaje, también procede a bajarse, pero por la puerta que mira a la calle. Ahora, las tres personas asediadas por los enigmas y agobiadas por la incertidumbre, se enfilan caminando por sobre la vereda y en dirección a su objetivo, con un único pensamiento en sus mentes, hallar lo que vinieron a buscar para que todo esto se resuelva cuanto antes y puedan hallar a Héctor Ayala.

Al momento de llegar frente a la Catedral, Susana se detiene abruptamente frente a ella, presa de un nuevo trance arquitectónico, de esos que le dan cuando se encuentra ante ciertos diseños arquitectónicos, que pueden variar desde lo ultramoderno, pasando por una mezcla de lo moderno con lo clásico y lo antiguo, hasta lo puramente antiguo, como lo es en este caso.

En la fachada y en las puertas de la catedral, se deja ver el arte Gótico en todo su simbolismo teológico y en su esplendor arquitectónico. Justo a la mitad de la portada de la catedral, en su gran arco abocinado; y como santos recibidores de sus fieles, curiosos o cualquier otro tipo de visitantes; conforman una santa presencia, en dos grupos de seis, a cada lado de las puertas, los doce apóstoles, los cuales están dispuestos cada uno, bajo unas especies de pequeños techos o también llamados doseletes. –*"Un sucesor después de doce"*– pensó Susana, quien continua totalmente abstraída de la realidad imperante, presa de su trance arquitectónico, aunque este no le duró demasiado debido a que su smartphone volvió a resonar, pero en este caso, por medio del ringtone propio de un mensaje de texto entrante.

–Ups, ¿quién será? –se dijo Susana para si misma.

En seguida, extrae magistralmente el celular desde su estuche de cuero, y cuando ve en la pantalla lo que ésta le está mostrando, dejó escapar una expresión enmarcada por el asombro, la alegría y una pizca de desesperación.

–¡Es Héctor! –se dignó a exclamar en voz alta y rutilante.

Tanto María rosa, como Eduardo, quedaron plenamente asombrados y contentos por lo proferido por aquella. Al fin tendrían noticias de su amigo y colega.

–¡Es un mensaje de Héctor chicos! –les dijo Susana mostrándoles la pantalla de su celular, con lo que la alegría iba cada vez mas en aumento entre todos ellos.

–¡Léelo por favor Susana!... ¡fíjate que dice! –casi le ordenó María rosa.

–Okay, okay... ya estoy visualizándolo... ya está, les leo... –acató sin vacilar Susana.

Lo que Susana les está por leer a sus dos compañeros, quienes todavía continúan parados en el acceso exterior de la catedral, va a cambiar por completo el curso de los acontecimientos. A partir de ahora muchas cosas podrán llegar a ser un tanto... diferentes.

Capítulo 39.

Salón Presidencial.

El presidente de la nación, Arturo José Irarrázaval se encuentra reunido con el jefe del Gabinete de Ministros, Daniel Peralta, quien, como todos los días, le comunica personalmente los hitos pendientes, los actuales y los que se deben tener en cuenta a futuro. Una especie de punteo o chequeo diario de todas las cuestiones pasadas, presentes y futuras, imperantes en el país y el mundo.

En medio de la reunión, resuena la línea telefónica correspondiente al interno asociado a las comunicaciones que tienen que ver con la seguridad nacional. Es la única línea que se encuentra separada del resto de los demás temas presidenciales. El presidente se digna a atender sin dudarlo un segundo.

–¿Si? –atiene el presidente, esperando escuchar la voz del director de la Agencia de Seguridad Nacional.

–¿Señor presidente? –pregunta una voz femenina.

–¿Si?... ¿quien habla? –responde Arturo con un tono de voz dotado de sorpresa y desconfianza, ya que por esa línea, la voz siempre es masculina.

–Señor presidente, le solicito que me escuche muy atentamente debido a que estamos por enfrentar un grave problema de seguridad nacional y usted todavía no lo sabe.

–Pero... ¡¿quién habla?! –pregunta nuevamente sin hacer caso a las palabras anteriores.

–Le repito señor presidente, escúcheme...

–No señora o... señorita... primero quiero saber, ¿quien me está llamando por esta línea?... esta es una línea solamente reservada para asuntos presidenciales.

–En estos momentos, no es de ninguna importancia el que usted sepa quien soy señor presidente, y entiendo muy bien que esta línea está reservada para la Agencia de Seguridad Nacional, pero, lo importante aquí, es que usted ha sido pasado por alto en ciertas cuestiones, las que ahora se han agravado tanto como para que este país esté ante su peor crisis de seguridad nacional de la historia.

–Okay, si no me dice quién me está hablando, la cortaré inmediatamente.

El presidente, mientras dice esas palabras, le escribe en un papel a su jefe de ministros que ordene rastrear la llamada, lo que Daniel solicitó sin demoras.

–Si fuera usted, no cortaría señor presidente, ya que estaría cometiendo un gravísimo error –asegura la voz.

Por lo que Arturo, no tuvo mas remedio que ceder y escuchar a esa voz femenina, y de paso demorar la llamada para que los técnicos en comunicaciones pudieran tener el tiempo suficiente con el objeto de averiguar con total certeza de donde proviene.

–Okay... quien quiera que sea... dígame que es lo que debo saber –preguntó él.

–Nuestro país se encuentra ante un problema gravísimo de seguridad nacional, un virus especialmente diseñado para llevar a "*buen término*" un maquinal y perfecto espionaje cibernético, ha sido liberado en la red Internet, con dos objetivos muy bien definidos –le informó la voz femenina.

–¿Un virus?... y... ¿ese es el problema de seguridad nacional del que me está usted hablando? –respondió el presidente por medio de una pregunta.

–Para nada señor presidente, mas allá de que el virus es una obra de ingeniería diseñado casi exclusivamente para espiar, también está realizando otra tarea –prosiguió la voz.

–¿Y cual es esa tarea? –se interesó Arturo.

–La de obtener ilícitamente, información del sistema financiero del país, y además para espiar y diezmar a la red de ciberactivistas ANNON, respecto de la cual me he dado cuenta que usted concuerda con muchos de sus ideales –respondió sin demoras la mujer.

285

–¿Cómo dice?... ¿me está insinuando que el virus fue construido para robar información del sistema financiero?... ¡yo estaría enterado de ello hace tiempo!... quien quiera que seas... y... ¿cómo puede usted opinar respecto de lo último que mencionó, en referencia a la red ANNON, si nunca he hablado sobre ellos, ni en privado, ni en público? –inquirió el presidente.

–Solamente le puedo decir, señor presidente, que en las palabras de sus discursos por ejemplo, su semántica concuerda casi a la perfección con los ideales de la red ANNON –le dijo la voz.

En ese instante el Jefe de Ministros le acerca otro papel, pero impreso por el sistema de rastreo, con lo que sería la ubicación de la voz llamante que se encuentra utilizando la línea que solamente es reservada para la Agencia de Seguridad Nacional.

En el momento en que el presidente lee el papel, sus ojos marrones, por un momento parecieron desorbitárseles de sus cuencas, y sus cejas frondosas y negras se alzaron hasta arrugar su frente sutilmente, debido a que dicho papel solo contiene únicamente dos palabras en el resumen final del chequeo: "*Origen desconocido*".

–Señor presidente, le agradeceré que no continúen verificando el origen de mi llamada porque no lo podrán obtener, solo le pido que me escuche, que abra su mente y que luego actúe, nada más, ¿le parece que es mucho pedir de mi parte? –le dijo la voz fantasma.

El presidente Arturo, no tuvo mas remedio en hacer lo que esa extraña voz le está ordenando desde el otro lado de la ahora, fantasmal línea telefónica.

–Está bien, okay, okay, la escucho... y... ¿cómo se llama? –respondió y a la vez preguntó totalmente resignado el presidente.

–Para usted señor... solo soy la hija de Zeus –respondió la voz femenina y la que después le informó con lujo de detalles, en que consta el grave problema de seguridad nacional. Incluso que ese virus fue creado y liberado desde la Agencia de Seguridad Nacional.

Esta información lo dejó petrificado, inmóvil y sin siquiera poder emitir alguna palabra... solamente mantuvo el teléfono pegado a su oreja derecha, el cual, con cada minuto en que transcurría la llamada, apretaba mas y mas sobre si mismo, como un instinto de no dejar escapar ni un detalle de lo que aquella voz le está informando.

El presidente de la nación, Arturo José Irarrázaval, podría llegar a tener entre sus manos, el caso más grave de corrupción de la historia.

Capítulo 40.

El mensaje que recibió Susana en su celular, proveniente del teléfono de Héctor Ayala, reza lo siguiente:

"Hola Su.
Sorry por no responderte. Me oculto hace días.
Cuando entraban por la fuerza en casa yo llegaba en taxi, pero impedí que el taxista se detenga y desde ese momento estoy escondido.
Ven al puerto abandonado, Hangar 13.
Ven cuanto antes, olvidé entregarte algo más, para vencer al virus.
Apago el celu por razones obvias.
Un abrazo!
Terminhéctor."

289

Susana, luego de que les leyó el mensaje de Héctor Ayala, a Eduardo y a María Rosa, decidió, sin siquiera dudarlo un instante, hacer justamente lo que el mensaje del celular le indicó, trasladarse, por medio de otro taxi, hasta el viejo y abandonado puerto de la ciudad, construido en el siglo dieciocho, con el objetivo de que atracaran los barcos, que en aquel tiempo eran de bajo calado por ser de menor tamaño que los actuales, los cuales transportaban diferentes tipos de materia prima destinados a la fabricación de variados productos alimenticios.

Por lo que Susana les dijo:

—Chicos, entren ustedes a la catedral y traten de resolver el enigma, no dudo de que lo harán… y muy bien.

—Susana, ¿estás segura de ir allí? —le dijo Eduardo con un tono de preocupación.

—Si, estoy segura Edu… ese mensaje, sin duda que proviene de Héctor, asimismo él me dará algo mas que nos falta utilizar para derrotar a ese maldito virus… y que ya me está sacando de las casillas… y, no… no se preocupen chicos, estaré bien… incluso, en aproximadamente una hora o menos, llegará mi esposo, Carlos… quedamos en encontrarnos aquí, en la catedral, y a quién le di los datos de ustedes… además le comenté que tenemos mucho trabajo por hacer, entre hallar el tercer enigma y luego resolverlo… etcétera, etcétera… ¡si es que el tercero es un enigma!, ¿no? —les expresó Susana a sus colegas.

—Susana, no vayas por favor, ese mensaje me dio mala espina… ¡esperemos un poco mas! —agregó María Rosa.

–Héctor ya esperó demasiado chicos… no se preocupen, estaré bien –replicó Susana.

Luego de unas cortas despedidas, Susana se dirigió nuevamente a la parada de taxis, y por otra parte, María Rosa y Eduardo se dispusieron a ingresar a la catedral. Ellos tenían impreso, además de guardados en la notebook de Eduardo, todos los datos de los análisis que realizaron sobre el segundo enigma en su anterior reunión dentro del Museo Alan Turing.

Al momento en que María Rosa y Eduardo ingresan a la catedral, se muestra, en toda su magnificencia ante sus atónitos ojos informáticos, un despliegue de estructuras al estilo Gótico, desde el piso hasta el techo.

Muy pocas personas están presentes en el lugar.

Instantes posteriores a una pequeña parada, en la cual observaron la imponente construcción, comenzaron a paso lento su camino en dirección al altar; el cual se les muestra en toda su grandeza, a unos cincuenta metros delante de ellos; por entremedio de los centenarios bancos muy grandes y de un color marrón un tanto oscuro, debido a los sucesivos mantenimientos con el pasar de los años.

Mientras caminan lentamente, van observando la clásica planta de tradición románica, conformando una tradicional forma de cruz latina, con sus brazos salientes muy cortos y con sus tres capillas absidiales con formas poligonales, una en el altar y las otras dos, una a cada lado, justo en la mitad de la planta.

María Rosa, observa hacia lo alto y le avisa a Eduardo, por medio de un toque en el brazo izquierdo de él, y posteriormente con un gesto utilizando la misma mano derecha, como indicando que mire hacia arriba, debido a que tenían sobre ellos el arco ojival mas grande y alto que habían visto en sus vidas. Si bien dentro de la catedral se despliegan un gran número de arcos ojivales de diversos tamaños, el primero que tienen sobre ellos es el más grande y alto de entre un total de diez, los que se apoyan sobre grandes y robustas columnas, las cuales, son las que soportan la aplastante suma de todas las transmisiones de las cargas de los pesos, proveniente desde todos los arcos ojivales que soportan el techo de la catedral.

El arco ojival, a diferencia de otros arcos, como el Tudor o el conopial, es capaz de transmitir menos tensiones hacia los laterales, permitiendo generar mayores espacios por debajo de estos y es uno de los diseños arquitectónicos más característicos del estilo Gótico.

La gran entrada ojival del estilo gótico, que por debajo de la cual, incontables generaciones de cristianos la transitan periódicamente desde hace cientos de años, hacia y desde el interior de las iglesias de este estilo, en realidad es una representación de la parte más íntima de la femineidad. Por esa imponente apertura ojival, se accede hacia el interior sombrío y uterino de la Madre Iglesia, y al mismo tiempo de contener, repetidas veces, unas imponentes "Arquivoltas" con heterogéneas bandas concéntricas de perfiles, junto con la "Clave de Arco", conformando esta un "Botón de Rosa" y ubicado en la Arquivolta mas interna; recuerda casi incuestionablemente, a un clítoris. Luego, cuando el devoto católico se encuentra en el interior de la catedral, se dirige hacia la fuente donde se halla el agua bendecida, esculpida aquella, comúnmente en forma de una concha marina gigante, emblema inequívoco de la natividad, tal como lo pudo plasmar Sandro Boticelli, un aparente Gran Maestre del Priorato de Sión, en su gran obra, "El Nacimiento de Venus", resaltando que la Venera o Concha, es aceptada normalmente como un símbolo tradicional de la Vulva.

Este gran conjunto de símbolos en las Catedrales fue voluntariamente introducido por los partidarios del Principio de la Femineidad, y aunque comunican sus mensajes a un nivel subliminal, no dejan de procurar un efecto enternecedor en el subconsciente, que armonizándolos perfectamente en conjunto con la luz profunda y refulgurante de las velas, la ceremonial música evangelizadora y el olor muy peculiar del angelical y espectral incienso, no es de sorprenderse que infundiesen exaltaciones por demás esenciales e inconfundibles sobre las mentes y los corazones de los feligreses.

En aquellos tiempos, en los que se idearon, diseñaron y construyeron las catedrales al estilo Gótico, y en donde "la Rosa o Rosetón Sagrado" fue uno de sus diseños arquitectónicos por excelencia; en ese mismo tiempo, lo Femenino fue un concepto místico, carnal y religioso a la vez. El poder y la voluntad, provienen desde la sexualidad; y la sabiduría, se origina en el conocimiento de la "Rosa" o "Rose" en inglés… anagrama esta, de "Eros", el dios del amor.

Mas adelante, y continuando con sus pasos un tanto perezosos, los dos nuevos visitantes observan como un total de

293

veinte columnas, dispuestas debajo del cuerpo central de la catedral, se yerguen unos veinte metros por encima de ellos, conectándose cada una de ellas, con las pesadas terminaciones de los arcos ojivales. Unas columnas o soportes que mantienen a la perfección la esencia Gótica, las cuales se componen, en su núcleo, de un gran pilar cilíndrico, rodeado de pilastras o también conocidas como semicolumnillas, lo cual, en todo su conjunto, se apoyan sobre un gran zócalo o base, con forma cuadrangular.

Pero lo que acapararía más la atención de los dos activistas de ANNON, también se encuentra arriba, debido a que entre cada arco ojival, se hallan los techos o mejor llamados bóvedas, las que en esta catedral exhiben las características de las denominadas bóvedas en estrella. Estas arquitecturas abovedadas ostentan cada una, en su superficie inferior, un atrayente decorado fabricado de metal, denominados florones y pintados de un color dorado, los que se asemejan a grandes flores mirando desde el cielo… desde arriba, eternamente hacia sus fieles… hacia abajo. Algunos, también interpretan este decorado con florones dorados, como el mismísimo sol iluminando las almas que se congregan debajo, en busca de un rayo de luz que les muestre el camino correcto a sus vidas.

Más adelante, más allá de la mitad de la catedral, María Rosa y Eduardo continúan estupefactos por la maravilla arquitectónica que tienen sobre ellos. Y aunque los dos son oriundos de esa ciudad, solo cuando eran niños la habían visitado, después nunca mas, y en aquellos tiempos no tenían la capacidad de asombro ante cosas como estas y que los adultos, luego adquieren con el paso del tiempo.

Las ventanas, también con formas de arcos ojivales, dejan entrar la luz solar de una manera magistral y colorida, proyectando a través del ambiente y por sobre toda superficie que este al alcance de sus pasos, millones y millones de finísimos rayos de colores, entremezclándose con las diminutas partículas de polvo que flotan en el ambiente, y como si ello fuera poco, estas lumbreras ojivales representan incuestionables pasajes bíblicos, por medio de un gran despliegue de cristales de tonalidades perfectamente dispuestos entre si. Sin lugar a dudas, inmensas y antiquísimas obras de arte en toda su grandiosidad.

El magnánimo altar dorado, se percibe cada vez mas cercano a medida que caminan hacia él, los bancos se suceden, a cada lado, uno tras de otro como si fueran filas de soldados perfectamente dispuestos ante un acto patrio y los dos caminantes estuvieran pasando filas sin cesar, hasta que de repente, Eduardo se detiene de una manera abrupta, como si hubiera visto a Dios mismo aparecérsele de golpe delante de él.

–¿Qué te sucede Eduardo? –preguntó María Rosa.

–¡¿Eduardo?! –insistió.

–¡¿Eduardo?!... ¿qué te pasa?, respóndeme por favor – reclamó nuevamente y con mas fuerza.

–Si... perdona María, es que... como me ocurrió en el Museo Alan Turing, me ha venido algo a la mente... y que... que, todavía no lo puedo procesar de forma correcta... me dejó totalmente confundido... es una especie de visión, o aviso, o un recuerdo, o un Deja Vu… la verdad que no lo sé… ya que no logro distinguir esa sensación… pero si sé, de quien se trata esta… esta, especie de Providencia que tuve –respondió Eduardo por medio de una voz temblorosa.

–¿Y de quien se trata Eduardo?, ¡dime por favor! –preguntó María.

–De Susana –respondió él.

–¡¿De Susana?!… y, ¿qué otro dato tienes por el amor de Dios?… ¡busca en tu mente ya! –inquirió su compañera.

–Mira… María Rosa, no se si te lo podré describir bien, pero, por un segundo, o mucho menos que eso, recordé… o bien percibí… o tal vez presencié… bueno, no se… pero, se me presentó su rostro con una expresión de terror que nunca vi en mi vida… ni en películas y ni siquiera imaginándomelas en las novelas de ficción que suelo leer de vez en cuando –respondió su colega de la red ANNON.

–¡¿La cara de Susana con una expresión de terror?! –exclamó María Rosa por medio de una voz un tanto subida de tono.

–Baja la voz María… nos están mirando… y… si, es así como lo dices… y nada más que eso… fue como un flash y en seguida se esfumó como si nada –aclaró Eduardo.

–Me has shockeado Eduardo, me dejas… sin palabras –expresó ella al mismo momento que se coloca los brazos en forma de jarro.

–Si, te entiendo, ya que justamente Susana, recién acaba de dirigirse hacia el puerto abandonado, para que Héctor le entregue algo más para frenar al virus… si, yo también me planteé esa analogía… y con todo esto, pienso que la debimos haber parado y haber esperado a corroborar que haya sido Héctor efectivamente quien le envió ese mensaje… ¿no te parece María? –opinó Eduardo.

–Si, por supuesto, también sentí lo mismo, luego de que me comentaras lo de la cara de terror de Susana… ¡hay, por Dios… espero que esté bien! –agregó María Rosa por medio de un tono asustadizo.

–Yo también lo espero María, yo también lo espero… y en estos momentos pienso que debe estar llegando al puerto –dijo Eduardo.

Eduardo está en lo cierto, Susana está llegando al puerto abandonado… y… en el hangar número trece, alguien espera a Susana Palacios, quien se enfrentará a una omnipresente y silenciosa oscuridad… en todo sentido.

Capítulo 41.

Viejo puerto abandonado de la Ciudad.

Zona de Hangares.

Justo frente al Hangar número trece, Susana se encuentra parada, inmóvil, dirigiendo su mirada, por intermedio de sus magnos ojos azules, hacia la puerta entreabierta del depósito decimotercero, y a la vez, dando su espalda a uno de los varios y extensos muelles de concreto, "*adornados*" con viejos y oxidados barcos abandonados, los cuales todavía yacen flotando y amarrados por gruesas cadenas, como a la espera de zarpar, con una nueva carga, hacia un destino que les es indiferente, y sobre los cuales, los únicos pasajeros a bordo, son los cientos de diferentes aves autóctonas que habitan el lugar. Hacia adentro del enorme tinglado, solo se distingue una integra y absorbente oscuridad. La nada misma, tenebrosa e intangible, impacta como un misil, en el pulso cardíaco de Susana palacios, acelerándolo de una manera considerable; y un omnipresente miedo instintivo se apodera de su mente, provocándole una primigenia reacción de inmovilidad, como si su gen animal e inherente, tratara de ocultarse detrás de su propia condición pétrea... detrás de ella misma. Totalmente paralizada, solo se le exterioriza en su mente consciente, proveniente desde su instinto de supervivencia, la idea de huir rápidamente a un lugar seguro. Pero, en el interior de Susana, el *"homo sapiens"* pudo mucho mas sobre su *"primate homínido"*, con lo que su neocortex pudo ganar la batalla contra las tiránicas demandas de su sistema límbico y de su corteza reptiliana, por lo que de este modo, consiguió librarse de ese inmanente miedo a la oscuridad y que todos los seres humanos cargan sobre sus evolucionados cerebros. Enseguida, procedió a caminar hacia ella, en dirección a las enormes puertas corredizas de metal, parcialmente oxidadas debido al paso del tiempo y el desuso. El propio abismo dantesco se le acerca cada vez más y más. Y en este caso, ningún trance arquitectónico capturó su capacidad de asombro, debido a que su instinto de supervivencia, tiene en estos momentos, la supremacía del control. Y justo antes de llegar a la entrada, rápidamente mira hacia atrás y hacia cada lado, como verificando que ningún peligro la acechara. Cuando mira hacia arriba de los portones, justo debajo de su techo piramidal, se deja ver una borrosa frase que reza lo siguiente: *"Hangar 13"*.

—¿Héctor? —esbozó mientras bajaba su vista y luego su cabeza.

Solo un gran eco reverberó por entre la oscuridad del edificio.

Y luego un silencio total fue la única respuesta.

—¡¿Héctor?!... ¡soy Susana!... ¿donde estás?

Mas ecos se generan y confunden entre si, gracias a las múltiples palabras pronunciadas por ella.

Y en ese mismísimo instante, justo antes de internarse en la oscuridad del edificio, y al ir ingresando por entre las dos puertas entreabiertas, algo inesperado la sobresalta de tal forma, que Susana dejó escapar desde sus cuerdas vocales, un inconsciente y aterrador grito. Su celular resonó nuevamente mediante el ringtone que se corresponde con un mensaje de texto entrante, el cual, al abrirlo, le expresa lo siguiente:

"Hola Su

Llegaste, al fin. Te oí llamarme. No digas mi nombre por favor! Ingresa al hangar y luego de pasar la oficina de ingreso, encontrarás una puerta en el fondo, a unos 6 metros. Cuando traspases esa puerta, gira hacia la derecha 90°. Camina unos veinte pasos con la pantalla de tu celular encendida. Yo encenderé la del mío ya que estaremos a oscuras. Te espero!

H."

Con este mensaje, leído por Susana que ahora se halla detenida entre las dos puertas de entrada al hangar número trece, pudo tranquilizar su mente y eliminar parte de sus miedos, por lo que, aunque titubeando un poco, se dispuso a sumergir su ser en ese mar de oscuridad y silencio.

Un olor húmedo y a la vez mezclado con lo que parece ser un hedor a óxido de hierro, penetró por los orificios nasales de Susana con lo que pensó para sus adentros:

–Pobre Héctor... lo que tiene que estar aguantando... bueno espero que no sea por mucho tiempo y al fin pueda dejar de esconderse.

En seguida traspasó los límites de los portones, luego la pequeña oficina y después la portezuela final, y como una fiel semejanza a dos mundos antagónicos; uno lleno de luz y el otro dominado por la oscuridad, uno dotado de total libertad de movimiento y el otro caracterizado por la imposibilidad lóbrega de accionar dentro de él, uno representado por la bondad y el otro... por la maldad. Luz y oscuridad, únicamente separadas por medio de un estrecho límite material, y por el cual Susana acaba de pasar.

– "*Intermundos*", recordó Susana.

Al segundo paso que dio, luego de la portezuela, viró hacia la derecha en lo que para ella fueron unos noventa grados, y se dispuso a caminar los veinte pasos que le indicó Héctor, manteniendo todo el tiempo la pantalla de su celular encendida en dirección contraria a ella. Aunque, mientras se sucedían los pasos, no podía divisar la pantalla del celular de Héctor, y tampoco quería gritar su nombre, ya que no están en condiciones de delatar sus presencias.

Los pasos se continúan sucediéndose lentamente, pero sin pausa. Cinco pasos más, y ni una pantalla de celular se iluminó delante de ella. Otros cinco pasos más allá, pero la oscuridad persiste en no ser quebrantada por la tan esperada pantalla del celular de Héctor, con lo que, de una manera instintiva, Susana aminoró su marcha y agudizó sus sentidos. Ninguna luz de parte de Héctor se hace visible. Entre la total oscuridad, solo la luz de su celular resplandece en ese mundo oscuro y silencioso. Únicamente escucha los latidos de su propio corazón al compás de sus pasos lentos y precavidos. Tres pasos mas... y nada... dos mas... y nada. Ya se encontraba solamente a unos cinco pasos de donde debería estar Héctor, con lo que Susana, sin dudarlo ni un instante mas, apagó su celular y se dispuso a correr vertiginosamente hacia su izquierda, hacia el propio interior de ese mundo en total oscuridad. En el momento antes de decidir a escapar de su posición anterior, se dio cuenta de que aquello era un engaño. Además no decidió dirigirse en el sentido contrario a su ingreso en razón de que había escuchado unos pequeños crujidos detrás de ella.

Y si Héctor no es el que la espera allí, ¿Quién será entonces?

Agradeció a la Providencia de que había decidido llevar zapatillas deportivas y muy cómodas, las que entonaban muy bien con su pantalón jean azul oscuro y una especie de suéter blanco, de hilo, tejido por las propias manos de su madre, hace varios años atrás.

Solo corre y corre ciegamente hacia delante, hacia la nada misma, hasta que algo grotesco se interpuso entre ella... y las propias estrellas. Una especie de aparato metálico muy duro y polvoriento al tacto fue la que detuvo violentamente su audaz huida. Susana, después del gran encontronazo, rebotó en seco para desplomarse luego, sobre el piso, como un peso muerto, demasiado aturdida y lastimada, debido a que el choque, le sucedió con mucha fuerza y su cabeza recibió parte de aquél golpe. Las estrellas en su cabeza, siguieron por un rato más.

Pero a medida que va recobrando el conocimiento, siente como unos pasos apurados se hacen cada vez más evidentes, como si se dirigieran claramente hacia donde ella se encuentra. Y ya que los dolores y las estrellas todavía no se le habían disipado como para poder pararse y tomar otro rumbo, intenta quedarse inmóvil y en total silencio para no atraer a quien quiera que esté cerca de ella. Entonces, luego de unos segundos, los pasos que venían hacia ella, se detuvieron, y el silencio pasó a ser un *"ensordecedor"* espanto, respecto del cual, Susana ya se encuentra irremediablemente presa.

La ingeniera de ANNON, todavía tirada en el piso, dolorida, con la rara sensación de que un líquido le corre desde la frente hasta su oído derecho… ¿sangre?, y aunque mucho más lúcida que hace unos momentos atrás, no se digna a mover ni un solo músculo. Inmovilizada por unos instantes, no le queda más remedio que agudizar el sentido de la audición para percibir cualquier peligro cercano. Pero… solo la negrura absoluta la rodea por completo y ningún sonido es percibido por sus oídos, hasta que… inesperada y absolutamente inoportuno para ese minuto, resuena su celular por medio del mismo ringtone que se hizo sentir en el mensaje que presupuestamente provino de Héctor al momento que ella se encontraba en la entrada al hangar. Luego, y a la velocidad de un rayo, Susana apaga el aviso sonoro y recuesta la pantalla de su celular sobre su estómago, para que el ser que la persigue no escuche el sonido ni vea la luz, y de ese modo no le sea fácil localizarla… o mejor dicho, que le sea lo mas difícil posible. Entonces, y como sacando fuerzas de donde no existen y haciendo caso omiso a los dolores varios que esta sintiendo cada vez mas sobre su cuerpo, se levanta, lenta y sigilosamente, con los brazos y piernas bien separados como para no emitir ninguna clase de ruido con la ropa. Luego, estando parada, escucha… y nada.

—¿Habrá desistido? —se pregunta para si misma y solo con el pensamiento.

—Veré quien me envió el mensaje —piensa Susana de nuevo, después de unos eternos minutos, por lo que separa su celular unos pocos centímetros de su estómago, manteniendo apoyada solamente la base de aquel, verifica el último mensaje, lo abre, y lo que leyó le congeló la sangre, le destrozó los nervios de su estómago, le erizó los pelos de la nuca y la carne de gallina se hizo sentir en todo su cuerpo. Después de leer el mensaje, directamente decidió apagar su celular para no recibir nada más... ni mensajes, ni llamadas.

Lo que Susana leyó desde su perspectiva un tanto isométrica –como la que utilizan algunos juegos electrónicos– en la pantalla de su smartphone, fue lo siguiente:

"Ahora serán dos."

En seguida, levantó su cabeza como para pensar que hacer ante esa rara frase, pero unos brazos enormes y fuertes la agarraron por detrás. Uno pasó por entre su cuello y pecho y el otro por su bajo abdomen. Una fuerza sobrehumana logró retener a Susana Palacios, mientras sus gritos de dolor, debido al golpazo de recién y a la acción de aquellos poderosos brazos, resuenan en toda la estructura del hangar número trece.

–¡Déjame!... ¡maldito!… ¡¿quién mierda eres?! –exclamó Susana con un inesperado ataque de ira en sus palabras, al mismo instante que daba patadas hacia atrás como para despegarse de ese monstruoso ser que la había sujetado contra su corpulenta presencia.

–Para ti… Susana Palacios… soy Melek Taws –responde desde la total oscuridad una voz ronca y a la vez susurrante; y a solo un centímetro de distancia del oído izquierdo de ella.

–¡Que me importa como te llamas maldito!... ¡¿qué es lo que quieres de mi?!

–¡Que te duermas! –le dijo la voz con el mismo tono bajo que antes, con lo que de inmediato, y valiéndose la mano del brazo que Melek mantiene debajo del cuello de Susana, rápidamente le coloca una tela humedecida con un líquido raro tapando su nariz y su boca. En segundos, Susana no generó más resistencia, debido a que Melek le había hecho aspirar un paño empapado con cloroformo con el solo objetivo de dormirla y poder llevársela sin molestas resistencias, de la misma manera que lo hizo con Héctor Ayala, nada más que esta vez, no quería hacerlo con un golpe.

El triclorometano o cloroformo, es utilizado para inducir un sueño ficticio, ya que aquí, no se dan las clásicas etapas del sueño como son, en este orden: las fases del sueño ligero, las ondas lentas bifásicas, la actividad *delta* de amplitud elevada y por último la fase de mayor profundidad en el sueño, que es la denominada de movimientos oculares rápidos o REM por sus siglas en inglés. El cloroformo además, es frecuentemente utilizado como solvente. Y en la biología molecular se lo requiere para diferentes procesos, como la extracción de, nada mas ni nada menos, que el ADN. Y como si esto fuera poco, también es usado durante el transcurso de adherencia por parte de las muestras histológicas post mortem.

Asimismo presenta una singular peculiaridad, y que es la de permitir "*saborear colores*", debido a que los colores reales se consiguen *"paladear"* gracias a una disrupción electroquímica entre unas neuronas llamadas sensitivas, ubicadas tanto en el quinto par craneal como en el segundo par, lo cual concibe la extraña impresión de estar lisa y llanamente, *"degustando los colores"*. Esto se debe a que dichos nervios gozan de la utilización de los mismos *"núcleos cerebrales"*, y de una manera muy enérgica, son estimulados cuando el cloroformo entra en contacto con ellos.

¿Las charlas de Héctor hacia Melek, estarán siendo efectivas, como para hacer que Taws se compadezca ante el sexo femenino?

No obstante, Susana Palacios, acaba de desaparecer de la faz de la tierra… de su tan preciada tierra colmada de iluminación.

Capítulo 42.

Eduardo y María rosa, están casi a los pies del monumental altar dorado de la Catedral de la Ciudad. Las dos filas de bancos del cuerpo central ya quedaron detrás de ellos. Solo se dignaron a observar el grandioso altar totalmente dorado, de unos quince metros de alto por unos diez de largo. El altar es una grandiosa muestra de esculturas empotradas en dieciocho cavidades rectangulares especialmente diseñadas. Dichas esculturas hacen referencia a los doce apóstoles, de los cuales, seis se hallan perfectamente ubicados a la izquierda del especial centro destinado para representar la crucifixión de Jesús, y los otros seis a la derecha. Incluso, entremedio de cada grupo de los seis apóstoles dispuestos en dos columnas de a tres, se hallan, en similares bóvedas rectangulares, variadas esculturas representando a diversos pasajes bíblicos. Lo mismo sucede a ambos lados del bloque central dedicado a la crucifixión. Y por supuesto, cada bóveda rectangular es adornada al estilo Gótico, por medio de sendas columnas y vértices, como sosteniéndose entre sí, para luego terminar conformando, como un gran "*todo*" mucho mayor que la suma de sus partes, el resplandeciente y magnánimo altar Gótico.

En la base del altar y hacia la dirección de sus feligreses, se despliega, en el centro del suelo más alto, desde la perspectiva de los bancos, una gran mesa construida con madera de roble y revestida con diferentes figuras góticas doradas, en todos sus lados. Solo en la superficie de esta, resplandece un mármol blanco proveniente de las canteras de Carrara, en Italia.

–Eduardo… no olvidemos a lo que vinimos aquí, y… recuerda que tenemos una mente menos, por lo que pongámonos a buscar lo que vinimos a… buscar –le dijo María Rosa a Eduardo, quienes todavía no han comenzado la búsqueda y terminan de darle la espalda al altar para contemplar, en toda su dimensión, la grandiosidad de tan bella estructura catedralicia.

–Si, si, tienes razón María, es que, esta catedral es realmente alucinante –respondió él con un tono de sorpresa.

–Okay, empecemos –retomó María Rosa– y como para recordar, debemos encontrar algo que está debajo de otro algo con características rígidas y que lo podremos decodificar utilizando el número seiscientos diecisiete… ¿estas de acuerdo Edu? –finalizó.

–Totalmente de acuerdo, y todo lo demás, como por ejemplo la frase "*darás en cátedra*", "*un sucesor después de doce*", "*manto sagrado*", etcétera, quedaron comprobadas desde la propia entrada a la cátedra o catedral, ya que, como recordarás, en el acceso, del lado exterior, nos dieron la bienvenida los doce apóstoles... pero... ahora... ¿qué es lo que podrá tener el número cien en una catedral? –expuso y luego preguntó Eduardo.

–Y solo ese nos escuchará, expresaba una parte del enigma –dijo María Rosa.

–Exacto María... pero... ¿que podemos ver aquí... cien veces o que tenga un número cien?... y esto me hace recordar algo –dice Eduardo colocándose el dedo índice sobre su barbilla.

–¿Qué recuerdas Eduardo? –preguntó María Rosa.

–Que el número cien, también se lo utiliza, y de una manera coloquial, para indicar la abundancia de algo, y en este caso se usa la palabra *"cientos"*, en lugar de cien... pero pienso yo que nos querrá decir que hay abundancia sobre lo que luego debemos buscar... y... que además, hay cien... no se, ¿qué te parece María? –reflexionó Eduardo.

–Me parece muy lógico lo que indicas... y si hablamos de abundancia de algo, quiere decir que hay varias veces, en este caso cien, repeticiones de algo, y... ahora que lo digo... lo tenemos frente a nuestros ojos Eduardo –agregó María.

–¡Los bancos María!... excelente, lo tenemos... busquemos ahora el número cien... y fijémonos si tienen numeraciones impresas a los lados, comúnmente los tienen allí –se impresionó y respondió Eduardo.

–Okay Eduardo, y si te parece tomemos la fila izquierda, en donde yo me fijo de un lado y tu del otro... el que encuentra la numeración hace una seña de mano… ¿te parece? –propuso María Rosa.

–Me parece perfecto –respondió Eduardo.

Los dos comenzaron su recorrido a cada lado de una de las dos filas de los bancos. No pasaron siquiera dos bancos, que María Rosa, le hace a Eduardo, la seña pactada, por lo que él, se dirige rápidamente hacia donde está ella por entremedio de dos bancos. Cuando llega, María lo mira y a la vez apunta con su dedo índice hacia el costado medio del primer banco, en el cual, y al igual que todos los sucesivos, se deja ver una especie de sello en un bajorrelieve con el número del banco. El número de ese banco era el cincuenta y uno, por lo que rápidamente se dieron cuenta que el banco buscado se encuentra al final de esa misma fila, o sea, muy cerca de la entrada a la catedral.

Sin siquiera vacilarlo un segundo, decidieron dirigirse hacia el que sería el banco número cien. Luego de caminar unos quince segundos llegan al último banco y lo primero que hacen es ver en su costado, justo en el medio, a la altura del asiento, el mismo estilo de sello en bajorrelieve con el número que esperaban ver: el cien.

A partir de aquí sus ojos desorbitados y sus pulsos acelerados, denotaron dos almas presas por la impaciencia, la incertidumbre y la ansiedad.

–Recordemos María, la frase, *"debajo de su rígido manto sagrado hallarás la verdad"*… o sea que este banco número cien debería tener lo que buscamos, colocado debajo de esa gran tabla que forma el asiento… ¿te parece María? –concluyó Eduardo.

–Me parece muy acertado y esa verdad la decodificaremos con el número seiscientos diecisiete... ¿no? –repasó María Rosa.

–¡Exacto! –exclamó Eduardo.

Por lo que Eduardo, en el mismísimo momento en que respondió esa palabra, no dudó en agacharse discretamente y mirar por debajo del banco. Cuando comenzó a ver debajo de este, lo que vio, lo dejó temporalmente paralizado y solo atinó desde el suelo, a darle una callada mirada enigmática a su compañera de la red ANNON.

Capítulo 43.

–¡Lo encontramos! –exclamó Eduardo en voz baja.

–¡¿Qué es?! –preguntó María Rosa, a la vez que se agacha colocando ambas manos sobre sus muslos.

–Es una caja metálica con una especie de botones de color blanco y con sus números en rojo, pero… no la puedo sacar, ¡está fuertemente adherida a la madera! –exclama Eduardo desde debajo de la gruesa tabla del asiento correspondiente al banco número cien.

–¡Apúrate!, alguien de la iglesia se acerca –le susurró María Rosa

Justo en esos momentos, un hombre muy mayor, de unos setenta y pico de años, calvo, ojos celestes, dotado de una gran contextura corporal y bastante alto, se les acerca lentamente por el mismo lugar que utilizaron ellos para llegar hasta allí desde el altar. Este septuagenario, quien los mira fija pero pacientemente, viene vestido con una túnica de color blanco, denominada *"Alba"* que en latín, justamente quiere decir *"blanca"* y sujetada por la cintura, a modo de estrecho cinturón, por medio del *"Cíngulo"*, que del latín simboliza *"ceñir"*. Por encima de esta vestidura blanca, sobre los hombros trae otra más de color morado, como si fuera una gran capa, llamada *"Casulla"* que en latín representa el significado de una *"casa pequeña o tienda"*. Pero, como todavía no comienza la celebración de la liturgia, no trae la *"Mitra"* colocada sobre su cabeza.

–¡No trates de sacarlo Eduardo, solo ingresa la clave por medio del teclado! –inquirió nuevamente María.

–Okay, okay… ya lo estoy haciendo… seis… uno… siete… ya está –dijo Eduardo al momento de finalizar el ingreso de la clave.

Y sin siquiera pasar unas décimas de segundo, cuando Eduardo presionó el último número, se escuchó, proveniente de la caja, una especie de chasquido, junto con abrirse parcialmente la tapa en la que también se halla el teclado numérico.

Eduardo, no dudó en abrir un poco mas dicha tapa entreabierta, hasta que desde adentro de la caja cayó una especie de pergamino de papel marrón, tipo papel madera moderno, atado con una cinta de tela de color rojo. En un instante lo tomó, se paró y cuando se dispuso a extraerle su atadura, el hombre septuagenario ya se encontraba a solo unos dos metros de ellos. Solo atinaron a quedarse inmóviles y a mirarlo casi de reojo. Lo que este hombre les dijo les hizo volver sus respectivas almas a sus fatigados cuerpos.

–Buenas tardes chicos, mi nombre es Juan José Cardinalli, soy el obispo de esta casa de Dios, veo que han hallado algo debajo de ese banco –se presentó y a la vez opinó el hombre.

Tanto Eduardo, como María Rosa, continuaron sin moverse y sin esgrimir ninguna palabra, debido a que no entendían a lo que quería apuntar el obispo con sus tranquilas palabras.

–Chicos, chicos, no se asusten, soy un hombre al servicio de Dios, pero también, al servicio de sus fieles, por lo que los debo felicitar –expresó el obispo Juan.

–¿Felicitar? –dijo Eduardo por lo bajo.

–Si, los felicito, de corazón… y en nombre del Altísimo Señor Jesucristo, les doy las bendiciones para que sus mentes y sus cuerpos continúen como hasta ahora –consagró el obispo junto con hacer la señal de la cruz, con su clásica forma triangular, por medio de su mano derecha frente a su pecho y con los dedos índice y mayor, apuntando hacia arriba.

–Discúlpeme usted, señor obispo, pero no lo entiendo… ¿por qué nos felicita? –expresa nuevamente Eduardo. María Rosa continúa callada.

–¿Por qué?, bueno… porque han logrado llegar hasta aquí, y además porque han hallado lo que con tanto esfuerzo, el señor y buen amigo, Héctor Ayala, tuvo que idear, organizar e informar, con el objetivo de detener al virus que está diezmando a su red… de nuevo mis felicitaciones… y, si bien yo, particularmente no sabía de la ubicación del rollo, sí tenía conocimiento de que se encontraba dentro de esta catedral... y... déjenme decirles algo mas... lo que contiene ese rollo, es su pasaporte a la Libertad y a la Independencia... protéjanlo con sus propias vidas... y resuélvanlo con sus mentes privilegiadas, que muy bien se que poseen... y además, deben saber, que *"La Libertad y la Independencia, siempre fueron rescritas con letras de sangre sobre las almas de unos pocos, pero quienes, calladamente, dieron sus vidas... por muchos"*... solo tienen que recordar la Pasión de un hombre llamado Jesús... no lo olviden nunca – terminó de decirles el obispo Juan.

Nuevamente, tanto María, como Eduardo, no terminaban de asombrarse con la presencia del obispo y con todo lo demás que les dijo y también sobre lo que sabía respecto de Héctor y de su trabajo acerca de los enigmas. Fue una gran sorpresa.

–Muchas gracias señor obispo, lo haremos –pronunció María Rosa por primera vez desde la presencia de aquel.

–Sus palabras me han dado paz y han aumentado mis expectativas respecto de lo que tengo en mis manos... muchas gracias señor obispo –terminó diciendo Eduardo.

–Llámenme Juan por favor –les dijo el obispo al mismo momento que se dio vuelta y retornó por donde había venido.

Los dos lo saludaron por última vez. María rosa le expresó unas palabras de agradecimiento y luego lo hizo Eduardo junto con levantar su mano derecha, la que tenía el rollo, para saludarlo. Y antes de bajar esa mano, la deja a la altura de su hombro, como un saludo eterno, pero en este caso, el centro de atención pasó a ser el rollo que mantiene en dicha mano. Inmediatamente la bajó, no dudó ni un segundo más, lo despojó de sus rojas ataduras de tela, lo desplegó y lo que vieron ambos frente a sus ojos, fue el último enigma en todo su misterioso esplendor:

"ORION ES EL OJO DE LA CERRADURA
EN LA PUERTA ENTRE VUESTRO DESTINO.
SOLO PI Y RA OS DARÁN LA LLAVE.
MIDE VEINTIDOS POSTES EN SIETE HILERAS,
Y MAGDALA OS SEÑALARÁ EL LUGAR.
DESDE ESE LUGAR, EN SU INICIO DE 40°
PENDERÁ LA PALABRA, POR SOBRE 30
HILERAS. Y DESDE SUS VERTICES DE 70°,
ENCONTRARÁN PERSPECTIVA. A PARTIR DE
DOS HILERAS MÁS ARRIBA, Y DESDE PI, OTRA
VEZ SE REPETIRÁ.
CADA VÉRTICE MARCARÁ LO
REEMPLAZABLE (F8 6C 54 B1 1C F0) EN TODAS
SUS CONFLUENCIAS, Y SUMADO AL BAJO
VÉRTICE ERGUIDO DE LA PALABRA,
ARRINCONARÁN A LA PESTE.

LA .BASE. DE LA PALABRA PREVALECERÁ
ANTE EL .PINÁCULO."

Y al pie de este extraño enigma, se detalla el siguiente texto, el que parece referirse a un nombre de un programa de computadora:

"UDecompiler.exe c:\command.exe"

Es obvio que, de ahora en más, todavía tienen mucho por hacer.

Capítulo 44.

Al momento en que María Rosa y Eduardo se sientan en ese mismo banco número cien, ingresa por la gran puerta central un hombre muy alto, bastante corpulento, con cabello corto de color negro y tez blanca, el cual se detuvo justo antes de las dos grandes filas de bancos, para observar con detenimiento, toda la catedral de lado a lado y de principio a fin. El hombre por medio de su actitud curiosa, aparentemente busca a alguien o a algo, pensaban, tanto Eduardo como María Rosa. Al instante en que el recién ingresado llega con su *"escaneo visual"* al lugar en donde se encuentran Eduardo y María Rosa, queda mirándolos por un momento, con una instintiva gesticulación algo dubitativa, para luego apartar la vista hacia adelante, aunque ahora, dotado de un semblante pensativo; frunciendo su ceño, presionando sus mandíbulas y estirando un poco sus dos labios cerrados; y como si la primera observación no hubiera sido suficiente, el hombre vuelve a mirarlos, pero esta vez con cara de conocimiento, debido a que Susana le había contado quienes estarían con ella en la catedral, pero además, porque en ese momento, no había allí ninguna otra pareja de ese estilo, y además, que esté totalmente abstraída de a lo que se suele acudir allí, o sea, al acto litúrgico o comúnmente denominado misa, a rezar, etcétera, etcétera. Solamente que… faltaba alguien en ese grupo… faltaba Susana.

Lentamente, el recién llegado enfila hacia donde están María Rosa y Eduardo quienes comenzaron a mirarlo con un poco de desconfianza, debido a que recordaban lo que le había pasado a Héctor… y esperan con ansias que Susana se encuentre bien.

El hombre llega por detrás del banco, justo antes de donde se encuentran sentados los colegas y amigos de la red de activistas ANNON, los mira y les pregunta, por medio de una voz muy amable:

–Buenas tarde, disculpen que los moleste… ¿María Rosa y Eduardo… puede ser? –les dijo a la vez que los señalaba a ambos con su dedo índice.

–¿Como?, ¿a quien busca señor? –Le contesta Eduardo, dudando de quien podía llegar a ser este desconocido.

–Perdón, disculpen mi atrevimiento, olvidé presentarme, mi nombre es Carlos Di Stéfano y estoy buscando a tres personas muy inteligentes… y… una de ellas es mi esposa… se llama Susana… y… ¿ustedes son…? –se presenta Carlos nuevamente.

–Eduardo, como usted muy bien lo dijo recién.

–Y… yo… como ya lo sabe, me llamo María Rosa.

–Ahora si, mucho gusto María y Eduardo, y... ¿mi señora esposa donde se encuentra? –preguntó Carlos junto con mirar nuevamente para todos lados.

Los dos no sabían como empezar a explicarle, pero Eduardo se animó.

–A... Susana la llamó Héctor, justo cuando estábamos por ingresar a la catedral –le contó Eduardo.

–¡¿La llamó Héctor?!, pero... ¿no es que él se encuentra desaparecido en estos momentos? –respondió Carlos.

–Si, si... o... no... va... creemos que ahora no, ya que... le dijo a Susana, por medio de un mensaje de texto proveniente de su ¡propio celular!, que lo encuentre en el hangar número trece del puerto abandonado –se expresó con cautela Eduardo.

–¿Y ella está allí ahora? –preguntó Carlos.

–Si, hace poco menos de una hora que se fue para allí, y le soy sincero Carlos, nos arrepentimos de haberla dejado ir –termina diciendo Eduardo.

–¡Pero si!... me doy cuenta de ello, ya que un mensaje proveniente del celular de Héctor, no valida de que ese mensaje haya sido escrito por el propio Héctor... y... ¿qué decía el mensaje? –exclamó y después preguntó Carlos.

–El mensaje solo decía que vaya al hangar número trece del puerto abandonado y que allí le daría una información que omitió darle días atrás para detener al virus –le explicó Eduardo.

María Rosa, solo los mira muy callada. Ella se imagina que si se mete en esa charla le iba a pasar como cuando un león perteneciente a una manada se quiere meter en otra... por lo menos, es lo que ella presiente. Posiblemente sean mansitos, se decía por sus adentros… pero por las dudas no lo intenta.

Carlos, los rodea por detrás, camina hasta el asiento número noventa y nueve, se sienta al comienzo de este, para luego colocarse de costado, sobreponer su brazo izquierdo sobre la parte superior del respaldo y por último enfocar su cara hacia atrás, hacia Eduardo y María Rosa.

–Y por lo visto Susana fue, ¿no? –inquirió Carlos.

–Si, se fue… aunque los dos tratamos de que no fuera, ya que no confiamos mucho en ese mensaje de Héctor pero… no tuvimos suerte –respondió Eduardo.

Inmediatamente Carlos extrae su celular del estuche, le indica por medio de su voz, la palabra: *"Susana"*, de modo de que el aparato marque el número del celular de ella, se lo coloca en el oído y procede a escuchar.

Los tonos de llamada se suceden uno tras otro, los tres están inmóviles, sentados en los últimos dos bancos de la catedral, hasta que, de pronto, los tonos de la llamada se interrumpieron, como si alguien hubiera contestado. Carlos, enseguida pronunció el nombre de su esposa, visiblemente entusiasmado, debido a que habían atendido su teléfono, pero lo que escuchó del otro lado, lo paralizó por completo.

Carlos, con su otra mano izquierda, se agarró muy fuerte del respaldo del banco, giró su cabeza y su torso de modo tal que quedó perpendicular a Eduardo y María Rosa, entreabrió su boca, y solo dignó a esbozar un tenue y quebradizo: *"¡¿que?!"*.

La voz del otro lado es un tanto ronca, de un tono bajo y como si hablara entre sollozos. Lo que le expresó fue lo siguiente:

"Ayúdame... y... la ayudarás a ella... y... espera
allí un mensaje desde este... celular. Y... no hagas
nada estúpido... Carlos."

Luego se cortó la comunicación.

Sin dudarlo un segundo, Carlos Di Stéfano da aviso a la policía local sobre la desaparición de su esposa Susana Palacios, dándole detalles precisos de todo lo sucedido y del mensaje que le transmitió esa horripilante voz. El que estaba del otro lado del teléfono era el Inspector en Jefe, Sergio Vera.

También, el Jefe del Área de Seguridad de Delitos Cibernéticos de la Agencia Central de Inteligencia, Esteban De la Cuadra, fue debidamente puesto al tanto, por parte de Carlos Di Stéfano, respecto de esta triste noticia.

La peor de las pesadillas de Carlos se comienza a materializar en su propia vida real... y en la de Susana Palacios.

Capítulo 45.

–Hola, señor Presidente, ¿Cómo se encuentra hoy?... ¿a que se debe su grato llamado por esta línea presidencial? – responde el director de la Agencia de Seguridad Nacional Edgard Peláez.

–Edgard, no voy a andar con vueltas... ya me conoces... por lo que voy a ir directamente al grano, y te ordeno que tus respuestas sean de la misma forma... ¿nos entendemos Edgard? – inquiere el presidente Arturo José Irarrázabal.

–Si, si, si... si, señor presidente, no se preocupe, ¿que necesita saber? –responde y a la vez pregunta el director.

–No, no necesito saber, Edgard... ¡y ya deja de tutearme!... solamente, ¡quiero saber!... y lo que quiero saber es, ¿porqué diste la orden de liberar a la red Internet, un virus diseñado para el espionaje digital, sobre la red ANNON y para el

robo de información financiera, sobre la Bolsa de Comercio?...
y... Edgard, espero una respuesta convincente de tu parte.

–Discúlpame Arturo... tú... tú, sabes muy bien como soy
yo... nos conocemos hace muchos años, hemos trabajado juntos
en... en, un sinfín de proyectos, programas, propuestas para las
cámaras, y... un gran etcétera, por lo que tu pregunta me deja
helado, y... además, he percibido un tono de desconfianza en tus
palabras... y, asimismo, si es realmente eso que me dices, lo que
está sucediendo con el virus, me termino de enterar con tus
palabras... la verdad que nadie me avisó ni me informó de un
tema así, ni siquiera, parecido al que me dices... pero... pero,
quédate tranquilo Arturo que voy a pedir explicaciones... ¡mejor
dicho!, voy a hacer unas investigaciones a través de asuntos
internos... y... Arturo, ¿cómo sabes... perdón, como te enteraste
de que un virus está haciendo lo que dices? –le respondió y
preguntó Edgard Peláez.

–Edgard, como ya te habrás dado cuenta, la seguridad
nacional está en jaque, así que, ¡hoy quiero respuestas! –le ordenó
el presidente de la nación al Director de la Agencia de Seguridad
Nacional, a quien luego le cortó la comunicación, como dejando
sobre las espaldas de Edgard Peláez, la gran responsabilidad de
responder sobre este gran agujero negro en la seguridad nacional
del país.

–Arturo... ¡Arturo!... ¿Arturo?... señor presidente ¿esta
usted allí?... ¡maldito infeliz!, me cortó... pero ya me las
arreglaré, yo no voy a quedar pegado en esto –y después que
Edgard Peláez cuelga su teléfono, piensa lo siguiente: –debo

reunirme con Marcos Zambrana y con el maldito Melek que no consigue ningún resultado... ¡se le está pagando por nada a cambio!... ¡maldito Melek! —a lo que inmediatamente Edgard Peláez como Director de la Agencia de Seguridad Nacional, llama al Director de la Agencia Central de Inteligencia, Marcos Zambrana, uno mas en *"esto"*, en conferencia segura con Melek Taws para hacer un encuentro tripartito en el lugar del secuestro, ya que todo este asunto debe terminar ya, de una u otra manera, pensaba Edgard Peláez.

—No puedo creer que el maldito presidente sepa de esto, me quitaste el puesto por el que tanto trabajé toda mi vida y ahora me vas a quitar... ¡esto!... ¡no te lo permitiré Arturo!... no serás mi verdugo —se dice para si mismo el director de la Agencia de Seguridad, luego de su infartante charla con el presidente pidiéndole explicaciones de algo que no se esperaba que le pidieran... y menos que menos... que fuera el mismísimo presidente.

A Edgard, de ahora en más, no solo le queda acelerar todo su proceso de corrupción, sino que también, se le dibujó un gran interrogante sobre sus hombros, los cuales los tiene bastante debilitados, el cual, aquel, gira sin cesar... ese gran signo de pregunta representa una de las mas grandes dudas que se le han presentado en toda su vida... y esa duda es:

¿Cómo se enteró el presidente de la nación respecto el virus?

Capítulo 46.

El teléfono celular de Melek Taws se hace oír casi en todo el complejo subterráneo. Un llamado privado se visualiza en su pantalla.

—Dime Ed… ¡que quieres ahora! —responde Melek.

—¿Tienes la otra persona? —pregunta Edgard Peláez.

—Por supuesto que si, señor rico Ed… ¿qué clase de profesional crees que soy? —ironizó Melek.

—¡No digas mi nombre Melek, maldito infeliz! —respondió enfurecido el director de la Agencia de Seguridad Nacional.

—¡¿Como?!... tu puedes decir mi nombre y yo no puedo decir el tuyo ¡Edgard!... ¿cómo es esto… a que jugamos?, estas conexiones… ¿no eran seguras? —le dice Melek Taws.

—Por supuesto que son seguras pero… —responde Edgard, aunque sin poder continuar ya que Melek lo interrumpe.

–Entonces de que te preocupas Ed –le expresó Melek.

–De… de… nada, nada, okay, okay… además Melek no es tu verdadero nombre ¿no?, y, ¿tienes a la chica como te pedí? –responde Edgard un tanto dubitativo y a la vez que cuestiona.

–Si, la tengo… los dos están atados frente a frente, cuando ella despierte, o bien él la pueda ver… y hasta ahora no me decido quién lo hará primero… tendrán que comenzar a hablar –respondió el verdugo.

–Okay… y… tenemos un grave problema Melek –le dice Edgard provisto con un tono de preocupación, a lo que continúa diciendo –el presidente Arturo me llamó hace unos momentos para pedirme explicaciones sobre un supuesto virus que salió a la luz desde mi agencia y que está dirigido a dos objetivos… ¿tu no tienes nada que ver en esto no Melek? –inquiere el director.

–¡¿Que?!... ¿el presidente se enteró de tu plan? –responde el maleante, muy sorprendido respecto de la noticia.

–¡Nuestro plan!, querrás decir Taws, y la otra parte ya está al tanto de, ¡de esta mierda de noticia! –agrega el director nombrando al tercer involucrado.

–Okay, y… no soy parte de tu plan, solo soy un instrumento… y no, ¡no Edgard!... no me quieras meter en tus malditas acciones de corrupción… deshonras a tu propio país, al país al que deberías servir… ¡yo solo te he vendido un servicio! –responde un tanto alterado debido a la noticia y al intento de repartir responsabilidades en caso de que el plan falle.

–Y eso, ¡¿no te convierte en parte activa de mi plan entonces?!... ¡dímelo Melek!... ¡dímelo!, y además, ahora quien eres, te desconozco... ¿eres Melek Taws? o, ¿eres la Madre Teresa?... ¿qué es eso de, deshonras... deberías servir...?... veo que has cambiado un poco... ¡mantente a raya Melek o lo pagarás caro! –preguntó y a la vez amenazó el director Edgard.

–Yo siempre seré el mismo Ed, tal como me conoces, gracias a que unos perversos me crearon así desde niño, y por desventura, seguiré siendo tan maldito como ellos, el resto de mi vida... pero, siempre... ¡seré el mismo!... en cambio, tu Edgard, te has criado entre algodones y ángeles, y ahora te has traicionado a ti mismo y a tu país... y porqué no decirlo... al mundo entero... ¡tu has cambiado Ed!, y lo que me diferencia de ti, es que yo, ¡¡¡siempre seré el mismo!!!... tu has cambiado de bien para mal, pero yo no puedo cambiar de mal para mal... ¿entiendes esa diferencia señor rico? –sorprendentemente comparó Melek.

–Basta de estupideces Melek... solo prepárate para una visita de nuestra parte a tus instalaciones... y, te aviso que la otra parte está escuchándonos... estamos en conferencia segura con él –le dijo.

–¡No!... ¿es otro mas que deshonra a su país y a si mismo?... pero ¡¿esto que es, una enfermedad contagiosa?! –respondió nuevamente Melek con ironía.

–Solo son negocios, amigo mío –habló y se agregó a la charla el tercer personaje.

–No soy tu amigo, y solo dime que es lo que van a hacer y corten... esta maldita comunicación me está poniendo muy nervioso –apuró la charla Melek.

–En dos horas como máximo estamos allí, Melek mi amigo… ¡esto se debe resolver hoy!, ¿lo entiendes? –agregó el invitado.

–Okay, ¡los esperamos!, y, como sabrán… Héctor y Susana… ya están sentados a la mesa.

Pero, hubo algo o alguien más en esa comunicación, que ninguna de esas tres almas oscuras percibieron e imaginaron en lo más mínimo.

Capítulo 47.

El último enigma proporcionado por Héctor Ayala, y que actualmente está en las manos muy solventes de Eduardo, María Rosa y Carlos, expresa lo siguiente:

"ORION ES EL OJO DE LA CERRADURA
EN LA PUERTA ENTRE VUESTRO DESTINO.
SOLO PI Y RA OS DARÁN LA LLAVE.
MIDE VEINTIDOS POSTES EN SIETE HILERAS,
Y MAGDALA OS SEÑALARÁ EL LUGAR.
DESDE ESE LUGAR, EN SU INICIO DE 40°
PENDERÁ LA PALABRA, POR SOBRE 30
HILERAS. Y DESDE SUS VERTICES DE 70°,
ENCONTRARÁN PERSPECTIVA. A PARTIR DE

DOS HILERAS MÁS ARRIBA, Y DESDE PI, OTRA
VEZ SE REPETIRÁ.

CADA VÉRTICE MARCARÁ LO REEMPLAZABLE
(F8 6C 54 B1 1C F0) EN TODAS SUS
CONFLUENCIAS, Y SUMADO AL BAJO VÉRTICE
ERGUIDO DE LA PALABRA, ARRINCONARÁN A
LA PESTE.

LA .BASE. DE LA PALABRA PREVALECERÁ
ANTE EL .PINÁCULO."

Y al pié de este enigmático texto, se detalla lo que parece
ser un nombre de archivo más un parámetro para abrir otro
archivo, el cual se les muestra, en su conjunto, de la siguiente
manera:

"UDecompiler.exe c:\command.exe"

–¿Qué tipo de programa es el UDecompiler.exe? –
pregunta Carlos.

–Es un software que permite, literalmente, volver hacia
atrás la programación de un determinado software… y…

–¡Ah!... ¿un software de Ingeniería Inversa? –interrumpe
Carlos.

–Digamos, que si… y también, que es solo una de sus
muchas utilidades, pero intuyo que la que utilizaremos aquí es
otra –responde Eduardo.

—¿Y cuál sería en nuestro caso esa otra utilidad que indicas? –pregunta María Rosa.

—La de modificar directamente el código objeto del programa, que en este caso es el propio virus ejecutable, en definitiva... cambiar ciertos valores dentro de ese código objeto *"vivo"*, para que dicho programa deje de funcionar, o bien, y que es lo que necesitamos nosotros con urgencia, que funcione mal, enviando lo que se llama un comando *"kill"* a su servidor... esto conlleva la desactivación total de todo el sistema cliente-servidor... o sea... –explica Eduardo quien luego es interrumpido por Carlos, como continuando lo que aquél iba a decir.

—O sea que dejarán de accionar, tanto los hijos como la computadora madre, la servidora dejará de atender a sus hijos y sus hijos no podrán subsistir sin su madre... ¿esa es la idea Eduardo? –interrumpe y a la vez pregunta Carlos.

—Si, esa es la idea, por lo menos en los libros académicos, y... ahora veremos que tanto los respetó Héctor en la práctica, para que logremos el objetivo ideado por esa mente de oro puro – respondió Eduardo.

—Y eso me recordó que Susana, antes de que viajara para aquí, nos remitió por email encriptado la carta que le envió Héctor, y... yo diría... unas horas antes de que él desapareciera, con las instrucciones de cómo hacer que el virus ingrese a la computadora, para después aplicarle el UDecompiler.exe... pero todavía nos queda un gran misterio por descifrar gente –les informó Eduardo.

–¿Qué misterio Edu? –preguntó ingenuamente María Rosa.

–El último enigma de Héctor María ¡querida!, y es a eso a lo que nos debemos avocar ahora, aprovechemos, que todavía no hay mucha gente en la catedral.

–Si, si, si, perdonen, estaba un poco abstraída pensando en Susana... disculpen –se excusó María Rosa.

–Okay María, y no tienes porque pedir disculpas –esbozó Carlos, a lo que agregó –además, por mi parte debo esperar aquí el mensaje de... esa voz que habló desde el celular de Susana, diciéndome que si lo ayudo a él, la estaré ayudando a ella... y además estoy un poco mas tranquilo, porque tanto la policía local, como la Agencia Central de Inteligencia están al tanto de todo esto y de las posibles ubicaciones geográficas en donde comenzar la búsqueda de Susana y Héctor –finaliza Carlos con su voz muy entrecortada.

–Tranquilízate Carlos, todo saldrá bien, estamos juntos en esto hasta el final, cueste lo que cueste... y ni bien descifremos este enigma y apliquemos la solución para que el virus se autodestruya, saldremos a buscar a Susana y a Héctor, e iremos a la policía... a... donde sea que haya que ir... ¿si? –lo calmó María Rosa.

–Muchas gracias estimada María... la verdad que ustedes son unas grandes personas –correspondió Carlos.

De todos modos, Eduardo ahora esta preparando el escenario para que, cuando tengan el "*arma completa*" puedan destruir la amenaza lo antes posible... y desde allí mismo, desde la mismísima catedral, bajo la luz de las coloridas y acristaladas ventanas Góticas adyacentes, bajo las hercúleas y altas bóvedas adornadas con sus intrincados florones dorados, y frente a ese bíblico altar resplandeciente, en cuyo cuerpo monumental, las sombras no tienen cabida, y en donde un ser supremo, desde allí y desde todos lados, les brinda en cada momento, *"la posibilidad"* de autosuperación, de afianzar su inteligencia, de apuntalar su honestidad, y por sobre todo ello… la de adquirir la tan buscada sabiduría, algo que, sin la creencia en un ser superior; llamémosle Dios, Jesús, Ala, Abraham, Buda, Mahoma, La Providencia, El Gran Arquitecto del Universo, Mente Universal, El Todo mismo, etcétera, etcétera; no podrían llegar a buen termino, ninguna de las obras que los humanos emprendan en la vida. Andarían por ahí sin saber que hacer, ni saber adonde ir, si no se dieran cuenta de que el Todo creador les da *"la posibilidad"* de sortear sus obstáculos y de mejorar sus propias existencias como personas y como sociedad. Esa *"posibilidad"* que se les brinda desde el nacimiento, no debe ser olvidada jamás. Y no se debe quedar a la espera a que Dios o la Providencia *"hagan por el Hombre"*… ¡no!… ellos ya lo han hecho desde el comienzo de los tiempos, y ahora, es el turno de la humanidad… la oportunidad o posibilidad de cambiar las cosas, se ha puesto en las incontables manos terrenales… y como un claro ejemplo metafórico, se estaría ante la *"posibilidad"* de poseer la fuerza alquímica necesaria para convertir un plomo pesado y opaco, en un oro mas liviano y resplandeciente… pero, eso si, únicamente esa *"posibilidad"*, en tanto que posibilidad, es de carácter Divino.

–Por lo pronto, me debo conectar a la página Web www.weareannon.com para que se descargue el virus de forma automática, en la raíz del disco "*C*" de mi equipo, y según las indicaciones de la carta de Héctor, en no mas de tres minutos estará instalado en el sistema, sin que mis técnicas de protección de software malintencionados o antivirus, que tengo instaladas en mi notebook, lo detecte… después de esto, debemos ejecutar el UDecompiler con el parámetro que figura a la derecha en el pergamino, debajo del enigma, o sea, que el UDecompiler abrirá el archivo command.exe… que es, lisa y llanamente el mismísimo virus, para que podamos ver sus propias entrañas… ¡pero, ahora si!… no podremos modificar el virus, ni aplicar el antivirus de Héctor, hasta resolver el último enigma, y… hablando de enigma, ¿qué les parece si comenzamos? –organizó y preguntó Eduardo a la vez que extrajo su computadora del portafolios y la colocó sobre sus piernas, la cual procedía en estos momentos a encenderse.

Todos estuvieron de acuerdo en comenzar a analizar lo que ahora es, la última oportunidad que tienen para derrotar al malicioso pero a la vez silencioso virus, dedicado al espionaje cibernético y al robo de información financiera.

–¡Comencemos, dijo Lemos!… diría nuestro querido amigo y colega, Héctor… y, esperemos que su fuerza y su sabiduría no lo abandonen –encabezó el proceso de descifrado, imitó la comicidad de Héctor y por último deseó fortaleza hacia este, Eduardo Martín Pedroza.

–Empezaremos hasta el primer punto, ¿está bien chicos? –
prosiguió María Rosa, como tomando las riendas que en estos
momentos debería tener Susana.

–"*Orión es el ojo de la cerradura en la puerta entre
vuestro destino*"... creo que en este enigma necesitaremos tanto el
pensamiento lateral, como también el lógico y tradicional... y...
por lo que dice esa frase, respecto de Orión, quiero entender que
se estará refiriendo a la constelación de Orión, ¿no? –agrega
Eduardo.

A lo que María Rosa responde, utilizando su ya conocida
sapiencia respecto de temas históricos y milenarios:

–Es así como dices Edu, y... por si no lo sabían, la
constelación de Orión es la mas conocida en el cielo, ya que es
muy brillante y visible desde ambos hemisferios y además
reconocida mundialmente... yo diría que es la constelación que
está en muchas mas mentes, que cualquier otra de la bóveda
celeste... también le dicen la constelación del Cazador por su
forma humanoide... además, si nos adentramos en la mitología
griega, una de las tradiciones mas aceptadas es la de que, Orión
fue un gigante, originado por la acción de los dioses Zeus, Hermes
y Poseidón, quienes, una vez fueron a la casa de un anciano, el
cual se llamaba Hirieo, quien deseaba fervientemente tener hijos,
pero no le era posible, por lo que, aquellos tres dioses, como una
manera de agradecerle su alojamiento, le concedieron a Hirieo ese
tan ansiado deseo, por lo que, los dioses orinaron en la piel del
buey que habían ingerido durante su estadía en la casa del
longevo, después enterraron dicha piel, y le dijeron al anciano que

341

dentro de nueve meses tendría a su hijo tan deseado... por lo que así fue, a los nueve meses, nació el hijo del anciano Hirieo, quien, en recordatorio a los *"orines"* que lo habían concebido, lo llamó... Orión –finalizó diciendo magistralmente María Rosa.

–Uy no María, ajajá, espero que no tengamos que hacer pipi sobre el virus o algo parecido –expresó Eduardo como una manera de imitar la comicidad alentadora de Héctor.

–Ajajá... no, para nada Eduardo, además, y siguiendo enfocados en la constelación de Orión, les puedo decir algo mas cercano a lo que nos toca hoy, y que es la de terminar con ese virus del demonio... y ese algo mas se relaciona a que Orión, también se asemeja a un ojo de cerradura, específicamente en su forma... y si... ese primer párrafo nos está hablando de una cerradura y de una puerta, quiere decir que por ahora debemos encontrar la llave... la puerta ya sabemos que está en Orión... pero... es obvio... que... todavía no caigo que relación tienen esa cerradura y esa puerta con las respuestas que buscamos –finalizó con una nueva clase María Rosa.

–Susana tenía mucha razón... ustedes son unas mentes en constante brillo, los felicito, pero... yo opino que esta primera frase de seguro tiene una correlación con la o las que siguen... por lo que... que les parece si analizamos la siguiente, teniendo en cuenta esta puerta en Orión... ¿les parece, Eduardo, María? –opinó y al mismo momento propuso Carlos.

Tanto María Rosa como Eduardo estuvieron muy de acuerdo en lo que Carlos formuló, por lo que prosiguieron con la siguiente frase del último enigma.

—"*Solo PI y RA os darán la llave*" —recomienza Eduardo, a lo que prosigue – y aquí tenemos a quienes nos darán la llave para abrir la puerta que está en Orión, a través del ojo de su cerradura celestial... pienso... pienso... ¡pienso!... Héctor, ¿en que estabas pensando?... bueno, okay, todos supondremos que PI deberá ser el número que todos nosotros conocemos, el que calcula la relación que existe entre una circunferencia cualquiera y su diámetro, explicándolo de otro modo, si sobre una rueda de un automóvil por ejemplo, dibujamos una línea recta que la atravesara desde arriba hacia abajo, dividiendo a esta rueda en dos partes exactamente iguales, y... en la punta inferior de esa línea, le hacemos una marca de flecha, como para diferenciarla del otro extremo superior, y posteriormente movemos ese vehículo hasta que esa punta de flecha quede nuevamente en dirección al piso, esa distancia recorrida de una sola vuelta de la rueda, partiendo de la flecha hacia abajo y finalizando también con la flecha hacia abajo... obtendremos el valor de PI... y que es aproximadamente 3,14159265358979323846... con infinitos decimales; por otro lado, y haciendo referencia al nombre que está en la frase, al nombre RA, infiero que... y a esto María Rosa lo va a explicar mucho mejor que yo ... que se refiere al dios egipcio... del sol ¿no María? —analizó y luego preguntó Eduardo.

—Si Edu, estás en lo correcto, en la mitología egipcia el dios RA o Gran Dios, fue venerado como una entidad impulsora del universo, y a no confundirse con "*entidad creadora*", debido a que fue considerado como un semidios representado a veces, como un demiurgo, un monstruo con cuerpo de reptil y cabeza de león; y mas que un dios... un maestro, un supremo artesano... pero no un arquitecto en si mismo... no un creador... RA fue el gran motor de la creación y no el creador en si mismo... y por supuesto, es el dios del sol, el dios del cielo y el dios del origen de la vida... símbolo de luz solar, dador de vida y también... y como si lo anterior fuera poco, fue el responsable del ciclo de la muerte y de la resurrección... ¿qué les parece? –Les explicó María Rosa de una forma admirable.

–Me parece impresionante chicos... de verdad se los digo... y... bueno... hasta ahora, tenemos la puerta en la constelación de Orión con el ojo de la cerradura, que es la propia constelación, tenemos el archiconocido número PI y el para mi recién conocido, dios egipcio RA... ahora... yo pregunto, ¡no!... ¿alguien puede vislumbrar alguna mínima relación de todo esto, con el virus? –preguntó Carlos.

Todos coincidieron en que esto va de mal en peor ya que, si bien están muy encaminados en lo que respecta a los significados celestiales e históricos, en lo relacionado a descubrir que es lo que deben modificar en el archivo abierto por el programa UDecompiler.exe, o sea dentro del command.exe, que es el propio virus *"vivo"*, todavía no han averiguado ningún dato alentador.

–¿Será que tendremos que pasar a analizar la siguiente frase nomás? –preguntó Eduardo.

–Hagámoslo –respondió Carlos.

–*"Mide veintidós postes en siete hileras, y Magdala os señalará el lugar"*... y empecé yo chicos, ya que intuyo que

la historia me está persiguiendo en este acertijo Hectoriano...
entonces, si se fijan bien, en esta frase, recién nos está
hablando de lugar... y ¿qué significa lugar para nosotros? –
preguntó María Rosa a los otros dos.

A lo que casi a coro, tanto Eduardo como Carlos
respondieron que ese lugar es en referencia al lugar dentro del
archivo command.exe que deben modificar por medio del
programa UDecompiler.exe.

–Exacto chicos... y... ese lugar, nos lo mostrará
Magdala, ¡y si creo, quien creo que es!, Magdala, es nada mas
ni nada menos que María Magdalena... también puede hacer
referencia a la ciudad en donde se cree que ella nació... pero
me inclino mas por ella como persona y como significado en
si misma, en lugar de pensar en su ciudad natal... por lo que
por ahora concluyo parcialmente que María Magdalena nos
mostrará el lugar donde deberemos aplicar el antivirus
manualmente –catedratizó nuevamente María Rosa.

–Excelente María, pero... la primera parte que dice "*Mide
veintidós postes en siete hileras*", ¿qué relación tendrá con María
Magdalena señalándonos un lugar dentro de nuestro virus? –
felicitó y a la vez preguntó muy dubitativamente Eduardo.

–Me temo que todavía no se me ocurre nada... estoy
barajando algunas alternativas, pero no concuerdan con las frases
anteriores, por lo que... por lo que... este... ... ¡si!... ¡exacto!,
veintidós y siete... ¡claro!... esperen, a ver si organizo mis
pensamientos... veintidós y siete, o también, si mal no recuerdo,
es el día doscientos veintisiete del calendario, el cual coincide con

el día quince de agosto, concordando con las festividades de la Asunción de María a los cielos, aunque, también algunos lo llaman erróneamente Ascensión... pero... en estos instantes me viene a la mente otra cosa, y que tiene que ver con las matemáticas... además, les recuerdo, que no nos debemos desviar de la premisa, de que la historia no nos resolverá el problema en si, sino que lo hará su significado matemático... y... Edu, tu que tienes la notebook encendida, abre la calculadora y divide lo siguiente por favor –explicó y a la vez solicitó María Rosa.

–Listo, y... ¿lo que quieres dividir es veintidós entre siete no? –preguntó Eduardo

–Exactamente Eduardo, divide por favor y dinos el resultado –respondió y a la vez solicitó ella.

–El resultado es... ¡¿PI?!... bueno... casi... pero... ¡¿PI?!... ¡no lo puedo creer!... miren chicos, se los muestro en pantalla –exclamó Eduardo visiblemente sorprendido con lo que decidió mostrarles el resultado enfocando la pantalla de su notebook hacia Carlos y María Rosa. El valor, producto de dividir veintidós entre siete, es el siguiente:

"3,142857142857143"

–Si, si, es muy parecido al número PI Eduardo... muy parecido, y entonces, hasta ahora María Magdalena nos señalará un lugar dentro del código objeto del archivo del virus, y PI, que coincide casi a la perfección con la numeración atribuida a María Magdalena, junto al dios del sol egipcio llamado RA, nos darán la llave para abrir la puerta que está en... Orión... o... kay... okay, escuchen, si bien hallo coincidencias muy inteligentes de parte de ustedes, hasta ahora no distingo... ni la llave... ni la puerta celestial... ni ninguna otra cosa que... que... ... ¡esperen!... aquí hay algo delante de nuestros ojos y que no lo hemos notado, ya que, ustedes, mas que yo, han realizado un magnífico razonamiento respecto de este enigma, pero todavía no tenemos nada en concreto, debido a... bueno... a... a... disculpen, pero ni lo que quiero decirles sé distinguirlo como para explicárselos... pero... a lo que voy, es que hay algo muy evidente en el conjunto de palabras, y algo que... ¡ahora si!, ¡ahora si! veo relaciones entre Orión, el número PI, el dios egipcio RA y la versión numérica de María Magdalena... ¿no lo han visto?, ¿María?, ¿Eduardo? —opinó Carlos con firmeza y a la vez que les dejó tres preguntas.

Tanto Eduardo como María Rosa, escudriñaron el texto en todo sentido por un largo rato, sin poder ver lo que Carlos sí pudo. Apremiados por el tiempo, le expresaron a Carlos que les cuente exactamente cuales son esas relaciones de palabras, a lo que Carlos con todo gusto accedió, como agrandado por este excelente aporte para resolver el enigma.

—Miren, entre las primeras frases o párrafos del enigma, se detallan tres palabras muy importantes que conforman una sola palabra... aún mas importante... y creo que es la que nos esclarecerá un poco mas todo lo que sigamos analizando —les dijo Carlos como si estuviera hablándoles a sus colaboradores del área del proyecto MIRAR.

–¿Cuáles son esas palabras que forman una sola Carlos?... ¡dinos por favor! –exclamó María Rosa con tono de impaciencia.

–¡Que se venga esa palabra tripartita Carlos!, ¡que mi capacidad de espera ya está casi al limite!... pero del vacío –apuró Eduardo con un tono al estilo Hectoriano.

–Esa palabra tripartita, como tú la llamas Eduardo, o sea formada por otras tres, es la palabra: *"PIRAMIDE"* –responde Carlos, y a lo que prosigue –y como verán en el texto del enigma, es formada por las palabras ya conocidas, *"PI"*, *"RA"* y *"MIDE"*, donde esta última palabra se corresponde a la frase *"Mide veintidós postes en siete hileras"*, ¿será solo una coincidencia? – termina preguntando Carlos.

–No, no lo creo... recordemos que esto lo ideó Héctor... y Héctor es una mente en constante ebullición... no, no creo que esto sea una coincidencia ya que a mi también me ha esclarecido muchísimo respecto de lo dicho por mi y por Eduardo –dijo María Rosa.

–Y yo tampoco lo creo, además, como tú decías Carlos, ahora todo tiene un poco más de relación... la constelación de Orión, el número PI, el dios del sol egipcio RA y la versión numérica de María Magdalena –expresó Eduardo con igual escepticismo que María respecto de si la palabra PIRAMIDE formada por las palabras PI, RA y MIDE, Héctor las hubiera colocado sin querer.

Pero, en ese instante, María Rosa, pega un salto, como si la hubieran empujado desde abajo o atraído desde arriba... o las dos cosas... ese salto se corresponde con una nueva asociación mental.

–Chicos... lo tengo... digamos... ¡lo tenemos!, la palabra tripartita de Carlos... *"PIRAMIDE"*, y junto al dios RA, y a Orión, no es mas que una alusión a las mismísimas pirámides de Egipto, específicamente a las tres pirámides mas conocidas, ya que están muy relacionadas, en cuanto a su disposición geográfica, con la constelación de Orión... y se preguntarán, ¿de que forma lo están?... bueno, las tres pirámides fueron dispuestas o alineadas en perfecta replicación a lo que se llama *"El Cinturón de Orión"*, que son las tres estrellas centrales de la constelación de Orión... entonces, pienso que esa palabra, *"PIRAMIDE"* esconde nuestra llave... ¿qué les parece chicos? –opinó María Rosa

–Si, cada vez me convenzo más que esa bendita palabra de ocho letras... nuestra famosa... *"PIRAMIDE"* es la llave, o bien, el estuche de la llave... de eso no estoy seguro... ahora, de lo que si estoy seguro, es que nos olvidamos de analizar unas pequeñas pero, a mi entender, importantes cosas –dijo Carlos.

–¿Qué cosas? –preguntó Eduardo, a lo que enseguida María interrumpe.

–¡Esperen, esperen, Carlos, Eduardo!... ¡esperen por favor!... y discúlpame que te corte, Carlos –le dijo María Rosa, a lo que prosiguió muy sobresaltada– pero, tu dijiste... ¡palabra de ocho letras!... ¡claro!... una coincidencia mas de parte de nuestro querido Héctor... y se estarán preguntando cual es, pues, les diré... esa coincidencia que me la termina de hacer ver Carlos, se relaciona a que el mismísimo enigma de Héctor nos llevó a descubrir, lo que todos ya sabemos... una palabra... que es nuestra *"PIRÁMIDE"*, la cual tiene ocho letras como dijo Carlos ¿no?... –los dos asintieron muy callados– bueno... como todo este enigma también está correspondido con la constelación de Orión, podremos apreciar que la misma se asemeja a una gran *"H"* celestial, ¿no es cierto? –de nuevo, ambos asintieron totalmente boquiabiertos– okay... y ahora les hago otra pregunta... ¿cual es la octava letra de nuestro alfabeto? –los dos respondieron al unísono, la *"H"*– ¡exacto chicos!... ¡esto es totalmente magistral!... ¿no?, que todo esté tan relacionado, como las palabras o bien, conceptos separados, *"PI"*, *"RA"* y *"MIDE"*, los cuales luego, conformaron la palabra *"PIRÁMIDE"*, de ocho letras... y... si buscamos en nuestro alfabeto, la letra número ocho, es una *"H"*, muy similar en su forma a la constelación de Orión... ¡extraordinario! –les expresa por medio de un semblante de total asombro.

–María... te felicito, eres una apasionada en lo que haces... pero... de todos modos te has olvidado de otra coincidencia con respecto a la letra *"H"* –le expresó Eduardo provisto de una voz casi sin entonación.

–Muchas gracias Edu, y... ¿que coincidencia se me pasó? –preguntó María Rosa.

–Que la palabra Héctor... también comienza con *"H"* – respondió Eduardo por medio de una sonrisa en su boca.

Todos sonrieron en un tono bajo ya que se encuentran en un lugar muy apto para que los sonidos reverberen por todos lados, pero además sonrieron porque Eduardo... tubo razón.

Como el número siete fue denominado de esa manera debido al hecho de que el séptimo día es el destinado a la consumación o al descanso; el número ocho, como el octavo día, esta por arriba de ese número perfecto, y es el inaugural de un nuevo ciclo. Simboliza de esta forma, dos números en uno, el primero y el séptimo. En lo que se relaciona al primer período de siete días, constituye la *"resurrección"*, a causa de que el antiguo orden de las cosas concluyó, y un número nuevo resurge para caracterizar la vida proveniente de la muerte. La resurrección.

Aparte de ello, en lo que respecta a la condición de esa substancia o vida renacida, se sabe que $8 = 7 + 1$, donde aquí se habla de algo más que de lo perfecto. Si se agudizan los sentidos, en el segundo período después del número siete, entonces el número ocho pronunciará lo que es nuevo, en divergencia con lo antiguo, y que ahora ha sido eliminado, revelando de este modo, que la serie anterior fue completada. El número ocho es el número especialmente asociado con la *"resurrección"* y la *"regeneración"*, y con el comienzo de una nueva era u orden. Y como si fuera poco, el número 8, representa… lo infinito.

–Bueno Carlos –agrega María– prosigue por favor, ya que hace un rato te corté con mi repentino exabrupto sobre la letra hache y el ocho, así que… espero no hacerlo mas… y, estabas diciendo que faltan analizar unas pequeñas, pero importantes cosas extras, respecto del enigma. –termina recordándole María a Carlos.

–Si, y no te preocupes María, me sigues sorprendiendo, por tu gran sabiduría... y... esas palabras que me recuerdas... y, por analizar son, *"POSTES"* e *"HILERAS"*... y no los números, veintidós y siete... por lo que me pregunto, ¿qué nos querrán decir estas dos palabras?, ya que en base a estos veintidós postes y a las siete hileras, María Magdalena nos deberá ¡señalar el lugar!... ¡miren que importante cuestión es esta! –agregó Carlos.

–Tienes mucha razón Carlos... veintidós postes o columnas en siete hileras o filas... y... ¡¿dentro del archivo del virus será?!... me temo que nos estamos acercando –contestó María Rosa.

–Exactamente, a partir de la columna veintidós, fila siete, la palabra *"PIRAMIDE"* debería ser nuestra llave... o, como lo dije antes, nuestro estuche, el que contendría la llave, respecto de la cual, todavía no la podemos ver dentro de él –agrega Carlos con un tono de duda.

–Carlos, María Rosa... esperen, esperen, veamos que dicen las demás líneas... analicémoslas, ya que... por lo que veo, no van a ser mas fáciles que las primeras –les ordenó Eduardo.

Todos estuvieron de acuerdo en proseguir con las demás líneas del enigma debido a que ya estaban en conocimiento de que deben utilizar de alguna forma, la palabra *"PIRAMIDE"*, a partir de la intersección de la columna veintidós y la fila siete dentro del archivo command.exe, que es el propio virus *"vivo"*.

–Okay Edu, la siguiente línea dice *"Desde ese lugar, en su inicio de 40° penderá la palabra, por sobre 30 hileras"*... es decir, el lugar chicos... ya lo tenemos... es PI, gracias a que María

Magdalena nos lo dijo... y la palabra... también la sabemos... es PIRAMIDE, gracias a la unión de las tres palabras PI, RA y MIDE de las primeras líneas del enigma... ahora... esta línea dice que desde ¡ese lugar!, o sea desde PI, digamos que desde el comienzo de PI colgará nuestra PIRAMIDE... pero, no me queda muy en claro lo del inicio de cuarenta grados y lo de las treinta hileras –les expresa María Rosa luego de otra excelente deducción.

–Lo mas probable María, que esos cuarenta grados sean los grados sexagesimales de apertura del ángulo, correspondiente al vértice superior de la pirámide... o sea, al ángulo de apertura de la cúspide y lo referente a treinta hileras, me imagino que se refiere a que la altura de la PIRAMIDE deberá ser de treinta hileras o filas... partiendo del número PI ¿no? –respondió Eduardo.

A lo que Carlos agregó enseguida, como recordando y a la vez haciendo una analogía –es como la apertura que tiene el vértice superior de la pirámide del gran sello del billete de un dólar estadounidense, y si el vértice superior tiene cuarenta grados, no le quepan la menor duda de que los demás vértices serán de setenta grados, formando, de forma bidimensional, un triángulo, que representa al gran sello... y... fíjense que curioso, si sumamos todos los ángulos, o sea, cuarenta mas setenta mas setenta, nos da ciento ochenta grados, que se corresponde con una semicircunferencia, o bien, un ángulo llano... y otra curiosidad mas... si duplicamos ese mismo triángulo, con la suma de todos sus ángulos, obtendríamos ahora, trescientos sesenta grados, que

es nada mas ni nada menos, que una circunferencia completa...
y... si estamos ante una circunferencia... ¿que número nos viene a
la mente? –dedujo y luego preguntó Carlos.

Tanto María Rosa como Eduardo dijeron casi a coro: *"el
número PI"*.

–Exacto, el número PI, que nos describe la relación que
existe entre una circunferencia y su diámetro... por lo que... se
desprende una relación biunívoca de todo esto, ya que, como
saben, de la pirámide se forma una circunferencia y de la
circunferencia, se forma una pirámide... en nuestro caso, una muy
conocida, la que figura en el billete de un dólar estadounidense...
y respecto de las treinta hileras o filas coincido contigo Eduardo,
ya que se corresponde con la línea que describe la altura de la
pirámide –respondió Carlos.

–Muy buenas deducciones Carlos, te felicito... y...
además, echándole un ojo a las otras líneas del enigma, las que
restan analizar, veo la frase "*...vértices de 70°...*" por lo que de
seguro estás en lo correcto –agregó María Rosa.

Por lo que Eduardo les expresa –entonces sigamos con esa
frase, la que dice, "*Y desde sus vértices de 70°, encontrarán
perspectiva*", con lo cual, si me enfoco en lo que muy bien nos
dijo Carlos, esos vértices de setenta grados son los dos vértices
correspondientes a la base de la pirámide bidimensional... ahora
bien, cuando dice que "*desde*" esos vértices hallaremos
"*perspectiva*", lo primero que se me viene a la mente, es una vista
tridimensional y en perspectiva de la misma pirámide del gran
sello del billete de un dólar estadounidense... o sea, una manera

de estirar hacia atrás; en dirección contraria a nuestro punto de vista, y además en perspectiva recta; únicamente la base de la pirámide, dejando las cúspides, que ahora son tridimensionales, unidas por un único punto... y... con este estiramiento, queda conformada en mi cabezota, una pirámide con las justas medidas indicadas en el enigma, pero, solo que tridimensional, no se si fui claro... ¿me pudieron seguir? –razonó y a la vez preguntó Eduardo.

–Si, si... Eduardo, –respondió María Rosa, a lo que agregó– y no se como se me vino a la cabeza, pero tu representación de esa perspectiva piramidal, me trajo a la mente la imagen de un fuelle, que como sabrán, se despliega, o si lo aplicamos aquí, se le aplica perspectiva, por la parte posterior mas ancha, que sería nuestra base, para que al presionarla, expulse el aire contenido, por la parte mas fina, y sin perspectiva, que es nuestra punta o cúspide... bueno, a veces la mente hace comparaciones bastante bien, creo yo, ya que la forma última de un fuelle desplegado o abierto es una auténtica pirámide ¿no? – terminó comparando y preguntando María.

Sus dos compañeros concordaron en gran medida con su imagen mental, la cual había sido bastante oportuna como para graficar lo descrito en el enigma.

Y a continuación, Eduardo prosigue con el análisis de la siguiente frase –estimados, la frase que nos toca analizar ahora es la siguiente, *"A partir de dos hileras mas arriba, y desde PI, otra vez se repetirá"*, y aquí vemos que está repitiendo la palabra *"hilera"* por lo que puedo suponer de que se sigue refiriendo a las filas dentro del archivo del virus… lo que en este caso, algo se repetirá a partir de dos filas mas arriba, pero manteniendo a PI como un único origen del vértice de cuarenta grados, o sea, de la cúspide de la pirámide… esta frase viene a ser lo que dije antes, y el fuelle que dijiste tu María, esta frase nos dice que el triángulo bidimensional de cuarenta por setenta por setenta grados, se debe repetir una vez y hacia atrás en perspectiva, y dos filas hacia arriba respecto de la base del primer triángulo, y ambos unidos por el mismo vértice –termina diciéndoles Eduardo.

Por lo que María Rosa expone nuevamente –a ver Eduardo, ¿podrías dibujar la idea que nos estás expresando, en tu computadora por favor?... para tener una mejor visión de lo que tenemos frente a nosotros, respecto de nuestra… palabra original PIRAMIDE de treinta filas de alto… y que yo asocié con un fuelle de viento hace unos momentos –finaliza María Rosa.

Luego de unos minutos de ardua tarea arquitectónica por parte de Eduardo, pudo expresar muy bien las explicaciones e ideas de todos, respecto de lo que el enigma les viene diciendo hasta ahora.

El enigma de Héctor, luego de pensado, analizado y expresado gráficamente, luce como sigue:

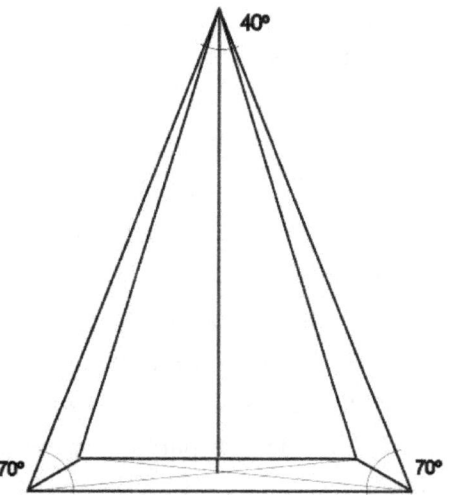

Absolutamente todos, de manera unánime, quedaron muy conformes con lo que habían obtenido entre los tres, luego de analizar el enigmático texto correspondiente a lo que será la destrucción del virus *"La Cárcel de Cristal"*. Pero, todavía resta analizar algo mas del enigma, algo que les dirá, específicamente como destruir al virus y a su madre. El dualismo *"cliente-servidor"*, el duplo *"hijos-madre"*, el par *"virus-madre de todos los virus"*... será engullido hacia una aplastante singularidad digital.

–Y... ¡¿leyeron la anteúltima frase chicos?!... me parece que allí veo la solución... o sea, la solución que aplicará nuestra pirámide, dibujada por Eduardo, dentro del código del virus, en el interior del propio command.exe, con el objetivo de que este virus se ejecute modificado, junto con la aplicación de nuestras alteraciones geométricas... ¡y se ejecute mal!, enviando ese tan

357

ansiado comando *"kill"* hacia su madre, la cual literalmente desfallecerá... y con ella, todos los demás hijos –exclamó María Rosa.

A lo que Eduardo respondió –si, creo que también veo lo que dices María... por eso, pasemos a la anteúltima frase, que dice, *"Cada vértice marcará lo reemplazable (F8 6C 54 B1 1C F0) en todas sus confluencias, y sumado al bajo vértice erguido de la palabra, arrinconarán a la peste"*... y aquí creo que, aunque la frase es bastante larga, no nos debería llevar mas tiempo que las otras, ya que... como dice al principio, *"Cada vértice marcará lo reemplazable..."* y seguido de seis pares de caracteres, me inclino a pensar de que cada vértice de la pirámide marca lo que se deberá reemplazar... y lo debemos reemplazar por esos seis pares de caracteres... además, donde dice, *"en todas sus confluencias"* entiendo que se está refiriendo precisamente a los vértices o intersecciones, ya que los vértices también son intersecciones de rectas ¿no?... y en cuanto al *"bajo vértice erguido de la palabra"*, claramente apunta al eje central y vertical de la PIRAMIDE, o sea de nuestra palabra hallada al principio del enigma, y que tiene treinta filas de altura... con hacer esto, como dice al final, eliminaremos al virus, *"arrinconarán a la peste"*, ¿qué piensan ustedes? –dedujo magistralmente y a la vez preguntó Eduardo.

–No tengo ninguna objeción al respecto Eduardo, ya que, en resumen debemos aplicar la figura piramidal, tal cual como la dibujaste en tu notebook, y con todas sus medidas; dentro del archivo del virus, en el mismísimo command.exe; colgando por su vértice superior desde la intersección de la columna veintidós y la fila siete... que... que es el comienzo de unos caracteres semejantes a PI... y desde allí, nuestra *"palabra"* colgará en perfecta verticalidad, con cada vértice, incluyendo la base del eje central; los cuales, entre todos, representan ciertos valores hexadecimales dentro del archivo del virus... pues... pues esos valores en cada vértice deben ser reemplazados con los que tenemos entre paréntesis en el enigma... y esto me lleva a pensar que, como no se detalla un orden de colocación, el que debemos usar para reemplazar esos valores, es el orden de izquierda a derecha y de arriba hacia abajo... en definitiva, la base de la pirámide es la que mas valores reemplazará dentro del virus y solo un valor será reemplazado en la cúspide o vértice superior... y... noten chicos que, hasta en el mundo digital se repiten las leyes de la física, ya que, la base es mas poderosa que la cúspide... la base, es mas fuerte y soporta mas que el vértice superior... la gran base, es la que destruirá al virus en conjunto con una minúscula punta... ¿qué coincidencias no? –termina casi filosofando y a la vez dejando una pregunta abierta, Carlos Di Stefano.

A lo que María Rosa agrega visiblemente sorprendida por los comentarios de aquel –muy bien Carlos... excelente deducción, además, si vemos la ultima frase, que está separada del resto del enigma, veremos mucha similitud con lo que has dicho... la última frase dice, *"La .base. de la palabra prevalecerá ante el .pináculo."*, que no es ni mas ni menos lo que tu has explicado hace un rato... lisa y llanamente nos está diciendo que la base de la pirámide será mas fuerte, sobresaldrá, predominará, etcétera, por sobre el pináculo, lo cual es ni mas ni menos que nuestro vértice superior… ¡te felicito Carlos! –terminó comparando frases y felicitando a Carlos, María Rosa.

–Mis felicitaciones a ambos, –les expresó Eduardo, y prosiguió diciendo– y ahora debemos abrir el archivo command.exe utilizando el UDecompiler.exe para aplicar los cambios dentro del archivo, según los valores que figuran en el enigma y según los seis puntos de la pirámide de treinta filas de alto… ¿alguien tiene una hoja y un lápiz por favor? –preguntó.

–Si, yo tengo mi cuaderno de anotaciones… soy un poco chapada a la antigua en ese aspecto… y… también tengo un lápiz… toma Eduardo –respondió María Rosa.

–Muchas gracias María, y… ¿puedo sacarle una hoja? –preguntó.

–Por supuesto Edu, lo que sea por la causa –respondió su compañera.

Lo que está por realizar Eduardo es un simple calcado a mano de la *"palabra"* hallada, o sea, de su obra arquitectónica piramidal, o mas específicamente, el calcado de los seis puntos necesarios, ubicando la hoja del cuaderno de María Rosa por sobre la pantalla de su notebook, y sin moverla ni un milímetro procedió a marcarlos a todos por medio de un circulo a cada uno. Al extraer la hoja de la pantalla solo tenían seis círculos dibujados sobre una hoja de papel.

–Respecto de tus palabras Eduardo, intuyo que con esos círculos que calcaste en la hoja, ahora lo quieres aplicar sobre el archivo del virus abierto, y directamente sobre la pantalla, en el UDecompiler, con lo que cada redondel que marcaste en la hoja de papel lo harás corresponder con cada valor en la vista hexadecimal del archivo command.exe, previamente colgando el círculo superior, lo que sería el punto de la cúspide, desde la fila veintidós, columna siete... y cuando hagas esto, sin mover la hoja... y, creo que deberás aumentar el brillo de tu pantalla en este paso... irás reemplazando en la computadora, cada valor hexadecimal, que coincida de forma exacta debajo de tus pequeñas circunferencias dibujadas a lápiz, por los valores detallados en el enigma de Héctor... ¿estoy en lo cierto Eduardo? –dedujo Carlos.

–Totalmente en lo cierto Carlos... ni más, ni menos – respondió Eduardo.

En ese preciso momento, resuena el celular de Carlos por medio del tono característico de los mensajes de texto. ¿Sería el tan esperado mensaje de Melek Taws desde el celular de Susana?

Carlos, por medio de su mano derecha, y como asemejándose a un rayo, extrajo su celular del estuche, y procedió a leer el mensaje entrante el cual se expuso en la pantalla por medio del título: *"Nuevo mensaje de Susana"*. E inmediatamente después de abrirlo, para leer su contenido, dicho mensaje se mostró en toda su extensión:

"Carlos, válete de un GPS y ven a estas coordenadas: Latitud: 33°52'51.93"S Longitud: 58°40'47.23"O. Es cerca de donde estas. Ven solo, si quieres volver a verla."

Carlos lo leyó en voz alta para que Eduardo y María Rosa estén al tanto.

—¿Tienes GPS Carlos? –preguntó María Rosa.

—Si, si... gracias a Dios este mismo celular tiene el sistema de posicionamiento global instalado desde que lo compré, de modo que... ¡chicos!, me voy ya mismo en un taxi, al lugar que me marcan estas coordenadas... espero que Sergio Vera, de la policía local y Esteban De la Cuadra, de la Agencia Central de Inteligencia, estén pudiendo ubicar el lugar... –a lo que María Rosa interrumpe.

—¡Pero Carlos, pásales a ellos esas coordenadas!

—Es que debo ir solo... así... así lo dice el mensaje, María... la vida de Susana correría peligro si lo hago... y te soy sincero, me muero por pasarle esos datos a la policía, pero... ¿y si esos datos no se corresponden con el lugar?, ¿y si solo se corresponde con un lugar de primer contacto con el secuestrador?... esas son mis dudas... iré solo –termina diciendo Carlos.

—Si, tienes razón Carlos, es cierto lo que dices... y... ve tranquilo, que lo que resta por hacer aquí es muy poco... creo –le respondió María Rosa.

—Mucha suerte Carlos, y déjanos esas coordenadas escritas en el papel que hice los puntos... aquí debajo... aquí, aquí... por si es necesario buscarte... ya que si pasa no mas de una hora y no tenemos señales tuyas, esas coordenadas podrían ser tu salvación... y la de Susana y la de Héctor... escríbelas por favor – le solicita Eduardo a Carlos.

–Okay Eduardo, ya te las estoy escribiendo –respondió Carlos.

–¡Chicos!... ¡¿que coincidencias no?! –le habla María Rosa visiblemente animada.

–¿De que hablas María? –le preguntó Eduardo.

–De nuestro enigma descifrado, de la palabra hallada... de... ¡de la PIRÁMIDE!... de las coincidencias que tiene con el lugar en donde nos encontramos hoy... justamente resolviendo este último enigma, el que salvará a la humanidad de una gran peste –a lo que Carlos la interrumpe con una pregunta.

–¿Y que tiene que ver nuestra pirámide con esta catedral María? –preguntó Carlos.

–Tiene mucho que ver, y que, como saben, nos hallamos en la casa del Dios cristiano... y... ¿alguien de ustedes sabe que el Dios cristiano es el Padre, el Hijo y el Espíritu Santo a la vez?... o sea, un ser totalmente único, es los tres en si mismo, el cual existe, como esas tres personas diferentes, todas reunidas en uno solo, en un Dios, o también puedo decir que cada una de esas tres personas son una hipóstasis de una sola esencia inmaterial... que es el Dios cristiano –explica magistralmente María.

–Pero... María, todavía no hallo coincidencias de nuestra pirámide que representa nuestro enigma descifrado con el Dios cristiano –le expresó dubitativamente Eduardo.

–Les explico chicos, el Padre, el Hijo y el Espíritu Santo, es la Santísima Trinidad, y a su vez todos ellos, en hipóstasis, conforman la esencia unificada e inmaterial de Dios... entonces, ese concepto de la Santísima Trinidad es... simplemente... Dios, y aquí va tu respuesta Eduardo, la Santísima Trinidad es representada por un triángulo bidimensional en donde cada vértice representa al Padre, al Hijo y al Espíritu Santo... un ¡triángulo chicos!... lo que tuvimos al comienzo del enigma... un triángulo bidimensional... ¿entienden a lo que quiero llegar? —les da otra clase magistral y al mismo tiempo que les deja una pregunta a los dos.

—¡Exacto!... el número PI, el dios egipcio del sol RA, la constelación de Orión y su relación con las pirámides de Egipto, María Magdalena y su numerología muy similar a PI... y... de todo lo anterior puedo pensar en... nuestra palabra decodificada... o sea, nuestro triángulo bidimensional... ¡o sea!... Jesús, mas el Espíritu Santo, mas el Padre... que es la hipóstasis de Dios... es... ni mas ni menos, la Santísima Trinidad... ¡es nuestro triángulo!... entonces, es como que el Dios cristiano en este caso, nos ha guiado todo este tiempo en lo que hemos hecho... como que Él siempre estuvo presente ¿no?... ¡¿siempre habrá estado presente?! —analizó Eduardo.

—Estoy seguro que si Eduardo... mira, en la Biblia Católica dice que fuimos creados a imagen y semejanza de Dios... ¡entonces!... ¿qué terminamos siendo nosotros si somos iguales a Dios?... ¡pues dioses!... y dejando un poco de lado el dogmatismo puro y las frases metafóricas de la Biblia, todos tenemos un Dios en nuestro interior, en nuestras mentes y en nuestros corazones, los que fomentan nuestra fe... pero en lo terrenal... la fe en los dioses terrenales... o sea, la fe en los propios hombres y mujeres de este mundo, la fe en que, por ejemplo, no nos encontremos nunca mas ante estas situaciones terribles como en la que estamos sumergidos hoy en día... y... respecto de tus palabras... excelente deducción, es como que en el universo, eternamente existe una correspondencia infinita de los eventos con las cosas inmanentes a el –le dijo Carlos.

Y María Rosa, con cara de computadora que encontró un nuevo registro ansiosamente buscado, ahora tiene algo mas para decirles –chicos, recordando algo... ahora también podemos hacer otra analogía, ya que nos hemos referido a temas egipcios, como las tres pirámides y el dios RA... por lo que esta otra semejanza que me viene a la mente, está dada en estrecha relación... ni mas ni menos... que con la Santísima Trinidad de la Iglesia Católica, debido a que en el Antiguo Egipto, en la época del llamado *"el elevado"*, o también nombrado *"el dios celeste, Horus"*, quién fue considerado el gran iniciador de la civilización egipcia, y quién forma parte principal de la *"Gran Enéada"*; frase que define a un acumulado de nueve dioses que contribuyeron a la construcción de la Heliópolis, instaurada por los sacerdotes de esa ciudad; y que formaban parte de aquella Enéada: Atum, Shu, Tefnut, Nut, Geb, Isis, Osiris, Neftis y Seth... bueno chicos... esos nueve dioses que les nombre, conformaban la Enéada o *"los nueve"*, pero entre estos nueve, existió un subconjunto análogo a la Santísima Trinidad, que se denominó en el antiguo Egipto como la *"Tríada Osiriaca"*, conformada por Osiris, Isis y Horus, y aquí viene lo mas interesante diría yo, porque... y ahora verán las similitudes... ya que a Osiris, dios egipcio de la resurrección, se lo asocia con Jesucristo, Isis, diosa egipcia de la maternidad y del nacimiento, tiene una gran influencia sobre el culto a la Virgen María, madre de Jesús, y Horus dios creador de la civilización egipcia, el dios solar... es asociado a, nada mas ni nada menos que al Dios creador, todopoderoso, omnipresente y omnisciente de la Iglesia Católica Apostólica Romana... Cristiana... y... ¿entonces, Carlos, Eduardo?... ¿qué les pareció esta última referencia histórica?... ¿no les parece, que de alguna u otra manera, todas las cosas o sucesos en este mundo se repiten en alguna especie de ciclo durante el paso del tiempo? –terminó nuevamente relacionando magistralmente María Rosa.

Tanto Carlos como Eduardo, quedaron absolutamente boquiabiertos debido a que este viaje al pasado egipcio relacionado con ciertos aspectos cotidianos, y que presenciamos todos los días ante nuestros sentidos, como por ejemplo, los concernientes a temas religiosos, y luego comparando conceptualmente las absolutas semejanzas entre la Santísima Trinidad Católica con la Tríada Osiriaca egipcia; no se les hubiera pasado nunca por sus cabezas... jamás.

–Con razón Jesucristo resucito al tercer día luego de ser asesinado... muy análogo a Osiris... dios egipcio de la resurrección –agregó Eduardo.

–Y en cuanto a Isis o lo que podría llegar a ser la equivalente Virgen María, recuerdo imágenes de ambas que están en las mismas posiciones cargando a sus hijos... están sentadas, con sus hijos sobre sus brazos izquierdos y los brazos derechos de ambas flexionados sobre sus propios pechos... me las hiciste recordar María... has logrado revolver mi cerebro y sacar viejas memorias archivadas –le dijo Carlos con entusiasmo… pero con bastante apuro a la vez.

–Me alegro Carlos, y… ¿en cuanto al dios creador egipcio, Horus?... o lo que sería el equivalente al Dios Cristiano… a aquel, se lo representa por el Ojo de Horus, y a este, al Dios Cristiano se lo representa por el triangulo de la Santísima Trinidad… y ambos son… los tres a la vez, Horus es Horus, Osiris e Isis a la vez… Dios es Padre, Hijo y Espíritu Santo a la vez… ambas triadas o trinidades son las homeóstasis en uno solo… en Horus o bien en Dios… incluso, en algunas iglesias cristianas podrán ver la inclusión del Ojo de Horus dentro del Triángulo de Dios, conformando lo que se llama el Ojo de la Providencia, una manera de referirse a un dios mas abarcador y omnipresente, interpretado como la vigilancia del dios sol, dador de luz sobre la humanidad… … ¡ah chicos!... necesito agua… me cansé, y ese fue mi último razonamiento por ahora –completó María Rosa agregando a las anteriores dos reflexiones respecto de las similitudes conceptuales entre la Tríada Osiriaca y la Santísima Trinidad.

De lo que no han hablado estas tres mentes privilegiadas, es que si la Constelación de Orión es el Ojo de esta especie de Cerradura Celestial, y posteriormente a esto, se produjo un desprendimiento de todo lo relacionado con conceptos teológicos, y teniendo en cuenta de que ellos se encuentran dentro de una catedral, resolviendo el *"enigma de la salvación"*, es razonable pensar que, el Vaticano, el centro neurálgico de la Iglesia Cristiana, podría tener alguna afinidad conceptual con todo esto.

Pues así parece ser, y casi sin lugar a dudas al respecto. Y aunque María Rosa no lo haya recordado, en el Vaticano existe una llave, una muy grande, específicamente conformada por varias partes, las cuales son: la imponente y bellísima Basílica de San Pedro, la gran Plaza del mismo nombre, los extensos cuatrocientos ochenta metros de la Via Della Conciliazione, hasta llegar a una gran estrella de cinco puntas, que es el Castillo de Sant' Ángelo. Todo este conjunto de estructuras, vistas desde arriba, desde el cielo, conforman una especial e imponente llave, la cual, para algunas mentes muy dogmáticas, tiene la especial significancia de abrir las puertas del cielo y del infierno.

Y por si algunas almas un tanto distraídas, no pueden percibir una relación potencialmente posible, entre la plaza de San Pedro y la Constelación de Orión, solo basta comparar la forma de aquella con la distribución de las estrellas de esta última.

Ambas describen un ojo de cerradura como se ve en la imagen siguiente:

(*La Constelación de Orión superpuesta con la Plaza de San Pedro en el Vaticano.*)

Y esta gran llave de San Pedro, que abre las puertas del cielo y del infierno, a través del Ojo de la Cerradura, en la Constelación de Orión, sería la siguiente:

369

(Vista aérea –de izq. a der.– de la Basílica de San Pedro, la Plaza del mismo nombre, la Via Della Conciliazione y una gran estrella de cinco puntas al final… el Castillo de Sant' Ángelo, en ese orden, conformando entre todos, una gran llave terrenal. Coordenadas: 41°54'9.24"N - 12°27'41.18"E)

Después de esas asociaciones del antivirus piramidal de Héctor con la Santísima Trinidad Cristiana y la Tríada Osiriaca egipcia… y demás asociaciones históricas… y posteriormente, de unos fraternales saludos, Carlos se marchó a lo que sería un primer punto de encuentro con el captor de su esposa… o algo parecido. Carlos ya tiene ubicadas las coordenadas en el sistema de mapas de su celular, por lo que él mismo le irá indicando al taxista por donde debe ir hasta llegar al destino indicado por el mismísimo Melek Taws desde el celular de Susana.

Todavía en la Catedral, Eduardo y María Rosa quedaron con la quirúrgica tarea de reemplazar los valores actuales, propios del virus, por los nuevos valores detallados en el enigma de Héctor. Una verdadera cirugía ya que deben sustituir únicamente los valores que quedan debajo de los círculos que calcó Eduardo, sin tocar o modificar los valores aledaños. Una verdadera cirugía digital.

Al abrir el maligno ente del inframundo, el mismísimo command.exe, el programa utilitario llamado UDecompiler.exe puso a la vista sus retorcidas entrañas hexadecimales, con lo que rápidamente procedieron a ubicar el dibujo, calcado solamente con círculos, sobre la pantalla, aumentada en brillo, y partiendo de la intersección de la columna veintidós y la fila siete.

Esa especie de pirámide desestructurada, sin sus líneas conformantes, quedó superpuesta sobre el cuerpo hexadecimal del virus, de la siguiente forma:

371

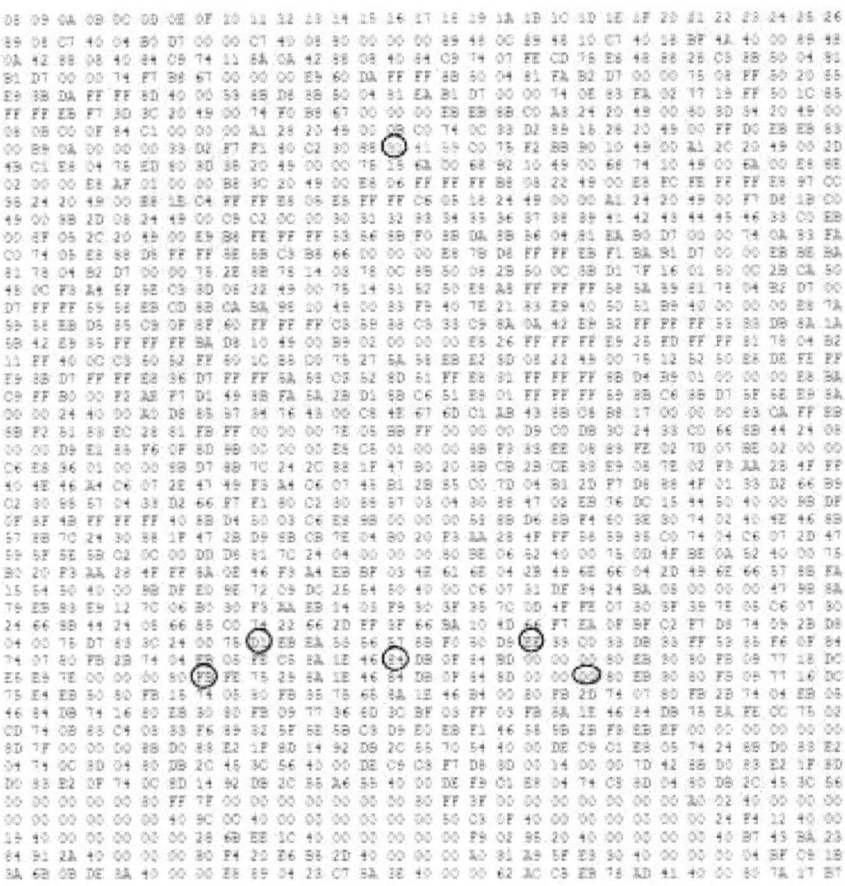

(*Parte del código objeto editado con el programa UDecompiler.exe mostrando
en rojo el comienzo del número PI*)

La pirámide, resultante de todo el análisis histórico,
filosófico, teológico, mitológico, astronómico, etcétera, etcétera,
respecto del enigma de Héctor; dibujada por Eduardo, y de la que

posteriormente él se basó utilizando sus vértices y la base de la vertical, para ubicar los valores a modificar en el virus, dentro de círculos, los que se reemplazarán luego, por los valores detallados en el enigma de Héctor dentro el código del virus, luce de la siguiente manera:

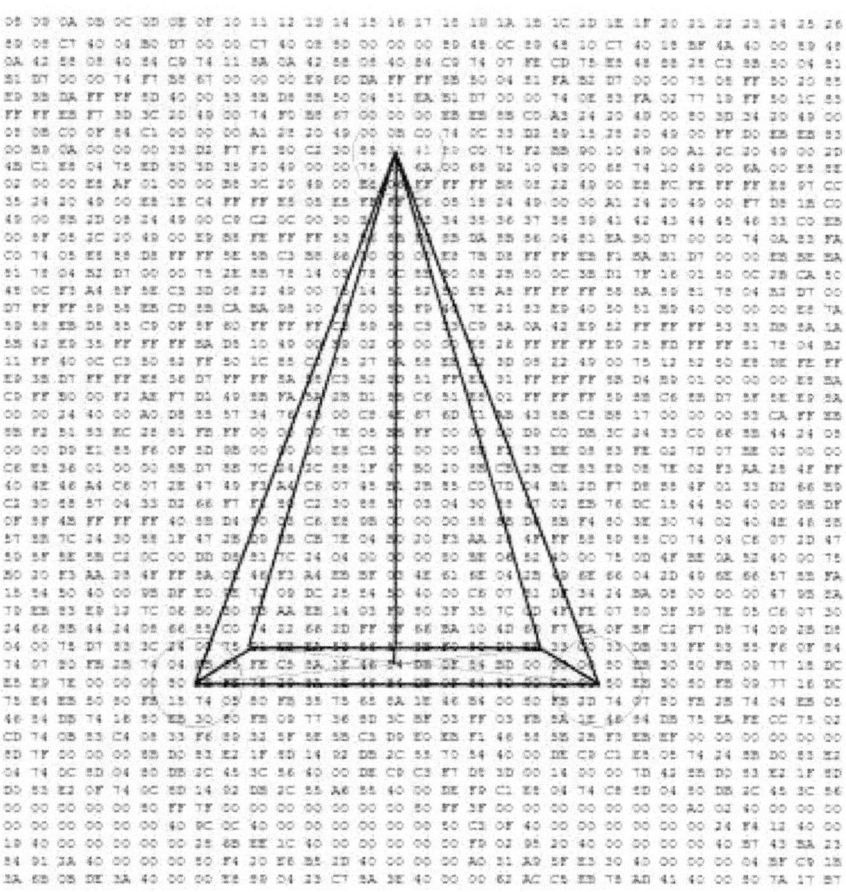

Un verdadero trabajo en equipo de tres mentes brillantes. Pero ahora, dos de esas tres mentes, deberán dar el gran paso... el de modificar el archivo command.exe, para que, como una verdadera reacción en cadena, el virus deje de funcionar en todo el mundo.

Los valores ya están reemplazados dentro del infernal cuerpo del mal. Eduardo colocó, uno a uno, de izquierda a derecha y de arriba hacia abajo, los nuevos valores detallados en el enigma de Héctor... y la notebook ya está conectada a Internet.

Solo falta una cosa para el fin de la *"peste"*... Guardar el archivo, modificado con los nuevos valores.

Capítulo 48.

En estos precisos momentos, son dos personas las que se encuentran dentro de la cárcel de concreto: Héctor Ayala y Susana Palacios. De todos modos, ninguno de ellos está en conocimiento de la presencia del otro, debido a que ambos yacen inconscientes, sentados y maniatados sobre las inmóviles sillas de metal y en torno a una mesa de igual material. El silencio y la oscuridad reinan en todo el lugar, solo el sonido intermitente de sus respiraciones, rompen la omnipresente y a la vez *"ensordecedora"* elipsis. Los *"sonidos del silencio"*, a veces llegan a ser más intensos que los sonidos externos. Y para obtener una noción de ellos, solo es cuestión de experimentarlos bajo una total y absoluta ausencia de los cotidianos bullicios externos al cuerpo humano. Cuando esas resonancias externas se acallen, se revelarán las internas… las del silencio.

Aunque ese silencio no va a durar mucho tiempo, debido a que unos pasos firmes y decididos se dejan escuchar con un tono de acercamiento y en dirección a la puerta de esa especie de, cárcel de concreto en donde Héctor y Susana se encuentran apresados.

Melek abre la pesada puerta de metal, enciende las potentes luces difusas y les concede las siguientes palabras:

–¡Hola mis amigos!, ¿van a despertar o los tendré que despertar yo? –inquiere Melek con su acostumbrada voz ronca y de tono soez.

Ninguno de los dos le contesta. Susana continua bajo el efecto del cloroformo, y a Héctor no le quedan más fuerzas para poder despertar.

–¿Será posible que los tendré que bañar en agua helada? –vociferó Melek a los cuatro vientos mientras coloca sus brazos en posición de jarro.

Nadie movió un pelo ya que continúan totalmente desvanecidos.

–Okay, okay, un poco de agua fría no les vendrá mal… y… primero… te toca a ti… Susana… ahí va –le dijo Melek.

Con lo que tomó uno de los dos recipientes cargados con agua muy fría, los cuales siempre los tiene a mano para esta clase de "*demoras*", lo afianzó enérgicamente por medio de sus dos fuertes y toscas manos blancas, le arrojó el contenido justo sobre Susana, con mucha fuerza y desde arriba, hacia la cabeza de ella. Al instante que el agua se derramó por todo su cuerpo, empezando por su cabeza, la ingeniera de ANNON y de MIRAR, se incorporó de forma repentina, dando lo que sería una especie de manotazo de ahogado, pero eso si, sin poder usar sus manos. Una reacción instintiva de supervivencia la despertó de su somnolencia inducida, para hacerle tomar la mayor cantidad de aire posible ante ese potencial ahogamiento. Pero, no había sido otra cosa que un despertar simulado por su subconsciente, con el objetivo de mantener al cuerpo de Susana con vida, ya que luego del baldazo de agua fría, ella aún continua adormecida. De todos modos, ya ha comenzado a mostrar signos que la conducirán a una inevitable vigilia.

–¡Ah!... ¿no te quieres despertar Susana?, te prepararé algo para que despiertes –le dijo nuevamente Melek.

Un pequeño aparato destinado para la defensa personal, específicamente diseñado para infringir electroshocks sobre un potencial adversario, es extraído por Melek Taws desde su estuche adosado a su grueso cinturón de cuero negro. Dos millones de voltios son descargados a la velocidad de la luz sobre el hombro izquierdo de Susana Palacios quien en ese mismísimo instante se despierta pero a la vez queda totalmente paralizada debido a la descarga. Si bien estos aparatos no son letales ya que emiten un muy bajo amperaje, el alto voltaje aplicado sobre el cuerpo, deja paralizado a cualquiera, sin importar su contextura física. De todos modos, el tiempo que Melek expuso a Susana al electroshock fue mínimo, casi un pequeño toque... pero fue suficiente.

–¿Ahora si Susana?... ¿estas despierta?... ¡veo que si!... ¿que?, ¿estás mirando a Héctor?... ¿extrañabas a tu amiguito no?...

¿cómo dices?... ¿y... qué estas mirando en la cabeza de Héctor?...
¡ah, si!... eso... eso es solo... un invento mío... lo llamo
"escafandra de la muerte"... ya lo verás funcionando –finalizó
ironizando y atormentándola con sus palabras, Melek Taws.

Susana, ahora esta despierta y trepidando, debido al
electroshock, pero, unas interminables lágrimas se dejaron caer
desde cada uno de sus ojos azules, recorriendo sus pálidas
mejillas, para finalizar derramadas sobre su abdomen. Lo que
tiene frente a sus ojos hizo que el shock eléctrico paralizante
quedara en segundo lugar, relegado, sin importancia, totalmente
secundario... ya que la figura de un Héctor muy desfigurado por
las primeras torturas, despojado de sus prendas superiores y con
una especie de gran casco de acrílico encerrando su cabeza,
aunque abierto por la parte superior, imprimió en Susana una
devastadora y profunda tristeza. Su clásico y alto nivel de
empatía, en estos momentos le está jugando en su contra; la está
destrozando psicológicamente, como si ella misma estuviera
sufriendo las torturas que recibió su colega desde que fue
secuestrado.

–Deja de llorar Susana... cuando menos te lo imagines...
todo esto terminará... solo debes decirme como detener el
antivirus que creó Héctor... piénsalo bien, y cuando puedas mover
tu lengua solo dímelo... y... tanto Héctor, como tu... quedarán
libres... por mi parte informaré para que modifiquen el código del
virus de manera de que la solución de Héctor no tenga efecto
aunque sea aplicada y... ¡todos seremos felices!... ¿qué te parece?
–le propuso Melek a Susana.

–Uy... veo que Héctor está despertando también... ¡enhorabuena Superman!... ¡agrégate a la charla!... ¡mira quien tenemos de invitada especial hoy! –ironizó nuevamente Melek.

Cuando Héctor miró a Susana, las mismas lágrimas que se le derramaron a ella, se le comenzaron a volcar en él, ya que no podía creer lo que estaba pasando, y que Susana, de ahora en más, iba a sufrir lo que él había sufrido en carne propia, por lo que le gritó –¡¡¡Maldito demonio Melek!!!... ¿y qué colocaste en mi cabeza?... ¡¿qué estas haciendo estúpido imbécil?!... ¡no entiendes que te sigues enterrando en tu propia tumba!... ¡no ves la realidad Melek!... ¿todavía crees que saldrás de esta y que obtendrás lo que quieres maldito hijo del demonio?... ¡pues seguiré diciéndote que no tendrás absolutamente nada de nosotros!... ¡no te has dado cuenta todavía... que si nos matas, no tendrás tu solución y si nos dejas vivos... tampoco la tendrás!... y con esto, ¿que es lo que se te vendrá encima entonces, Melek?... ¡eh!... ¡¡eh!!... ¡se te vendrán encima tus malditos contratantes, quienes te matarán sin dudarlo ni por un solo segundo Melek!... ¡lo entiendes!... ¡¡¡lo entiendes!!! –respondió Héctor cargado con una ira incontenible y un odio enceguecido hacia su captor quien ahora tenía también a Susana Palacios.

–¡Si lo entiendo Héctor!... ¡pero no tengo alternativas! – respondió Melek muy confundido.

–¡Pues encuéntralas!... ¡libérate de esa maldita coraza que no mereciste que te colgaran desde niño!... ¡encuentra alternativas Melek!... ¡aplasta de una vez a aquellos demonios que te impusieron esa maldad!... ¡piensa lógicamente y busca alternativas!, y verás que todo lo que te he dicho es lógicamente correcto, mas allá del bien o del mal... es... solo... lógica pura Melek.

–Entonces, hallo muy lógica la idea de que no me dirán nada, por mas que los tenga que seguir torturando... por lo que... voy a cambiar de estrategia... voy a ver que tan fuerte es tu amiga Susana –a lo que Héctor interrumpió abruptamente.

–¡¡¡No te atrevas a tocarle ni un pelo Melek!!! –a quien Melek interrumpió.

–No, no, no, no... no la voy a tocar a ella... te voy a tocar a ti Héctor... ella solo será... una apacible espectadora... y... solo deberá contestar una sola pregunta –le respondió con su clásica ironía.

–¿Qué me vas a hacer... Melek?, y... ¿qué es esta cosa que me pusiste en la cabeza? –preguntó Héctor con un visible decaimiento en su tono de voz.

–Ah... eso... eso es otro de mis inventos... le llamo, "*la escafandra de la muerte*", y te preguntarás para que sirve... bueno, sirve para ir cargándolo con agua, muy lentamente hasta que esta te cubra la cabeza por completo, con lo cual terminarás ahogándote... ¿te gusta mi nuevo juguetito Héctor?... y con esto, si tu no quieres hablar, posiblemente Susana desee salvarte la vida... si ella me dice cuales son las modificaciones para que el virus no se detenga, tu no te ahogarás... ahora, si ella no me responde, en unos minutos estarás muerto y Susana tendrá la carga psicológica por tu deceso –les explicó Melek ya que, si bien Susana todavía no podía articular ninguna palabra, si podía oír perfectamente, por lo que mas lágrimas de tristeza corrían sobre sus mejillas.

–Bueno, no me queda mas remedio que empezar a "*refrescarte la mente*" Héctor –ironizó Melek, en relación a que en este mismo instante esta abriendo una canilla ubicada justo detrás de Héctor, a la cual se conecta una manguera transparente, y en donde el otro extremo de esta, se conecta a la base de la escafandra de la muerte de Melek.

Muy despacio, el líquido comenzó a vertirse alrededor del cuello de Héctor y a subir de nivel.

Los ojos azules de Susana, al ver lo que esta ocurriendo con su amigo, parecen desorbitárseles de sus cuencas, y a la vez que se le llenan de lágrimas, demuestran un terrible sufrimiento por lo que está presenciando e imaginando. Ella puede ver a un Héctor, ahora si, muy resignado, con su triste y lacrimosa mirada puesta fijamente en ella, ve un cuerpo maltratado y una mente atormentada, y por un minúsculo momento, se le pasó por la mente, que la muerte de Héctor, podría llegar a ser la salvación de él mismo… esa mente brillante dejaría de sufrir y se uniría al Todo, a la Mente Universal, dejando atrás la materia corporal que por la cual su desconsuelo todavía persiste; aunque Susana, así como se le ocurrió esa idea, al mismo instante, la eliminó de su mente, en relación a que la muerte no es una opción para el que todavía puede pelear.

El nivel del líquido ya va llegando a su mentón y de nuevo, Melek comenzó a hacer las preguntas de siempre –Susana, querida, es obvio que Héctor no me dirá nada… por eso lo apodé

Superman... aunque sé muy bien que él se autodenomina
Terminhéctor... bueno... es un apodo muy bien puesto también...
lo reconozco... pero, como te iba diciendo... como Superman no
me dirá nada, tu si lo harás, tienes poco tiempo para contestar, y
no miraré el reloj, el tiempo se acabará cuando el líquido
sobrepase la nariz de él... luego, Susana, será muy tarde para tu
amigo... y también para ti... y por tu culpa verás morir a tu
colega delante de tus lindos ojos azules, así que... solo preguntaré
una vez mas... y pienso que ya puedes hablar, ¿qué se debe hacer
para que el virus siga operando normalmente?... ¿cuáles son las
modificaciones para que no pueda ser detenido? –satirizó y luego
preguntó Melek.

–¡No lo se Melek!, yo no estuve... en la última resolución
para... encontrar la cura a... tu maldito virus, tu mismo me
sacaste... de allí gracias al mensaje de texto... invitándome a ir al
hangar número... trece del puerto abandonado –respondió Susana
con mucha dificultad para hablar.

–No me mientas –responde Melek mientras mira el nivel
del líquido dentro de la escafandra de la muerte, el cual ya estaba
llegando al labio inferior.

–¡¡¡No te miento... Melek... maldito!!! –grita Susana
sacando fuerzas de donde no las tiene.

–Dentro de unos momentos tu amigo no podrá hablar...
¡no querrá tragar agua! –ironizó otra vez Melek.

–¡Es que... no lo se Melek!... –exclamó Susana
visiblemente agotada.

–¡Labio superior!

—No, por favor Melek, no dejes que se ahogue, no lo hagas... por favor Melek... —le dijo Susana por medio de lloriqueos de tristeza.

—Es que yo no lo estoy haciendo Susana... lo estas haciendo tu... ¿es que no lo vez? —respondió tranquilamente Melek.

—Yo no estoy haciendo... nada Melek... que puedo decirte, no se como detener el virus, solo hay una cantidad de acertijos y que no tengo ni idea si el que seguía lo resolvieron... yo iba a estar allí... y... ¡tu me sacaste... maldito!... y no lo dejes morir Melek por favor... ten piedad, ¿que eres?, ¿una especie de animal sin alma? —suplicó Susana.

—¡Piedad!... ¡piedad!... ¡quien tuvo piedad conmigo alguna vez, eh!... ¡¡¡eh!!!... ¡¡¡quien!!!... ¡¡¡pues nadie, nadie, nadie!!!... y ¡me pides piedad a mi!... ¡¡¡justamente a mi me estas pidiendo... piedad!!!... pues... pues... mira... ¡el líquido casi llega a la nariz Susana y todavía no tengo respuestas de tu parte! —gritó y a la vez exteriorizó Melek, por primera vez, sentimientos relacionados con su pasado.

Héctor ya no podía respirar por la boca y el líquido le estaba comenzando a ingresar por la nariz. Unos segundos mas y será el final.

—Mira Susana, mira esa cámara, salúdala por favor... vamos salúdala... ah... claro, tienes las manos atadas, okay, bueno, te cuento, por ahí te están viendo y escuchando dos personas desde otra habitación, y son muy importantes... muy, muy importantes y... yo diría, mas oscuras que yo —dijo Melek junto con mirar con ojos sarcásticos hacia la cámara, a lo que prosiguió –si me lo dices todo, tu amigo Héctor se salvará... ¿es que no lo has entendido Susana? –reiteró su pedido Melek.

–No tengo lo que me pides Melek... no lo tengo... y deja vivir a Héctor, te lo pido, por el amor de Dios... todo esto se arreglará, todo esto se... –pero Melek la interrumpe.

–No se arreglará nada, absolutamente nada Susana Palacios, por tu culpa Héctor se está muriendo... por tu culpa... y justo que me había caído bien este Superman... pero bueno, negocios son negocios... ¿no? –inculpó Melek.

El líquido ya ha sobrepasado los orificios nasales con lo que obligó a Héctor, unos segundos antes de que aquello sucediera, a inspirar profundamente lo mas que pudo por medio de su nariz, para luego zambullir la mitad de su cabeza bajo la superficie del liquido, el cual continúa subiendo sin detenerse. A Héctor solo le quedan unos minutos... y menos que eso.

–Susana... tienes algo que decirme, ya no tienes más tiempo, estás matando despacito a tu propio amigo y compañero... ¿no te parece muy cruel de tu parte? –punzó otra vez Melek.

Ahora, Susana, no respondió ninguna pregunta más y no expresó ninguna otra palabra, solo se dignó a ver vivo por última vez a su gran amigo y compañero de la red de redes, Héctor Ayala, por medio de una mirada repleta de dolor y de perdón, una mirada que también Héctor estaba viendo, y quien la pudo tranquilizar por unos segundos, forjándole de parte de él, una mueca, al mejor estilo Hectoriano, por medio de su cabeza y sus ojos, como diciendo: *"no te preocupes Susana, estaré bien"*. Las lágrimas solo corrían por las mejillas de aquella, pero las de Héctor ya estaban inundadas por el líquido. De pronto, Susana no aguantó más tanta tristeza y se puso a llorar de una manera desesperada, incontenible e imparable, un lloro que Melek no había presenciado jamás y a quien lo sorprendió de sobremanera. Melek la miró con un pequeño gesto de acompañamiento y de dolor, algo nunca visto en él.

Héctor ya no puede seguir aguantando más, la necesidad involuntaria de respirar nuevamente esta por obligarlo a abrir su boca en cualquier momento, el líquido, en estos momentos está cubriendo su cabeza casi por completo, la mirada de Héctor desde bajo el agua es un tanto tranquila y en dirección a Susana, como acompañándola, él mismo, en su sufrimiento. De pronto, la mirada tranquilizadora de Héctor se perdió por completo, sus ojos se cerraron súbitamente como tratando de hacer mas fuerza para contener el aire que le queda, hasta que no aguantó mas, y la naturaleza prevaleció sobre la razón. Héctor, sin poder resistirse mas, abrió salvajemente su boca, como pronunciando un claro reflejo instintivo de supervivencia, de tal forma que el oxígeno faltante pueda reponerse de nuevo en su sistema respiratorio, pero lo que obtuvo fue otra cosa. El líquido que comenzó a tragar, le empezó a llenar los pulmones de una manera muy veloz, con lo que las bocanadas de respiración instintivas fueron muy pocas, hasta que le sucedió un total y absoluto vacío sensorial.

Héctor acaba de abandonar su cuerpo mortal, y su mente comienza a unirse al Todo mismo. Y una gran sabiduría universal lo está esperando.

El cuerpo de Héctor Ayala, alias Terminhéctor, ha dejado de existir.

–¡No!… ¡Héctor!… ¡no!… por el amor de Dios… ¡¡¡que has hecho Melek!!!… que has hecho… que… has hecho… –le dijo Susana por medio de una vos totalmente revestida de una tristeza absoluta, mientras baja su cabeza a modo de representar un gesto de resignación.

–Y Ahora sigues tú Susana… te reunirás con él… pero, antes… te daré otra oportunidad –la amenazó Melek a la vez que extrajo su arma Colt calibre 45 1911 de su espalda, a la altura de su cintura, y luego prosiguió diciéndole –lee esto y si puedes responderme hazlo como mejor te parezca… ¿si? –terminó expresándole Melek, mientras le coloca en la mesa un papel escrito a mano por el propio Taws, y sobre el que Susana se inclinó como pudo para poder leerlo.

Susana, luego de leer el papel, miró fijamente a Melek, a quien le gritó con todas sus fuerzas –¡¡¡No Melek!!!… ¡ya te he dicho que no se nada y no voy a escribirte absolutamente nada en ningún papel para detener ese virus maldito!… y si quieres matarme, pues hazlo… ¡pero ya sabes que tú también estarás muerto! –le respondió Susana por medio de una voz muy alta hacia un Melek visiblemente serio.

–¿No lo harás Susana?… okay, tu lo has querido –le dijo el verdugo, quien, inmediatamente después de esas palabras, levantó su pistola Colt 45, apunto hacia el pecho de aquella y le disparó un solo tiro... y solo bastó uno, para que Susana quedara totalmente fulminada. El tiro fue certero y directo a su corazón.

Melek contemplo su obra de maldad por unos segundos, al mismo momento que otras dos personas también lo hacían desde la habitación contigua, observando la masacre de una manera impávida, a través de la cámara de circuito cerrado de televisión, instalada en esa fría y blanca celda de concreto, como también en todo el complejo subterráneo... y aquellos dos televidentes, de la misma manera, también están siendo escuchados y filmados secretamente.

Luego, el bestial personaje, tomó con su mano izquierda el papel de la mesa, apagó las luces difusas, y posteriormente a unos raros quince segundos de demora dentro una penumbra fantasmal, se distingue en cámara, y a través de los ojos de los dos televidentes contiguos, que Melek abre y a la vez que cierra la pesada puerta de la celda.

Melek Taws se ha marchado, y ha dejado encerrados a dos cuerpos indiferentes, los cuales, ahora se encuentran revestidos por una eterna y absoluta oscuridad.

Capítulo 49.

–¿Esto es el cielo?... ¿así se siente el, morir?... ¡no es para nada celestial!... ¡al contrario, oscuridad y silencio!... ¡que raro se siente!... sin cuerpo… sin sentidos terrenales… claro, estoy muerto… ¡muerto!… solo soy… ¿mente?, y… ¡si!... energía aglutinada por mas energía… solo eso queda de nosotros, solo quedan nuestras sinapsis cerebrales unidas en el… ¿Todo?, en el ¿universo?... ¡que!... ¿esto es la mecánica cuántica de la que tanto hemos hablado con Susana?... ¡no, así no es!... ah, ¡Susana!... ¿te puedo escuchar?... ¡no!... ¡no grites!... ¡no grites por favor!... si, dile lo que puedas… si, si miéntele… pero, ¿porqué te escucho?... ah, ahora soy un fantasma y estoy en la misma habitación de siempre y quedaré aquí por toda la eternidad, ¡que… bien!... no… no digas que no sabes nada Susana, miéntele… miéntele, así ganarás tiempo… no Melek, no… ¡no!... que haces… ¡¿que?!...

¿eso fue un disparo?... no Susana, por favor a ti no... ... pero, Susana no, Melek, que le has hecho maldito... pero, ¿porqué sigo escuchando todo esto?, si estoy muerto... bueno... veo que no pude hacer nada para ayudarte Su... pero ya te veré pronto entonces, Susana, amiga... pero... ¿que?... ¡¿ahora te escuché decir okay... Su?!... pero, que es todo esto... soy un fantasma, lo admito... creo... ¡pero eso no quiere decir que esté loco!, ¡no entiendo nada de esto!... y pensando mejor el tema de la *"mente cósmica"*, si yo fuera partículas respetando los principios de la mecánica cuántica, ahora mismo estaría, el otro yo equivalente, el otro yo, Héctor Ayala, en el otro universo paralelo a este, en el otro mundo parecido a este, en la otra tierra como esta, con el otro cuerpo físico igual al que he perdido, y si así hubiera sido, es muy probable que en ese otro universo me esté dedicando a otra cosa, y... ¡no a la informática!, ya que los eventos o sucesos, son ajenos a cada extremo entrelazado de la física de partículas, pero... si no estoy en otro universo... ¿dónde estoy entonces?... ¿qué soy entonces?... ¿soy un fantasma atrapado aquí todavía?... ¡yo!... yo que no creía en fantasmas... y... Susana, ¿porque no hablas... nuevamente?... recién... dijiste... ¡okay!... y... por... que... me... estoy... desvaneciendo... des... va... ne... cien... do... ¡Su!... ...

Capítulo 50.

Latitud: 33°52'51.93"S Longitud: 58°40'47.23"O. Carlos Di Stéfano, ya se encuentra en ese lugar, el taxi retoma detrás de él para volver a la ciudad, dejando un gran torbellino de polvo en el ambiente que se disipa hacia el oeste, un despoblado territorio solo habitado por la mismísima naturaleza, que en toda su expresión lo rodea en casi todas las direcciones, y un aire fresco y húmedo se percibe en el ambiente debido a la existencia de un río muy cerca, pero además, la exuberante vegetación es la que hace que se formen esos microclimas de bajas temperaturas en el lugar.

Carlos observa para todos lados, pero no ve absolutamente nada que se parezca a un mensaje o a algo que le indique en donde se encuentre Susana, solo una calle de tierra y piedra, y una profusa vegetación por donde se mire. Parado en el centro de la calle, como un verdadero centinela, sus ojos escudriñan con mucho esmero cada rincón de lo que tiene al alcance de su vista, pero no encuentra nada. En unos momentos, se le pasa por su mente que esto podría llegar a ser una trampa para apresarlo a él también, por lo que inmediatamente, su corazón comenzó a latir mucho mas rápido que lo normal y su visión periférica se agudizó de tal manera, que cada movimiento de las arboledas circundantes le hacen parecer que alguien salta detrás de ellas para atacarlo. Los nervios comienzan a hacerse presente en un hombre naturalmente calmo, nada sucede, nada se ve, nada se escucha, salvo la naturaleza, hasta que, el sonido agudo de un celular le llamó la atención. Lo primero que atinó a hacer es a tomar el suyo y observar la pantalla, pero no tenía ninguna llamada perdida, ningún mensaje entrante. Otro sonido, que si bien no es como el de su teléfono, es un ringtone conocido de otra marca, esperó a que se repitiera para localizar de donde proviene. Sonó nuevamente, esta vez fue a su derecha y hacia la altura de su cabeza, por lo que se acercó en esa dirección y esperó a que sonara nuevamente. Otra vez el ringtone y lo oyó muy cerca, a la altura de su cara, observó muy atento a un árbol bastante grueso que tiene frente a él y esperó. Y otra vez el sonido, pero ahora Carlos localizó perfectamente el origen, en donde divisó una especie de aglutinamiento, de un papel marrón, muy arrugado, estilo papel madera, del tamaño de un puño o más grande. Nuevamente el sonido, pero esta vez ya esta más cerca, al alcance de su mano. Carlos toma el bollo de papel, lo desarma y encuentra un pequeño celular descartable emitiendo un nuevo sonido y mostrando en su pantalla el título *"Nvo. Msg. De texto"*. Sin dudarlo un segundo, presiona la opción para visualizar el contenido y lo que leyó de parte de Melek fue lo siguiente:

"Sigue en la dirección que viniste, hacia un portón en banquina derecha. Ingresa 20 m y hallarás un automóvil, y tus respuestas.
M."

Carlos, sin dudarlo un segundo, y luego de arrojar el celular a la base del mismo árbol en donde lo encontró, comenzó a caminar por la calle en la misma dirección, o sea, siguiendo por el mismo camino, pasando las coordenadas, hasta encontrar un portón del lado derecho de la calle. Los latidos volvieron a acentuársele en su corazón, por un lado, como una forma de ayudar a sus músculos en la nueva labor dada por Melek, referente a una caminata mas intensa, y por el otro lado, como para irrigar mas a su cerebro con el objetivo de preparrlo ante lo que podría encontrarse dentro del automóvil.

El caminar de Carlos ya es más parecido a una especie de trote o pedestrismo debido a que su ansiedad no para de crecer con cada paso que da, hasta que, desde su ubicación se perfila lo que parece ser un portón de madera, a una distancia de unos diez metros, por lo que aquél apura mucho mas el paso, logrando llegar mucho antes que su ansiedad se desborde, lo desengancha muy fácilmente, lo abre hacia su derecha e ingresa en una pequeña calle conformada por dos hendiduras sin maleza, desgastadas por los diferentes vehículos que han transitado y transitan por allí, y encerrada, dicha calle, a cada lado, por una estrecha diversidad de vegetación y fauna autóctonas muy tupidas que en algunas partes se unen por arriba como conformando un pequeño túnel hecho por la mismísima naturaleza. Pues ya faltan diez metros y Carlos comienza a ver, después de una pequeña loma, un pequeño brillo de lo que parece ser el techo de un automóvil de color rojo o anaranjado, con lo que apura mucho más el tranco, ahora su corazón debe bombear mucho mas, y por otro lado, ese brillo rojizo, se transforma en lo que claramente es la parte superior de la carrocería de un automóvil muy moderno, de origen Japonés, marca Honda, modelo Civic si, un automóvil que parece haberlo construido la misma madre naturaleza gracias a sus curvas muy aerodinámicas.

Carlos, llega por fin al costado del automóvil, pero desde fuera, no puede divisar nada en su interior ya que tiene sus vidrios polarizados y desde el delantero no se puede ver nada, pero un segundo antes de ingresar a su interior, un papel colocado dentro de una bolsa de plástico, se afirma sujetado debajo del limpiaparabrisas delantero izquierdo. Sin demoras, Carlos lo extrae, lo abre y comienza a leerlo. El mensaje que tiene escrito el papel, hecho por computadora, lo deja helado y a la vez una sensación de calma y entereza inundaron el alma de Carlos. El mensaje del propio Melek Taws, para Carlos Di Stéfano es el siguiente:

"Carlos, como te dije en el mensaje que te hizo venir a estas coordenadas, me habrás ayudado a mi, habrás ayudado a tu esposa, y también a alguien más. Ese alguien más, me ha hecho ver lo que yo nunca pude ver en toda mi vida, me ha ayudado a quitar la coraza de maldad que otros me han puesto, me ha ayudado a salvarles la vida a ellos mismos y a detener a los verdaderos malditos de este mundo. De todos modos, reconozco mis errores anteriores por lo que no me resistiré ante la ley. Tengo pruebas de quienes son mis contratantes y los liberadores del virus para atacar a la red ANNON y para robar información de la Bolsa de Comercio. Espero que lo hayan podido parar. Tuve que actuar un poco delante de ellos hace un rato para tener un poco mas de tiempo.

Se que es tarde para pedir perdón, pero para lo que no es tarde es para pedir que te subas al automóvil inmediatamente y te dirijas al hospital de la ciudad... dentro de él, dos personas necesitan cuidados médicos.

Melek.

PD: cuida mi auto plz."

Carlos, coloca el mensaje dentro del bolsillo izquierdo de su pantalón, abre la puerta izquierda del automóvil y observa su interior desde fuera. Lo que ve allí, lo dejó helado nuevamente.

Eran, nada mas ni nada menos, que Héctor Ayala y Susana Palacios, ambos recostados, uno en el asiento del acompañante y el otro en el asiento trasero.

Lo primero que hizo Carlos al ingresar, es comprobar el pulso de cada uno de ellos. Luego de este trabajo perturbador, Carlos no pudo creer lo que estaba viviendo, su corazón, de tanto latir, casi se le escapa de su pecho, aunque su capacidad de autocontrol pudo mas, con lo que de manera instantánea se subió al Honda Civic si, encendió el motor y emprendió un rápido viaje en dirección al hospital de la ciudad, el cual está por recibir dos cuerpos maltratados por el destino, dos mentes atormentadas por las maldades de este mundo, dos almas que casi dejaron sus envoltorios materiales... Héctor y Susana están vivos y sedados yendo en el automóvil de Melek en dirección al Hospital.

En estos momentos, el corazón de Carlos comienza a darse el lujo de disminuir poco a poco la cantidad de latidos por minuto, ya que parte de las tensiones se han disipado por completo. Ahora solamente queda internar a su esposa y a Héctor, para que se repongan de las penurias sufridas.

–¿Señor Presidente?

–¡Si!

–Soy yo de nuevo, y tengo información muy sensible que debe tomar en cuenta para sus decisiones, de aquí en adelante.

–¿Quién dice que es?

–Yo, señor presidente... ¿no recuerda mi voz?... la hija de Zeus... ¿ahora si me recuerda?

–Ah, si… si, si, la recuerdo, la voz femenina misteriosa que nunca pudimos saber de donde provino… menos mal que, aparentemente está de nuestro lado, ¿no?... y… ¿cuál es esa información sensible?

–No se preocupe Señor Presidente, que usted y yo, no solo vivimos en el mismo país, sino que trabajamos para él, y la información, se la estoy enviando directamente a su dirección de correo electrónico, en donde allí verá un archivo adjunto con una grabación de tres voces hablando en conferencia; y a la cual la he podido detectar gracias a mi conocimiento de uno de esos celulares; le decía, una es la del Director de la Agencia de Seguridad Nacional, la otra es la del Director de la Agencia Central de Inteligencia y la ultima es de otra persona contratada por aquellos, escúchelo usted mismo, además, en el cuerpo del email le detallé los contactos de Esteban De la Cuadra, quien es responsable del Área de Delitos Cibernéticos de la Agencia Central de Inteligencia, quienes descubrieron la funcionalidad del virus de robar información financiera, además de la de ciberespiar a ANNON, y por otro lado a Sergio Vera, quien es el Inspector General de policía, quien tiene un caso de dos secuestros relacionados a este virus y sus dos directores señor Presidente; ambos directores se encuentran yendo, o bien ya están, en las coordenadas que le adjunté en el email, por favor actúe ya, debido a que es posible que encuentre a alguien con las manos en la masa allí.

–Okay, okay… *"hija de Zeus"*, su país de seguro le estará muy agradecido, y después nos deberemos conocer personalmente, usted se merece una medalla... bueno, en seguida me ocupo de esto que me envió... me ha dejado pasmado, totalmente confundido, ya que no puedo creer que mis dos mejores hombres... mejor dicho, dos de los mas importantes hombres del país, estén metidos en temas de robar información financiera, el de ciberespiar a personas...y... ¡dos secuestros!... es terrible.

Es obvio que a estas alturas, las cosas... están que arden. Y se pondrán más ardientes para las tres almas lóbregas y ejecutoras del plan.

La Cárcel de Cristal... está por romperse en pedazos.

Capítulo 51.

Solo resta guardar para poner fin a la *"peste"*... y el virus deberá caer como una gigantesca y fiel demostración de piezas digitales de dominó dispuestas todas de una manera perfecta, una tras de otra.

Los valores, ya se reemplazaron en el archivo command.exe. Las propias entrañas del virus han sido operadas digitalmente y lo único que resta de ahora en más, es suturar la herida y despertar nuevamente a la bestia para que este, sin darse cuenta, envíe un comando *"kill"* a todos los demás virus e incluso a su propia madre. De este modo, todo el proceso de robo de información financiera y de ciberespionaje sobre personas de la red ANNON, quedará detenido por completo.

Eduardo, sin dudarlo un segundo más, presiona la opción *"Guardar"*. Con este comando, el programa UDecompiler.exe, lo que hace es lo siguiente: primero, detiene el proceso actual del virus cargado en memoria y en ejecución por el microprocesador, segundo, actualiza y guarda el archivo del virus con los nuevos valores ingresados por Eduardo, y tercero, ejecuta nuevamente el mismísimo virus, pero ahora si, modificado de modo tal que sin quererlo, el mismo virus desestabilice todo el sistema vírico cliente-servidor los cuales siempre se encuentran interrelacionados por medio de un funcionamiento en perfecta sincronía. Uno solo que falle, en cuanto al envío de datos, en tanto datos en si, y no en tanto el momento en que son enviados, todo el sistema vírico se paraliza.

En este instante, la notebook de Eduardo contiene la versión del virus denominado *"La Cárcel de Cristal"*, ejecutándose según los nuevos valores proporcionados por el enigma de Héctor. Cuando el proceso comience a trabajar, debería comenzar a hacer caer a todos los demás archivos command.exe que existen ejecutándose en el mundo, incluyendo a la *"Madre de todos los virus"*.

Este *"germen digital"* se ejecuta libremente según una misma cosa pero con distintas acepciones, o sea, según la palabra descubierta, según ese triángulo con perspectiva, según los vértices de la pirámide, según las analogías a la Santísima Trinidad y a la Tríada Osiriaca... y según un concepto omnipresente y omnisciente que va mas allá de cómo es denominado por las distintas religiones del mundo... ese concepto, no es ninguno de los dioses propuestos, sino que es, *"El Todo"* mismo... ese triángulo del enigma, en definitiva, es el Universo Mental... todas las mentes colectivas reunidas en una única Mente Universal. Por ende, el virus, ahora se ejecuta dentro de la notebook de Eduardo, desestabilizando todas las piezas del gigantesco dominó, bajo la acción de esa mismísima Mente Universal, derivada ésta, de la palabra encontrada... del triángulo con perspectiva, de la pirámide, del enigma de Héctor.

Y de los seis valores de sus vértices, cinco de ellos se corresponden con la base, la cual soporta la carga de todo lo demás por sobre estos y la que acciona con mas fuerza para eliminar a la *"peste"*. El vértice superior, el sexto, que se corresponde con un solo valor cambiado en el virus, solamente guía a la pirámide para que toda su base se ubique según las necesidades de esta y no de aquel.

La *"peste"* comienza un efecto dominó imparable en todos los equipos del mundo e incluso en su propia madre. El enigma de Héctor comienza a tener éxito.

Solo falta coordinar un gran ataque de denegación de servicio o también denominado ataque de DDoS hacia la página www.weareannon.com, de manera tal que esta quede inaccesible a los usuarios del mundo y el virus no pueda infectar más máquinas. De todas maneras, si la madre de todos los virus está cayendo, los hijos no podrán sobrevivir.

Capítulo 52.

Muy cerca de las coordenadas que Melek le proporcionó a Carlos, se encuentra un lugar muy especial, una conjunción de un río y una planicie bastante elevada. Allí, bajo tierra, se encuentra una fortaleza de concreto semejante a un bunker de la segunda guerra, conformada por una larga y fría entrada de unos treinta metros, en constante pendiente hasta llegar a un gran pasillo perpendicular al principal, el cual contiene en cada uno de sus lados, una serie de puertas de metal que aparentan ser muy pesadas.

Una gran "T" bajo la superficie.

Allí, en estos momentos, solo quedan tres almas oscuras, aunque una de ellas acaba de emblanquecer su alma, purificar su espíritu, sanar sus heridas, aplastar a sus demonios, aceptar sus errores, y hacerle honor al fin, a su sobrenombre, Melek Taws, el cual hace referencia, según los Yazidis, al Ángel Pavo Real, que al final, se convirtió en un ángel de total benevolencia y que se redimió a sí mismo de su caída, y se convirtió en el demiurgo que creó el universo a partir de una célula universal, y ulteriormente a llorar por siete mil años, sus lágrimas atiborraron siete cacharros, con los que se sofocaron los fuegos del mismísimo infierno.

Pues Melek Taws pudo sofocar las llamas de su propio infierno interior gracias a su propia psiquis todavía intacta, aunque oscurecida por los años, y a la valiente ayuda de su, hasta hace unos momentos, cautivo, Héctor Ayala.

Un helicóptero de la policía local llega al lugar. De él descienden varias personas con armas largas y al final lo hacen Esteban De la Cuadra y el Inspector Sergio Vera.

Todo había resultado en que ese era el lugar en donde hallarían respuestas, ya que la grabación que encontró el inspector Sergio Vera en la casa de Héctor Ayala, fue determinante para reconocer patrones de voz, nombres y una ubicación geográfica. También ayudaron mucho los datos de geolocalización que tiene el agente Esteban De la Cuadra y que fueran proporcionados por Susana Palacios desde el taxi que la llevaba hacia la catedral. Y como si fuera poco, las escuchas telefónicas por parte de la *hija de Zeus*", o sea, de la supercomputadora cuántica ATENEA, a partir de haber detectado desde el celular de Héctor al principio, y posteriormente desde el teléfono del mismísimo Melek Taws, la localización geográfica en el que ahora se encuentran el agente, el inspector y sus hombres armados.

Los uniformados, portando unas armas automáticas conocidas como Colt M4 MWS (Modular Weapon System o Sistema de Arma Modular por sus siglas en inglés) se enfrentan contra un portón aparentemente infranqueable; enmarcado por dos grandes molduras de concreto, unidas entre si, conformando de frente, una especie de gran "A", la cual, en dirección contraria a su fachada, se pierde en las profundidades del terreno, hacia el interior de la planicie. Al colocarse a cada lado de ese gran portón de acero de color negro opaco, notan que en el medio de este se encuentra adherido un papel muy rígido, de color blanco con una escritura impresa hacia el frente. Uno de ellos, se dispone a leer lo que está escrito por medio de letras muy grandes. Lo que leyó, lo dejó totalmente confundido, por lo que llamó a su jefe Sergio Vera para que lea el mensaje y dé una orden al respecto.

El papel que se encuentra pegado en medio de esa armadura de metal, contiene el mensaje siguiente:

"Pasen, la puerta está sin su seguridad puesta.
Estamos los tres adentro, esperándolos. Y yo,
con evidencias contra mis dos contratantes, a
los cuales los tengo encerrados. Héctor y

Susana ya están en el hospital de la ciudad.
Llamen para averiguar. Ambos están bien.

Melek Taws."

Todos acceden con total cautela a la guarida del mal, con sus miradas puestas justo al fondo del pasillo, en el mismísimo cuello de la gran "T" que conforma el bunker, en donde divisan, nada mas ni nada menos que a Melek Taws, parado, con los brazos extendidos hacia arriba, como una clara manera de decirles a los oficiales de la ley, que se está entregando en paz.

Varias miras láser de las armas automáticas Colt, se posan sobre el cuerpo de Melek mientras el largo camino por el pasillo es recorrido con mucha cautela por los oficiales, hasta que, luego de unos intrigantes segundos de caminata, logran apresar a Melek y llevárselo hacia afuera de su guarida, no sin averiguar en que lugar se encuentran los otros dos, los directores de las agencias mas importantes del país. En menos de diez minutos los tres estaban en el exterior y a la vista sorprendida y desilusionada de Esteban De la Cuadra, quien no podía creer que se encontraba en presencia de su propio jefe, de su director, inmiscuido en un grave delito de seguridad nacional.

Los dos directores solo miran a Melek constantemente por medio de una expresión de odio y venganza que ni siquiera a él mismo se le había notado en sus días más infernales. Melek goza el haber traicionado a los perpetradores del plan y el haber salvado a otras dos personas inocentes. Aquellos dos ex agentes, devenidos en directores y ahora detenidos por corrupción y espionaje, los que se complacían del mayor prestigio mundial en todos los aspectos, económicos, sociales y políticos; de aquí en mas se encontrarán tocando fondo, un fondo del que jamás saldrán.

Todos los arrestados, los efectivos policiales y los agentes de la Agencia Central de Inteligencia, nuevamente dentro del helicóptero, retornan a la jefatura de policía de la ciudad para comenzar el procesamiento e interrogar a los tres detenidos y además, para analizar, de una manera minuciosa, cada una de las evidencias encontradas en el bunker y las proporcionadas por Melek.

Es obvio que ninguno de ellos quedará libre.

En cuanto al progresivo cambio percibido en Melek, se debe gracias a que una mente pura y basada en la razón ha podido actuar sobre otra mente presa de un oscuro pasado que lo condena constantemente, desde lo profundo de su subconsciente. Héctor Ayala había conseguido la transubstanciación sin siquiera tocar *"el material"*... había podido convertir el plomo... en oro.

Un verdadero alquimista contemporáneo, en quien los procesos dialécticos solo se fundamentan en la palabra basada en la razón pura.

Capítulo 53.

Hospital de la Ciudad, Sala de preinternación número 12.

Carlos Di Stéfano se encuentra sentado en una silla entre las dos camas en las que se hallan reponiéndose de sus lesiones, su esposa, Susana Palacios y Héctor Ayala. Ambos fueron revisados por los médicos de guardia, los cuales informaron que el estado de salud de cada uno de ellos es normal, si bien el de Héctor no es mejor que el de Susana, igualmente él se encuentra en constante recuperación. También, los doctores le informaron a Carlos, que tanto a Héctor como a Susana, le habían suministrado, estando secuestrados todavía, un fármaco psicotrópico psicoactivo inyectable, un hipnótico para inducirles somnolencia y un posterior sueño profundo del cual despertarían en cualquier momento.

En cuanto a Héctor, el doctor que lo atendió, le explicó a Carlos, que habían encontrado en sus pulmones, restos de lo que se denomina Perfluorocarbono, una especie de líquido, transparente, parecido al agua, y que tiene la particularidad de ser respirable, como si se estuviera en el útero materno; debido a sus especiales propiedades de disolución, en un mayor grado que el agua, del oxígeno y del dióxido de carbono; dentro del pulmón, con lo que, luego de inundarse los pulmones con este liquido, se da un intercambio de gases análogos a los que se dan en el proceso de respiración normal. También le informó, gracias a los rápidos análisis clínicos realizados, que a Héctor le fue efectuada, cuando estuvo en cautiverio, una inyección al nivel de la cervical, simplemente una anestesia en la nuca para que no sintiera su cuerpo desde su cuello hacia abajo. El médico se preguntaba, frente a Carlos, ¿qué relación tendría el líquido respirable hallado, el hipnótico y esta anestesia en Héctor?... ¿qué le habían hecho? Carlos, solo le respondió que debían esperar a que Héctor y Susana despertaran para que ellos mismos, los que vivieron la pesadilla de sus vidas, le contaran esto desde sus propias bocas. El médico lo comprendió perfectamente.

Y en cuanto a Susana, la doctora que la atendió le comentó que no tiene ningún rasguño, solamente la inyección del hipnótico para dormir, inyectado antes de que sea traída al hospital, y un detalle particular que la confundía un poco, debido a que, si bien tiene una gran mancha roja sobre su pecho, a la altura de su corazón; no existe ninguna perforación corporal, además de que en su ropa, entremezclada con dicho tinte rojo, hallaran pequeños restos de pólvora quemada, como si le hubieran disparado con una bala de salva o algo parecido. Carlos dio gracias a la Providencia, a Héctor y por último a Melek por que la bala no haya sido verdadera y las intensiones de este último pidieran cambiar rotundamente.

Media Hora después.

Carlos continúa sentado entre las dos camas, a los pies de estas, contra una pared contraria a los internados, cuando le llega un mensaje de texto a su teléfono celular. Es un mensaje de la mismísima ATENEA confirmándole que todo está bajo control, que los tres poderosos delincuentes están detenidos, que el presidente de la nación está enterado del asunto y que dio ordenes explícitas de investigar todo lo referente al proyecto de investigación que fuera liberado sin autorización, denominado "*Digital Flamer*", el que para Héctor y los demás es "*La Cárcel de Cristal*", y sumado a lo anterior, ATENEA le confirmó a Carlos que el virus, actualmente había caído por completo, gracias a una reacción en cadena, respecto de la cual pudo detectar su origen, a partir de un nodo con un número de IP estático y una celestial descripción: "VaticaNet", ubicado en la ciudad de Héctor. Ni más ni menos, el tercer enigma aplicado al virus, que partió de la notebook de Eduardo, desde la Catedral de la Ciudad, había sido totalmente exitoso.

En esta historia de sufrimientos y de desencuentros, la *"Palabra"* ha sido mas poderosa que la *"Espada"*.

Susana, al fin puede despegar sus, hasta ahora, muy pesados parpados. A quien ve primero es a su esposo Carlos, sentado en un sillón y leyendo un periódico, por lo que su nivel de sorpresa la envuelve por completo haciéndola romper en un profundo llanto de desahogo, como si con esa simple visión de parte de Susana, comprendió que su vida ya no corría mas peligro, y además que su propio esposo estaba junto a ella.

Sin dudarlo un segundo Carlos se incorpora y acude hasta su lado para consolarla, lo cual lo hace muy bien.

–¡Hola querida!... llora todo lo que necesites... llora... llora... todo está bien ahora... tu estas bien, Héctor está bien... desahógate... estoy contigo mi amor... llora... y no intentes hablar, tendremos mucho tiempo de conversar durante nuestras vacaciones en las sierras... llora... sé muy bien por lo que pasaste, y te pido perdón por dejarte sola mi amor... perdóname –tranquiliza Carlos a Susana Palacios que con cada palabra que le dice a su esposa, ella disminuía cada vez mas su llanto.

–Mi... amor... nos... salvaste... gracias... –le dijo Susana con un tono ahogado.

–No querida, yo solo los fui a buscar a donde me hizo ir Melek, el que los salvó fue Héctor... eh... digamos que fue la gran transformación de Melek Taws, fue él, pero gracias a su interacción con Héctor... y... es él quien está aquí también, en la cama de al lado, y todavía lo tienen sedado por los dolores corporales internos y externos que ha soportado –respondió Carlos con un visible tono de tristeza en su voz.

–Si Carlos, me hiciste recordar su ahogamiento que presencié crudamente... y su propia muerte... pero, luego, en un instante muy corto, antes de que Melek apagara la luz, me hizo leer un texto en un papel donde decía que Héctor no estaba muerto y que yo me haga la muerta ya que me dispararía con una bala de salva... que nos sacaría a los dos de allí... y como no había opciones, lo hice... y... menos mal que fue cierto todo esto – le explicó Susana esforzando claramente su voz.

–Okay querida, y te cuento otra cosa, ya llamé a Eduardo y a María Rosa para que vengan para aquí... deben estar llegando de un momento para el otro –le informa su esposo.

–Que bueno, mis otros amigos y colegas de la red... que alegría que ellos también estén bien –se entusiasmó Susana.

–No solo que están bien, sino que pudieron descifrar el último enigma de Héctor, en el cual estuve presente casi hasta el final, pero sin poder aportar mucho de mi parte... ya te contaré en detalle mas adelante... y no solo eso querida... no solo eso... nuestra amiga ATENEA hace unos minutos me envió un mensaje de texto de que el virus está totalmente destruido... al cien por cien... y que detectó que el efecto dominó del comienzo de su destrucción empezó aquí, desde una red con nombre *"VaticaNet"*... ¿te suena Susana? –le dijo y a la vez preguntó Carlos.

A lo que Susana responde muy sorprendida –¿lo resolvieron en la catedral y también lo destruyeron desde allí?... ¡que genialidad! –respondió Susana adivinando lo que era casi obvio.

–Tú lo has dicho querida, *"VaticaNet"* es un nodo de los miles que tiene el Vaticano con todas sus casas religiosas y que se corresponde en este caso con la catedral en donde estuvimos los tres –respondió Carlos.

–Pero hay algo que no entiendo Carlos –preguntó Susana.

–¿Y... qué no entiendes querida? –respondió con otra pregunta su esposo.

–¡¿Cómo se pudieron conectar a Internet a través de la red interna o Intranet de la catedral o lo que es lo mismo... del Vaticano?!... esas redes son cerradas al público y solo el personal de la catedral tiene acceso a salir a Internet a través de *"VaticaNet"* –pronunció sorprendida Susana.

–Es que... el Obispo... Juan José Cardinalli... es... mi amigo –respondió una voz baja, con un tono desprovisto de fuerza y que no era ni la de Carlos ni la de Susana.

Tanto Susana como Carlos, dieron vuelta sus cabezas en dirección a la cama de Héctor y lo que vieron los colmó de una inmensa alegría. Héctor les había hablado, les había dicho su primera frase de comicidad desde hace tiempo y se notaba una constante mejoría. Héctor Ayala ha resucitado de su muerte simulada por su captor.

–¡¡¡Héctor!!!... ¡estas bien colega y amigo mío!... te vi morir ante mis propios ojos... ¡fue terrible!... ¡fue terrible!... ¡desgarrador!... pero, lo importante es que estés bien ahora y... ¡resucitado! –le habló muy contenta y a la vez sorprendida Susana, finalizando con un pequeño tono cómico al estilo de su compañero, pero entremezclado con una vos entrecortada y gutural como queriéndosele escapar varios sollozos, los cuales los pudo aguantar bastante bien.

–Si Susana, y me alegro que tu también estés bien... al fin todo esto se terminó... toda esta maldita pesadilla del maldito Melek... y perdonen mis palabras, pero todavía siento mucha rabia e ira en mi mente... como si... hubiéramos intercambiado personalidades con Melek... ¡espero que se me pase... por todos los santos digitales!... ¡que se me pase! – responde Héctor.

A lo que Carlos Di Stéfano agregó –no te preocupes Héctor, tranquilízate, y te tengo muy buenas noticias... el virus está destruido... y el ¡impresionantemente y complicado enigma Hectoriano!, casi hace caer la cúpula de la Catedral de la Ciudad... por el solo efecto *mente sobre materia* del pensamiento, tanto de María Rosa como la de Eduardo, ya que de mi parte, no pude aportar demasiado, aunque hice algunas contribuciones, por aquí y por allá… pero, tu pirámide aplicada al código hexadecimal, y luego ejecutado en la red Internet, generó un gigantesco efecto dominó que terminó destruyendo el virus… ATENEA me lo informó hace unos momentos –finalizó diciéndole Carlos a Héctor respecto del exitoso resultado de su enigma.

–¡Mas buenas noticias Carlos!... muchas gracias… a todos y por… todo chicos… ¡amigos! –respondió Héctor

–Me parece que las gracias te las debemos a ti Terminhéctor –dice una voz masculina que iba ingresando a la habitación 12.

–Lo mismo digo… ¡Gran Arquitecto del Enigma Hectoriano y Gran Salvador! –expresa otra voz femenina que venía detrás de esa voz masculina, ambos ingresando en fila india hacia el medio de las dos camas. Aparentemente, como faltándole el respeto un poco, al dicho… *"las damas por delante"* ¿no?

–¡¡¡Eduardo, María!!! –corearon casi con un tono *"a capella"*, los dos internados y Carlos, quienes se encuentran desde el momento de la internación dentro la habitación, por medio de una visible semblanza de alegría en sus caras… en las de todos, ya que absolutamente todos están comprobando que se hallen sanos y salvos.

Ahora si, los cinco reunidos, Carlos los puso al tanto de todo lo sucedido respecto de Susana, Héctor y el virus *"La Cárcel de Cristal"* actualmente destruido. Y por otro lado, mientras esperaba que se despertaran del efecto de los hipnóticos y calmantes, Carlos había recibido un llamado de parte de Esteban De la Cuadra, muy preocupado, preguntando por Susana y por Héctor, ya que no los habían encontrado en el bunker, aunque Melek le había dicho la verdad sobre ellos, y además para avisarles que los ideólogos y el perpetrador del plan, ya estaban en la cárcel, los cuales serían juzgados muy pronto.

En cuanto a los dos internados, seguirán unas horas más, posteriormente a ello, a Héctor se lo trasladará a una habitación especialmente acondicionada para él, de manera que la rehabilitación de sus heridas físicas y de las psicológicas sean llevadas a cabo de la mejor manera posible y extensa, en cuanto a curaciones y a decidir un acorde tratamiento medicamentoso para su sufrimiento psicofísico.

Susana, solo debe recuperarse de su shock muy profundo, debido a haber presenciado una muerte en vivo. Ese shock o estrés postraumático, está comenzando a ser tratado con fármacos derivados de la ciencia llamada Psicofarmacología. Los que deberá recibir Susana, al menos por un año, son los llamados *"Inhibidores selectivos de la recaptación de serotonina"* cuya droga suministrada en su caso se denomina *"Escitalopram"*, combinado con los denominados

"*Ansiolíticos*", y la droga acompañada al anterior medicamento es el "*Clonazepam*".

Susana, en unas horas, podrá ser llevada a su casa, de la Gran Ciudad. Héctor, quedará allí por uno o dos días más. Pero, el objetivo, está cumplido, la Cárcel de Cristal fue hecha añicos y los ciberactivistas de ANNON se encuentran nuevamente en una real y absoluta Libertad e Independencia. Sus vidas, que aparentaban transitar con Libertad e Independencia en el mundo real y en el digital; y que habían sido capturadas por ojos y oídos de un ente maligno, producto de mentes humanas totalmente "*caídas*" en su propio infierno de avaricia y de traición hacia su propio país; ahora gozan de la más absoluta y real Autonomía y Liberación, gracias a que ese virus dantesco fue totalmente eliminado por un grupo de miembros de la red ANNON. Y, además, como si fuera porco, se había salvado a un país entero de un gran agujero negro de seguridad nacional, debido a que la segunda intencionalidad del virus fue la de robar información financiera del Sistema de la Bolsa de Comercio, para venderla al mejor postor.

La Web www.weareannon.com fue deshabilitada luego del muy efectivo ataque de denegación de servicio (DDoS) de parte de más de siete mil miembros de la red ANNON, haciéndolos todos coordinadamente y casi al mismo tiempo. Una magistral implosión digital fue generada sobre aquella Web, la que quedó hecha añicos posteriormente al ataque.

ANNON, ha hecho sentir su poder de Liberar e Independizar... nuevamente.

Capítulo 54.

Como resultado de la minuciosa investigación por parte de la Agencia de Investigación Federal, los resultados fueron los siguientes:

Edgard Peláez, Ex Director de la Agencia de Seguridad Nacional, acusado de los delitos de: privación ilegítima de la libertad por encargo, incumplimiento de sus deberes como funcionario público, utilización de su posición de mando para incluir a otras personas bajo sus órdenes para cumplir con su cometido, intento de desestabilización económica de un país, malversación de fondos públicos, Solicitud de muerte de dos personas por encargo.

Condenado a: cadena perpetua.

Marcos Zambrana, Ex Director de la Agencia Central de Inteligencia, acusado de los delitos de: incumplimiento de sus deberes como funcionario público, utilización de su posición de mando para incluir a otras personas bajo sus órdenes para cumplir con su cometido, intento de desestabilización económica de un país, malversación de fondos públicos, Solicitud de muerte de dos personas por encargo.

Condenado a: cadena perpetua.

Y al Sr., cuyo verdadero nombre es, Nerones Silos, autodenominado, Melek Taws, el Ángel Pavo Real, quien resurgió de su propio infierno salvando la vida de dos personas y entregándose él mismo y a sus dos mafiosos contratantes; fue acusado de los delitos de: Privación ilegítima de la libertad, agravada por torturas, aunque dicho cargo fue minimizado debido a sus posteriores acciones conocidas.

Condenado a: 8 años de prisión con rehabilitación y posibilidad de salir a los seis años.

Algo muy curioso fue que al momento en que le dieron la condena de 8 años a Melek Taws, o mejor dicho a Nerones Silos, él pronunció las siguientes palabras: *"ocho años... ocho... suficiente para completar mi resurrección y de terminar de aplastar mis propios demonios... seré un hombre nuevo... seré... lo que siempre debí ser... Nerones Silos...*

simplemente… y gracias a una persona, gracias a… Héctor Ayala."

Esteban De la Cuadra fue ascendido como el nuevo Director de la agencia Central de Inteligencia, puesto que el mismísimo Presidente de la Nación, Arturo José Irarrázaval, le hizo jurar ante Dios y la Patria, su flamante puesto.

El Inspector en Jefe de la Policía local, Sergio Vera, fue ascendido a Inspector General zonal, por su gran contribución en conjunto con todas las partes involucradas en el caso.

Héctor Ayala, quien fue el Gran Artífice de los tres enigmas dedicados a ser resueltos por tres personas, con el único objetivo de destruir a un virus sin precedentes en la historia de *"estos tipos de software con malas intenciones"*, continúa trabajando incansablemente en el desarrollo de software para hospitales y además, prosigue muy activamente, y ahora mas que nunca, como miembro de la red de ciberactivistas autodenominados ANNON, quienes defienden los dos pilares mas importantes que debe tener toda persona en su vida real y virtual… la Libertad y la Independencia.

María Rosa Montanarí continúa desarrollando sus excelentes labores como programadora en el área de desarrollo de sistemas para una gran empresa de telecomunicaciones de alcance mundial. ANNON ya no es su segunda pasión sino que pasó a ser tan importante como su propio trabajo, como su propia vida… pasó a ser… su modo de vida.

Eduardo Martín Pedrozza, al igual que los demás colegas de red, por sus grandes dotes de profesionalismo y dedicación, continúa inalterablemente con sus dos actividades; la laboral por un lado, como desarrollador de software en una empresa que crea programas del tipo ERP (Enterprise Resource Planning) o Planeamiento de los Recursos de Empresas; y la de activista de la red ANNON por el otro, trabajando valerosamente en pos de la defensa de la Libertad y la Independencia, respecto de las vidas físicas y virtuales de las personas.

Nerones Silos, alias Melek Taws, pasa sus días preso en el Correccional María Magdalena de la ciudad, luchando para aplastar todos los otros demonios que le resta destruir. Héctor había hecho lo suyo, le había dado el puntapié inicial, pero de ahora en mas él tiene una gran batalla que ganar contra su propio yo… que lo incita al "*hacer cosas que no debe*" y contra su propio inconsciente… "*que lo condena*".

La Justicia había mantenido cada lado de la balanza… en su punto justo.

Y gracias a la red de ciberactivistas ANNON, la Libertad e Independencia… una vez más estuvieron a salvo.

Epílogo.

Gran Valle de las Estrellas.

Complejo de cabañas al pié de las grandes sierras nevadas.

Este complejo se halla casi rodeado por imponentes rascacielos naturales que se yerguen totalmente indemnes desde épocas en que los dinosaurios todavía poblaban la tierra.

El Gran Valle de las Estrellas, nombre dado por un cristalino y gigantesco lago encerrado entre varias montañas por un lado y sendas colinas o cerros por el otro, el cual, aquel, refleja cada noche, todas y cada una de las estrellas del cielo, como si todo lo que esta arriba, también estuviera abajo… en el propio lago. Un reflejo perfecto de dos naturalezas que difieren en sus constituciones, pero no en sus esencias primeras. El cielo y la tierra unidos en una perfecta danza armónica y eterna.

425

Allí, en la cabaña número 101, Susana y Carlos se afincan para pasar lo que será su segunda luna de miel. Luego de seis largos meses y después de los tristes acontecimientos con Héctor y con el virus, solo dos almas puras, se encuentran en un lugar puro… en todo sentido.

Con una tenue luminiscencia de luz blanca proveniente desde la luna llena, a Susana Palacios se la distingue, desde atrás, y desde dentro de la cabaña, en una especial perspectiva a partir del living anterior al inmenso balcón, el cual da en orientación hacia al lago de las estrellas. Ella se encuentra parada recostando su cultural y rubicundo cuerpo esbelto, sobre las pulidas y barnizadas barandas de madera de ese extraordinario balcón. Maravillosa y cómodamente vestida con un top superior muy suave y un pantalón con cordón, ambos de satín y de color negro, exclusivo para la medianoche en el hogar; degusta apaciblemente una bebida fría y percibe, por medio de absolutamente todos sus sentidos favorables al ciento por ciento, la grandiosidad de la naturaleza que se le presenta ante aquellos. Su pelo rubio se ondea de aquí para allá debido a la constante interacción con la brisa serrana, sus pupilas permanecen abiertas al máximo en respuesta a la poca luminosidad del lugar, ya que, solamente la luna llena, es la única fuente de luz en esa noche, y por medio de su olfato puede percibir e imaginar, de que manera el mismísimo viento fue juntando poco a poco los olores, por medio de su incesante transcurrir entre las montañas, entremezclándolos de una manera que solo la naturaleza lo sabe hacer, como forjados dentro de pequeñísimas botellas de perfumes franceses y esparcidos por todo el valle de las estrellas, para que sus moradores, entre ellos Susana, queden impregnados de estos; comenzando por sus receptores olfativos... hasta sus propios y mas profundos recuerdos. De todos modos, las personas de las demás cabañas duermen, y solamente ella se deleita con tales delicadas fragancias.

Susana, se da el privilegio de admirar la inmensidad de la vida y recordar con perfección lo cerca que estuvo de la muerte. Ahora, en estos momentos, solo es ella con el universo, es ella con la tierra, es ella con el cielo.

Pero esa unión fraternal con la naturaleza, está a punto de cambiar, debido a que, desde la misma perspectiva que al comienzo, comenzando en el living interior, alguien se le acerca de una manera sigilosa, sin hacer el menor ruido y en una única dirección, hacia donde se encuentra Susana, dando la espalda al interior de la cabaña. Esta cautelosa presencia se le acerca cada vez mas sin siquiera emitir crujido alguno, hasta que, al encontrarse a unos veinte centímetros del cuello de esa hermosa mujer, la enigmática figura levanta su mano derecha al mismo tiempo que la izquierda, las apoya sobre los dos hombros de ella, e inmediatamente le pronuncia las siguientes palabras al oído, provistas de un tono bajo y susurrante:

–Si intentas moverte… dile adiós al mejor masaje de tu vida Su… querida mía… o… pienso que un masaje… ¡no te será suficiente!, ¿no? –le expresó Carlos a su esposa Susana.

Luego de que Susana se diera vuelta y desapartara por completo sus sentidos puestos en la naturaleza exterior, ahora los comenzaba a enfocar… en su propia naturaleza interior… y en la de su esposo. Ellos, sellaron su regreso sanos y salvos a su nueva luna de miel con un primer gran abrazo, colmado de besos llenos de amor y de pasión, el cual, y muy despacito, los fue trasladando en dirección a la gran cama tipo somier, que se encuentra en la habitación contigua al living central de la cabaña número 101. Susana Palacios y Carlos Di Stéfano… hicieron el amor como si fuera la primera vez que lo hacían, como si fueran… una pareja de recién casados a la espera de ese gran ritual, de ese gran momento, el de fundir su amor para siempre por medio de la ferviente unión de sus respectivos cuerpos en un sublime intercambio de mente y materia… de alma y cuerpo.

Antes del amanecer, la muy tenue luz de la luna que ingresa por la ventana de su habitación, despierta a Susana, quien se levanta en dirección a la cocina para tomar algo fresco… tenía mucha sed… no era para menos… un silencio absoluto reina en el Gran Valle de las Estrellas… un placer del que ella no querrá escapar jamás. Cada minuto que pasa lo disfruta al ciento por ciento.

Abre la heladera, extrae una botella de vidrio con jugo de naranja al cien por cien y fabricado en la zona, se empina un gran sorbo desde la propia botella, el cual duró unos diez segundos aproximadamente. Posteriormente a esa proeza contenedora de la respiración y a la vez degustadora de citrus, la devolvió a su lugar, cerró la puerta de la heladera, y el papel que vio sobre la cara frontal de dicha puerta, sostenido por un imán decorado con una forma muy conocida, la dejó totalmente helada, como si hubiera dormido dentro de la mismísima heladera y no cuerpo con cuerpo junto a su esposo. Esa forma conocida sobre el imán es ni más ni menos que un auténtico pavo real con su colorida cola totalmente extendida ciento ochenta grados detrás de este, como describiendo un semicírculo perfecto.

Extrae dicho papel debajo de aquel imán, el cual esta doblado en cuatro partes, lo desdobla con sus blancas y suaves manos muy temblorosas, y se dispone a leerlo. Lo que Susana lee por medio de sus hermosos y grandes ojos azules le hace cambiar su semblante, tal como lo hacen los camaleones para protegerse de una posible amenaza. El mensaje se le muestra como sigue:

"Susana, ve al balcón y no te atrevas a despertar a Carlos, ya que empeorarás las cosas. Allí obtendrás lo que te mereces."

En esos mismos momentos, Susana queda inmóvil, sin saber que hacer, dudando de si despierta o no, a su esposo Carlos, pero a la vez se pregunta para sus adentros, −¿cómo sabe, él o la persona que puso la nota allí, que Carlos está durmiendo?... ah, ¿posiblemente lo deduzca por la hora?... ¡pero todavía no ha salido el sol!... hay mi Dios... que no se repita nuevamente lo de hace seis meses... y... ese imán con forma de pavo real me ha traído algunos recuerdos muy feos a mi mente... pero... Melek estaba en recuperación si mal no recuerdo... y... si el que colocó eso, hubiera querido hacernos daño, lo hubiera hecho mucho antes... mientras dormíamos... así que, iré de todos modos... llevaré un cuchillo por si las moscas –terminó pensando para sus adentros Susana.

Cuando se dirige hacia su excepcional mirador de madera, pasa por entre el living observando hacia todos los lados, y lo primero que divisa; en dirección al final, hacia el mismísimo lugar en donde ella unas horas antes estubo parada degustando su bebida y disfrutando de la imponente naturaleza de dualidades entre el cielo y la tierra; un telescopio de color negro bastante parecido a los que utilizan los astrónomos amateurs; y desde él cuelga por medio de un cordel de color rojo, otro papel, el cual se ondea en todas las direcciones por la acción del viento, el cual en estos momentos era un poco mas intenso. Susana apuró su tranco, llegó al lugar, tomó el papel, lo abrió y lo leyó. El mismo tenía escrito las siguientes palabras:

"*Solo observa por la mira del telescopio y comprenderás, a tus y a nuestros orígenes.*"

Lo que vio Susana, por medio del telescopio, ya apuntado previamente a su objetivo, le heló la sangre pero igualmente no movió un músculo y no atinó a apartar su vista de allí.

Susana, estaba viendo por el ojo del telescopio, según el último mensaje, lo siguiente:

Ella se reincorpora abruptamente de su observación hacia el cielo y se habla en voz alta para si misma –¡¿la constelación de Libra?!... y… ¿que tiene que ver la constelación de Libra con nuestros orígenes? –continuó diciéndose en voz alta, junto con observar de nuevo mientras se colocaba previamente su pelo detrás de su oreja.

–Tiene mucho que ver querida mía –responde la voz de Carlos desde atrás de ella sorprendiéndola como hoy, a lo que prosiguió –y discúlpame si te he asustado, pero debía despertarte, para que te dirijas a la cocina ya que ese jugo te gustó mucho anoche y por supuesto ese mensaje lo leerías si o si… por el pavo real ¿no?... y no te preocupes que Melek ya es otra persona.

–Okay, convengamos que ya me has sorprendido dos veces hoy... pero... no fue para tanto, ya que tus sorpresas no han sido muy lógicas... no han sido muy silogísticas ¡querido!... por lo que intuí que algo de esto se venía...y... entonces, ¿qué tiene que ver la constelación de Libra con mi origen y también el nuestro? –terminó preguntándole Susana a Su marido.

–Como sabrás la constelación de Libra, por un lado representa a la balanza de la justicia, con lo que en este caso esta representándote a ti y a todos tus queridos colegas de la red ANNON, en cuanto a los dos pilares de la Libertad y la Independencia; y por otro lado, simboliza la balanza sostenida por la diosa de la mitología griega, llamada, Hera, quien encarna la función de la diosa de las mujeres y del matrimonio, unión por la cual querida mía, la vida y el universo mismo, nos ha bendecido por completo.

–Entonces... ¿tú ideaste e hiciste todo este despliegue de cosas... para que yo viniera a ver la constelación de libra?... y... –la interrumpe Carlos en seguida.

–Si Susana, y... mi amor por ti, colma todo mi ser, rebalsa mi corazón... y... hace efervescencia en mi mente... y en todo mi ser, y... una... solo una cosa mas... mi preciosa doncella... querida, esa constelación que viste, no solamente representa la justicia, que ganó en esta historia de hace seis meses, no solamente representa el matrimonio que nos une desde hace unos años, sino que representa la esencia básica y substancial de lo que somos... y de lo que siempre seremos todos, como seres humanos... hijos de las estrellas.

Índice